黃志華　朱耀偉　吳月華　盧惠嫻　主編

香港文學大系一九五〇—一九六九

歌詞卷

商務印書館

香港文學大系一九五〇—一九六九・歌詞卷

主　　編：黃志華　朱耀偉　吳月華　盧惠嫻
特約編輯：陳　芳
責任編輯：張宇程
封面設計：涂　慧
出　　版：商務印書館（香港）有限公司
香港筲箕灣耀興道三號東滙廣場八樓
http://www.commercialpress.com.hk
發　　行：香港聯合書刊物流有限公司
香港新界大埔汀麗路三十六號中華商務印刷大廈三字樓
印　　刷：美雅印刷製本有限公司
九龍觀塘榮業街六號海濱工業大廈四樓A室
版　　次：二〇二〇年六月第一版第一次印刷

ISBN 978 962 07 4586 7
Printed in Hong Kong

《香港文學大系一九五〇—一九六九》人員名單

編輯委員會

總主編　陳國球
副總主編　陳智德
編輯委員　危令敦　陳國球　陳智德　黃子平
　　　　　黃仲鳴　黃淑嫻　樊善標（按姓氏筆畫序）

顧問

王德威　李歐梵　周蕾　許子東　陳平原
陳萬雄（按姓氏筆畫序）

各卷主編

一　新詩卷一　陳智德
二　新詩卷二　葉輝　鄭政恆
三　散文卷一　樊善標
四　散文卷二　危令敦
五　小說卷一　馮偉才
六　小說卷二　黃淑嫻
七　話劇卷　盧偉力
八　粵劇卷　梁寶華
九　歌詞卷　黃志華　朱耀偉
十　舊體文學卷　吳月華　盧惠嫻
十一　通俗文學卷一　程中山
十二　通俗文學卷二　黃仲鳴
十三　兒童文學卷　陳惠英
十四　評論卷一　黃慶雲　周蜜蜜
十五　評論卷二　陳國球
十六　文學史料卷　羅貴祥
　　　　　　　　　馬輝洪

目錄

總序／陳國球……1
凡例……33

粵語歌詞部分

導言一／黃志華……37
導言二／朱耀偉……93

胡文森

期望……155
秋夜不悲秋……155
春到人間……156
錦繡籠中鳥……157
秋月……157
多多福……158
櫻花處處開……159

情侶配給難 160
飛哥跌落坑渠 161
扮靚仔 162
扭六壬 162

李願聞

冷落春宵 164
採蓮曲 164
電影《玉梨魂》主題曲 165
中秋月 166
電影《明月冰心》主題曲 166
抱着琵琶帶淚彈 167
進退兩為難 168
何處是天堂 168
夜夜望娘歸 169
吉祥數字 169
青青河邊草 170
彩雲追月 171

唐滌生

銀塘吐艷 173

王粵生

梨花慘淡經風雨 …… 173
紅燭淚 …… 174
憶亡兒 …… 175

唔嫁 …… 176
檳城艷 …… 177
懷舊 …… 178
再生曲 …… 178

吳一嘯

意中人在眼前 …… 180
三對歌 …… 180
蝴蝶之歌 …… 181
甜心曲 …… 181
一個心兒兩個郎 …… 182
張羽狂歌喚瓊蓮 …… 182
青春樂 …… 183
可憐的小天鵝 …… 184
榴槤飄香 …… 184
碧血黃花 …… 185

戀愛的真諦 186

周聰

漁歌晚唱 188
春來冬去 188
銷魂曲 189
快樂伴侶 190
愛的呼聲 191
好家鄉 192
舊恨新愁 193
九重天 193
中秋月 194
一往情深 194
家和萬事興 195
苦海紅蓮 196
心上的微笑 196
快樂進行曲 197
一朵野花 198
飛花曲 198
勁草嬌花 199
曲終殘夜 200

痴情淚…… 201
情如夢…… 201

羅寶生

大聲公涼茶第一…… 203
莫負少年頭…… 203
工廠妹萬歲…… 204

梁漁舫

舊燕重臨…… 206
光明何處…… 206
睇到化…… 207
冷月照寒襟…… 208

韓　棟

仲夏夜之月…… 209
馬票夢…… 209

馮志剛

電影《梨花一枝春帶雨》插曲一…… 211

朱頂鶴
情侶山歌……212
哥仔靚……213
何大傻
口花花……215
淩　龍
大江東去……217
王季友
七弦琴……218
滿江紅……218
泉水彎彎清又涼……219
盧　迅
良宵真可愛……220
左　几
無盡的愛……221

一水隔天涯……221
海之戀……222
潘　焯
迴腸百結恨千重……224
電影《彩色青春》主題曲……225
龐秋華
女殺手……227
周憲溥
鳥兒兩樣情……228
梅天柱
財神到……229
陳直康
玉女的秘密……230

黃霑
不褪色的玫瑰 231
鄒方里
香港之歌 232
花月
媽媽要我嫁 233
公羽
嘆三聲 234
蘇翁
寒衣曲 235
佚名
風飄飄 236
朝朝來了 236
毋負青春 237
海國夕陽西 238

愁溯……238
買麵包……239
作詞人簡介……241

國語歌詞部分

導言／吳月華　盧惠嫻……253
黃壽齡（壽齡）
禿子溺炕……305
八個娃娃……305
尤　明
母女倆……307
陶　秦（沈華）
催眠曲……308
廚房歌……308
媽媽要我早出嫁……309

不了情……310
藍與黑……311
昨天……312

黎錦光（牛牛）
嘆四季……313
談不完的愛……313

張金
月下定情……315
想親娘……315
故鄉……316

楊髦
蜜月行……318

沈潔
家庭樂……319
幽會忙……320

艾笛
愛的四部曲……321
周華
新探親相罵……322
胡亦穀
迎春花兒遍地紅……324
林光
張姑娘上街坊……325
胡金銓（金銓）
讀書樂……326
袁仰安（志霄、志小）
唱歌樂……328
小舞孃……328

盧一方（一方）
烏鴉配鳳凰……330
林歡（即金庸）
門邊一樹碧桃花……331
女兒心……332
孩子的委屈……332
猜謎歌……333
清潔整齊歌……335
懶惰的老爺來做夢……335
上轎歌……336
雅士
跟誰去商量……337
學校裏邊真快樂……337
朱克（小羊、丁可、蕭揚）
天鵝與白鵝……339
大家笑哈哈……340
假如是一顆珍珠……341

陳蝶衣（陳式、狄薏、方達、葉綠）

給我一個吻……342
心曲……343
月下對口……343
龍燈與風箏……344
一個蓮蓬……345
一家八口一張床……346
採西瓜的姑娘……347
我要告訴你……348
快把門兒開……349
碧水紅蓮……350
南屏晚鐘……350
我是一隻畫眉鳥……351
歡樂今宵……352

姚　敏（秦冠）

航行向家鄉……354

司徒明

採花歌……355

擦鞋歌……355
陌上花開……356
春風游龍……357
總算你有福氣……358

李雋青

雪裏紅（電影）……360
雪裏紅（唱片）……361
田家樂……362
回了心……363
相思苦……363
叉燒包……364
賣橄欖……366
打石子……367
蜜蜂箱……368
你跟我來……369
梅花……370
十七八的姑娘……371
三年……372
家家有本難念的經……372
偷偷摸摸……373

媽媽好……374
說不出的快活……375
卡門……376

李翰祥（祥子）
光棍苦……379

陶　知
醉舞曲……380

王植波
琵琶怨……381

易　文
我愛恰恰……382
老古董……383
我要飛上青天……384
賣餛飩（電影）……385
賣餛飩（唱片）……386
春風吹開我的心（唱片）……387
春風吹開我的心（電影）……388

沈鑒治
九個郎……389
公主的愛情……391
姚　炎
往事如煙……392
顧　媚（貫灡）
醉在你的懷中……393
張　徹
我愛你……394
我愛你恰恰……394
鑽石……396
李樂韻
大清早……397

蕭銅
慶豐年……399
林琴
小雲雀……400
紀雲程
相思河畔……401
宋淇（林以亮）
花濺淚……402
金可
海灘……403
蕭篁
太陽．月亮．星星（電影）……404
太陽．月亮．星星（唱片）……405
娛樂至上……406
夢裏的愛……407

我是個爵士鼓手……408
贈送幸福的女孩……409
色不迷人人自迷……410
高　峰
情人你在哪裏……412
作詞人簡介……413

總序

陳國球

《香港文學大系》之編制體式，源自一九三五年到一九三六年出版的十冊《中國新文學大系》。兩者的關連，實在依違之間；前者第一輯的〈總序〉已有交代。[1] 其中最要重要的一個相同立意，是向歷史負責、為文學的歷史作證。《中國新文學大系》由趙家璧（一九〇八—一九九七）主編，目的是為由一九一七年開始的「新文學運動」作歷史定位，因為他發現「新文學」到了三十年代中期，面對的社會環境已經不同，他深恐「新文學運動」光輝不再；[2] 因此他設計的《新文學大系》由整體結構到每一冊的體式，綜之就是一種歷史書寫；這也是《香港文學大系》以之為模範的主

---

1 陳國球〈香港？香港文學？——《香港文學大系一九一九—一九四九》總序〉，載陳國球、陳智德等著《香港文學大系一九一九—一九四九·導言集》（香港：商務印書館（香港）有限公司，二〇一六），頁一—三九。

2 趙家璧後來在回憶文章指出當時幾個環境因素：一、一九三四年國民黨軍隊作第五次「圍剿」，又查禁書刊，成立「圖書雜誌審查會」；二、同年有推行舊傳統道德的「新生活運動」；三、湖南廣東等省實行尊孔讀經；三、「大眾語運動」批判五四以後的白話文為變「之乎者也」為「的那呢嗎」的「變相八股」；四、林語堂的《人間世》半月刊，「惡白話文而喜文言之白，故提倡語錄體」；五、上海圖書出版界大量翻印古書，社會上瀰漫復古之風。見趙家璧〈話說《中國新文學大系》〉，《新文學史料》一九八四年第一期（二月），頁一六三—一六四。

因。正如我們以「大系」的形體去抗拒香港文學之被遺棄，《中國新文學大系》的目標也明顯是對「遺忘」的戒懼，盼求「記憶」的保存。[3] 這意向的實踐又有多方向的指涉：保存「記憶」意味着對「過去」發生的情事之意義作出估量，而估量過程中也必然與「當下」的意識作協商，其作用就是開發「未來」的各種可能；這就是傳統智慧所講的「鑑往知來」。因此，以「大系」的體式向「歷史」負責，同時也是向「當下」、向「未來」負責。

3 趙家璧在《中國新文學大系》初編時說：「這十年間寶貴的材料，現在已散失得和百年前的古籍一樣；假如不趁早替它整理選輯，後世研究初期新文學運動史的人，也許會無從捉摸的。」見趙家璧〈編輯《中國新文學大系》緣起〉，原刊《中國新文學大系》宣傳用樣本（上海：良友圖書公司，一九三五），收入趙家璧《書比人長壽：編輯憶舊集外集》（北京：中華書局，二〇〇八），頁一〇六。他後來追憶《大系》的出版時，曾舉出兩個事例，一是劉半農編集《初期白話詩稿》時，女詩人陳衡哲的感慨：「那已是三代以上的事（了），我們都是三代以上的人了」；另一是阿英編《中國新文學運動史資料》時不過離「新文學運動」只短短二十年，但回想起來已有「渺茫」、「寥遠」之感，而且要搜集當時的文獻「真是大非易事」。見劉半農編《初期白話詩稿》（北平：星雲堂書店，一九三三；新北市：花木蘭文化出版社，二〇一六年影印），頁七—八；張若英（阿英）編《中國新文學運動史資料》（上海：光明書局，一九三四），頁一—二；趙家璧〈話說《中國新文學大系》〉，頁一六六—一六七。

一、《大系》的傳承與香港

從製作層面看，《中國新文學大系》可說成功達標，不少研究者都認同它在文學史建構的功績。[4]然而，當我們換一個角度去審視這一抵抗「遺忘」的製作之「生命史」，卻也見到其間別有一番掙扎浮沉。[5]於此我們不作詳細論述，只依據趙家璧的不同時期記憶，配合相關資料，以簡述《中國新文學大系》的「記憶」與「遺忘」的歷史，當中香港的影子也夾纏其中，頗堪玩味：

一、一九五七年三月，趙家璧在《人民日報》發表〈編輯憶舊〉連載文章，提到當年《新文學大系》「先後經過兩年時間（案：即一九三五年到一九三六年），衝破了國民黨審查會的鬼門關才算全部出版。」[6]

4 參考溫儒敏〈論《中國新文學大系》的學科史價值〉，《文學評論》，二〇〇一年第三期（五月），頁五四—六一；羅崗〈解釋歷史的力量：現代文學的確立與《中國新文學大系一九一七—一九二七》的出版〉，《開放月刊》，二〇〇一年第五期（五月），頁六六—七六；黃子平〈「新文學大系」與文學史〉，《上海文化》，二〇一〇年第二期（三月），頁四—一二。

5 這是捷克結構主義者伏迪契卡（Felix Vodička）的文學史觀念之借用。伏迪契卡認為文學的過程並非終結於文學作品創製完工的時候；文學的「生命史」在於以後不同世代的閱讀；參考陳國球《文學史書寫形態與文化政治》（北京：北京大學出版社，二〇〇四），頁三三六—三四六。

6 趙家璧〈編輯憶舊．關於中國新文學大系〉，原刊《人民日報》，一九五七年三月十九日；重刊於《新文學史料》，一九七八年第三期（三月），頁一七三。

二、趙家璧在後來追記，《大系》出版後，原出版公司「良友」的編輯部，因應蔡元培和茅盾的鼓勵，曾考慮續編「新文學」的第二個、第三個十年。[7]不久抗戰爆發，此議遂停。

三、一九四五年春日本戰敗的跡象已明顯，他再想起續編的計劃，和全國文協負責人討論先編第三輯「抗戰八年文學大系」，因為抗戰時的材料，「都是土紙印的，很難長久保存；而兵荒馬亂，散失更多」，要先啟動。可惜戰後良友公司停業，計劃流產。[8]

四、趙家璧在一九五七年的連載文章說：「解放後，很多人建議把《中國新文學大系》重印。我認為原版重印，似無必要。」文中的解說是可以另行編輯他早年的構想——《五四以來文學名著百種》。[9]然而，他後來的文章說這是「違心之論」。[10]

---

7 蔡元培在《中國新文學大系・總序》結尾時說：「對於第一個十年先作一總審查，使吾人有以鑑既往而策將來，希望第二個十年與第三個十年時，有中國的拉飛爾與中國的莎士比亞等應運而生呵！」載胡適編《中國新文學大系：建設理論集》（上海：良友圖書公司，一九三五），頁九。茅盾為《中國新文學大系》的宣傳樣本寫〈編選感想〉也說：「現在良友公司印行《中國新文學大系》第一輯」；趙家璧認為他意指以後應有「第二輯」、「第三輯」。見趙家璧〈話說《中國新文學大系》〉，頁一七一。

8 參考趙家璧〈編輯憶舊・關於中國新文學大系〉，原刊《人民日報》，一九五七年三月廿一日，重刊於《新文學史料》，一九七八年第一期（一月），頁六一；趙家璧〈話說《中國新文學大系》〉，頁一八六—一八八。

9 趙家璧〈編輯憶舊・關於中國新文學大系〉，頁六一。

10 趙家璧〈話說《中國新文學大系》〉，頁一六二—一六三。

五、趙家璧在八十年代的追記文章又說：「一九六二年，香港一家出版社已擅自翻印過一版。」[11] 這家出版社是「香港文學研究社」，出版時有李輝英撰寫的〈重印緣起〉，文中引用了蔡元培〈總序〉「十年總審查」以後，還有接着的「第二個十年第三個十年」；李輝英又說：「第一個十年總結過了，留下來豐富的十集《大系》」，然而，「這豐碑式的《大系》，現在海外竟然變成了孤本和古董」，於是出版社「決定本諸傳播文化的宗旨，……重印《大系》，……使豐碑免於湮滅」。[12] 這裏有幾個關鍵詞：「擅自」、「海外」、「湮滅」。

六、趙家璧同時又指出「翻印《大系》的那家香港出版社，於一九六八年又搞了一套《中國新文學大系．續編一九二八—一九三八》」，其〈總序〉「居然把上述蔡元培為一九三五年良友版《大系．總序》裏所表示的重要期望，接了過去，自稱為是蔡序《大系》的繼承者，在海外漢學界造成了混亂。……國內學者更不會輕易承認這種自命的繼承。」[13] 事實上，香港文學研究社出版《大系．續編》的計劃，早在翻印十集《大系》不久就開始，到一九六八年全套出版；其卷前的〈出版前言〉提到《續編》（一九二八—一九三八）和《三編》（一九三八—一九四八）的構想，完成的話，「中國『新文學運動』的歷史大致完整了」。這個出版計劃不無商業的考慮，〈出版前言〉謂各集編

11 趙家璧〈話說《中國新文學大系》〉，頁一六三。

12 〈重印緣起〉，載胡適編《中國新文學大系：建設理論集》（香港：香港文學研究社，一九六二），卷前，頁一—二。

13 趙家璧〈話說《中國新文學大系》〉，頁一八一—一八二。

者「都是國內外知名人物」，分處東京、新加坡、香港三地，編成後在香港排印。[14]然而，由後來的相關追述可知，其實編輯工作主要由北京的常君實承擔，再由香港的譚秀牧補漏；二人並無直接溝通協調，加上兩地各有不同的客觀限制，製作過程困難重重。[15]無論如何，在所謂「正」與「續」之間，不難見到「斷裂」與「繼承」的複雜性。

七、與香港文學研究社編纂《中國新文學大系．續編一九二八—一九三八》差不多同時，李棪與李輝英也在構思一個「一九二七—一九三七年」的續編，並已列為「香港中文大學研究計劃」之一；其中小說、散文、戲劇部分已有四冊接近編成。主編者認為「新文學第二個十年」的編選，「實為必要的也是刻不容緩的工作」。值得注意的是，他們「搜求資料的主要對象」是英國、日本、美國各大圖書館，而不是中國內地。他們也知悉香港文學研究社的出版計劃，視之為「同道者」的「姊妹編」。[16]可惜，這個計劃所留下的只是一份編選計劃書。

14 〈出版前言〉載《中國新文學大系．續編》（香港：香港文學研究社，一九六八），卷前，無頁碼。

15 參考譚秀牧：〈我與《中國新文學大系．續編》〉，《譚秀牧散文小說選集》（香港：天地圖書公司，一九九〇），頁二六二—二七五。譚秀牧在二〇一一年十二月到二〇一二年五月的個人網誌中，再交代《續編》的出版過程，以及回應常君實對《續編》編務的責難。見 http://tamsaumokgblog.blogspot.hk/2012/02/blog-post.html（檢索日期：二〇一九年六月二十一日）。

16 參考李棪、李輝英〈《中國新文學大系．續編》的編選計劃〉，《純文學》（香港），第十三期（一九六八年四月），頁一〇四—一一六；徐復觀〈略評《中國新文學大系續編》編選計劃〉，《華僑日報》，一九六八年三月三十一日。

八、一九七八年，《新文學史料》創刊，編輯約請趙家璧撰稿；趙家璧婉拒不成，只好提交一九五七年刊發於《人民日報》的文章，文章開首就宣明沒有必要重印《中國新文學大系》。[17] 同年末，他知悉上海文藝出版社打算重印《大系》，卻表示「完全擁護」，並撰寫〈重印《中國新文學大系》有感〉。[18] 至一九八二年《大系》十卷影印本出齊。

九、一九八三年十月，他寫成長篇追憶文章〈話説《中國新文學大系》〉，次年刊載於《新文學史料》一九八四年第一期。這是後來大部分《中國新文學大系》的研究論述之依據。

十、一九八四至一九八九年，上海文藝出版社由社長兼總編輯丁景唐主編，趙家璧作顧問，陸續出版《中國新文學大系一九二七—一九三七》共二十冊；一九九〇年再有孫顒、江曾培等主編《中國新文學大系一九三七—一九四九》二十冊；一九九七年馮牧、王蒙等主編《中國新文學大系一九四九—一九七六》二十冊；二〇〇九年王蒙、王元化總主編《中國新文學大系一九七六—二〇〇〇》三十冊。

---

17 趙家璧在《人民日報》發表的連載文章，原題作〈編輯憶舊〉，其中有關《中國新文學大系》的部分，刊於《人民日報》，一九五七年三月十九日及廿一日；後來重刊於《新文學史料》，一九七八年第一期（一月），頁六一—六二；及第三期（三月），頁一七二—一七三。

18 文章正式發表有所延後，見趙家璧〈重印《中國新文學大系》有感〉，《文匯報》，一九八一年三月廿三日。參考趙家璧〈話説《中國新文學大系》〉，頁一六三；趙修慧編〈趙家璧著譯年表〉，載趙家璧《書比人長壽：編輯憶舊集外集》，頁二六五。

以上的簡單撮述，目的不在於表現巧黠的「後見之明」，以月旦是非；而是借檢視「歷史承載體」的歷史，重新思考「歷史」的所謂傳承，以至「歷史」的存在與否，大抵是「記憶」與「反記憶」、「遺忘」與「反遺忘」的心與力的爭持。我們都明白，一九四九年之後，無論中國內地還是港英統治下的香港，政治與社會都有一個非常大規模的變易與轉移。以趙家璧的一人之身，歷經世變卻又似斷難斷，在大斷裂之後試圖由「記憶」出發以作歷史（文學史）連接，並且非常着意連接的合法性，而疏略其形神之異。他的舉措很能揭示「記憶」的黏合能力，同時也見到其偏狹的一面。[19] 如果論者想把這五輯《中國新文學大系》看成一個連續體，必須面對其間存在一個極大裂縫的問題：第一輯完成於一九三六年，第二輯開始出版於半個世紀之後的一九八四年；更不要說中間經歷天翻地覆的戰爭與政治社會的大變異，第一輯與後來四輯的編輯思想、製作方式與實際環境的千差萬別。考慮到種種因素，香港在上述過程中的參與角色，又透露了哪種意義？《香港文學大系》要作「續編」，又會遇上甚麼問題？都有待我們省思。

19 有關《中國新文學大系》第一輯與後來各輯的差異與區隔，可參考陳國球〈香港？香港文學？——《香港文學大系一九一九—一九四九》總序〉，頁十—十三。

二、「記憶之連續體」在香港

一九四九年以後，香港與中國之間有各種迴斡，其中文學與文化是兩邊關係的深層次展現。在五、六十年代期間，有一些文學現象可供思考。五十年代初從內地南下的馬朗（一九三三？—），在香港創辦《文藝新潮》，推動現代主義創作，引進西方文藝思潮，影響了香港一個世代的文學發展。《文藝新潮》的馬朗，在大崩裂的時刻意識到「遺忘」帶來歷史的流失。他在雜誌創刊不久的第二期就預告要編一個〈三十年來中國最佳短篇小説選〉的特輯。他的想法是：

> 中國新文學運動至今已卅餘年，其間不少演變，然而不論是貧乏還是豐饒，出版不下數萬種的小説倒底〔案：原文如此〕給三十年來的讀者群廣汎的影響，然而這些作品今日都在歷史的洪流裏湮沒了。目前海外人仕〔士〕即使想找一篇值得回味的小説，亦無可能。……〔我們〕借這個特輯來作一次回顧，讓大家看看中國有過甚麼出色的短篇小説，在文化淪亡無書可讀的今日，對於華僑青年，其意義又豈只是保存國粹而已。[20]

一九五六年五月《文藝新潮》第三期特輯正式刊出，收入沈從文〈蕭蕭〉、端木蕻良〈遙遠的風

20《文藝新潮》，第一卷第二期（一九五六年四月），封底〈預告〉。

砂〉、師陀〈期待〉、鄭定文〈大姊〉、張天翼〈二十一個〉五篇。馬朗在〈選輯的話〉交代編選過程中遇到的困難：

> 中國新文學書籍湮沒的程度實在超乎意料，令人吃驚。譬如，曾經哄動一時的新感覺派奇才穆時英的〈Craven A〉、〈一個本埠新聞欄廢稿的故事〉、〈白金的女體塑像〉、〈公墓〉等等之中，似乎可以選擇一篇的，因為他首先迎接了時代尖端的潮流；還有直追梅里美擅寫心理的施蟄存，他的《將軍的頭》和《梅雨之夕》兩本書；以致〔至〕偽滿時代的「中國紀德」爵青，他的《歐陽家的人們》；再有蕭紅的〈手〉和〈牛車上〉，羅烽描寫瀋陽事變的〈第七個坑〉、萬迪鶴的〈劈刺〉、荒煤的《長江上》、戰後的路翎和豐村……。前者已永遠在中國書肆中消失了，後者卻在香港找不到。[21]

四十年代在上海主編《文潮》的馬朗，來到香港以後對現代小說的記憶，自然與他昔日的閱讀經驗有關。馬朗在《文潮》有個〈每月小說評介〉的欄目，當中就曾評論《文藝新潮》特輯的〈期待〉

---

21 〈選輯的話〉，《文藝新潮》，第三期（一九五六年五月），頁六九。

及〈大姊〉兩篇；也旁及荒煤的《長江上》和爵青《歐陽家的人們》。[22] 由此可見「香港」連結「中國」的軌跡之一，是「文學記憶」在空間（中國內地—香港），以及時間（四十年代—五十年代）上的傳承接駁。這個具體的例子說明，我們看到的不是「中華文化廣被四夷」；[23] 而是一種「記憶」的遷徙、搬動。因為這些文學風潮與作品，在原生地已經難得流通了。[24]

此外，六十年代又有一次更大型的「文學記憶」的連結工程。一九六四年七月廿四日《中國學生周報》創刊十二周年紀念，推出《五四．抗戰中國文藝新檢閱》專輯，前有編者的〈寫在專輯前面〉，羅列了一批當時香港讀者會感陌生的作家名字，如卞之琳、端木蕻良、駱賓基、穆時英、施蟄存、錢鍾書、無名氏、王辛笛、馮乃超、孫毓棠、艾青、馮至、王獨清等，指出「他們的聲名給『正統作家』們蓋過了，他們的作品被戰亂的烽火燒燬了。但是，他們對當代中國文藝的影響是永遠潛在的，他們的功績是不可磨滅的」；這個專輯的目標是：

---

22 蘆焚（師陀）〈期待〉的評論見馬博良（馬朗）〈每月小說評介〉，《文潮》，創刊號（一九四四年一月），頁七五。鄭定文〈大姊〉的評論見馬博良〈每月小說評介〉，《文潮》，第一卷第五期（一九四四年八月），頁九八—九九；當中提到爵青《歐陽家的人們》。再者，評論曉芒〈荒原〉時，曾以荒煤《長江上》作比較，見馬博良〈每月小說評介〉，《文潮》，第一卷第六期（一九四四年十月），頁九七—九八。

23 我們也留意到馬朗提到香港的年輕世代時，稱他們做「華僑青年」。

24 例如三十年代的「新感覺派」，在大斷裂之後，要到八十年代北京大學嚴家炎重新提出，並編成《新感覺派小說選》（北京：人民文學出版社，一九八五），內地的讀者才有機會與之重逢。相對之下，這份「記憶」卻搬移到香港，由五十年代開始一直在文藝界傳承。

分別從小說、散文、詩歌、戲劇、翻譯、批評方面，介紹文壇前衛作家們的成就。……希望能夠提醒今日的讀者們：不要忘記從五四到抗戰到現在這一份血緣！[25]

這個專輯與「現代文學美術協會」的幾位骨幹人物如崑南（一九三五—）、李英豪（一九四一—）、盧因（一九三五—）等關涉最多。例如盧因就以「陳寧實」和「朱喜樓」的筆名，分別討論端木蕻良的小說，和周作人以來的雜文和散文；崑南則談無名氏，同時翻譯辛笛的詩作為英文。至於詩論大將李英豪則以「余橫山」的筆名討論劉西渭和五四以來的文藝批評，更重要的一篇論述是以本名發表的〈從五四到現在〉：

時至今日，一些真有才華和創建性的作者，反而湮沒無聞；作品隨着戰火而被埋葬；……我們只以為，「五四」及抗戰時，中國只有寫實小說，或自然主義品，卻漠視了如以新感覺手法表現的穆時英，捕捉內在朦朧感覺的穆木天，打破沿襲語言辭格的駱賓基，追尋純美的何其芳，寫〈水仙辭〉的梁宗岱，和運用小說「對位法」與「同時性」的爵青。茅盾、巴金、丁玲等都受政治宣傳利用，論才華和穩實，都比不上駱賓基、端木

25 編者〈寫在專輯前面〉，《中國學生周報》，第六二七期（一九六四年七月廿四日）。文中所列舉作家（除了穆木天、艾青、馮至）大部分是當時內地的現代文學史罕有論及的。

蕻良和李劼人；論狂放，更望塵不及無名氏。[26]

如果馬朗是搬動內陸的「文學記憶」到這個島與半島的文化人，李英豪卻是土生土長的本地「番書仔」，他的文化觸覺明顯與馬朗所傳遞的訊息有密切的關聯。但這並不表示李英豪一輩只是被動地接收單向的訊息。從文中可知他一樣看到由郭沫若到王瑤等傳揚的另一種文學史記述。換言之，李英豪等一輩人接收到內容有差異的訊息。顯然他們選擇相信文學的「過去」原本很豐富，但經歷滄桑歲月，「記憶」斷裂；精彩的作家和作品被「遺忘」。

由於對「遺忘」的戒懼，馬朗試圖將被隱蔽的「記憶」恢復。當他的私有「記憶」在易地以後成為一種論述，他高呼「人類靈魂的工程師，到我們的旗下來！」[27]當然是為了招集同道，發揮傳播的力量。至於論述的承受方，如崑南、盧因、李英豪一輩在本地成長的年輕人，緣此擴充了香港教育體制以外視野；[28]另一方面，在地的位置——作為面向世界的殖民地城市——也促使他們以更多元、多層次的思考，面對這些非他們固有的「文學記憶」；他們採取主動積極的態度，試

26 李英豪〈從五四到現在〉，《中國學生周報》，一九六四年七月廿四日。

27 新潮社〈發刊詞：人類靈魂的工程師，到我們的旗下來！〉，《文藝新潮》，第一卷第一期（一九五六年二月），頁二。

28 香港的文學教育並沒有提供這部分的知識，參考陳國球〈文學教育與經典的傳遞：中國現代文學在香港初中課程的承納初析〉，《現代中文文學學報》，第四期（二〇〇五年六月），頁九五——一一七。

圖建構可以上下連貫的文學史意識時，也在衡量當下自身的位置。所以文中說：

我們並不願意墨守他們的世界，亦不願盲從他們的步伐。中國現代文學應落眼於開創的一面——不斷的開創。我們不一定要有隻手闢天的本領，但我們必得肩負數千年來沈重的中國文化，高瞻遠矚的看看世界，默默的在個人追尋中求建立，自覺覺他。

文章的結尾，李英豪又說：

「現代」是「現代」，是不容逃避與否認的，而那必得是個人的、中國的「現代」。[29]

他們心中的「我們」，顯然是由當下的年輕一代的眾多「個人」組成；這一群「我們」為甚麼要「肩負」一個沉重的責任？如果用趙家璧的話來對照，他們「居然」、「擅自」、「自稱」是此一文學與文化記憶的「繼承者」，可謂不自量力地「情迷中國」(Obsession with China)。由馬朗到李英豪，「情迷中國」的基礎並不相同，但在五、六十年代香港共同構建了奇異卻璀爛的華語文化論

29 李英豪〈從五四到現在〉，《中國學生周報》，一九六四年七月廿四日。

述。[30]正如香港出版的《民主評論》，在一九五八年元旦刊載了牟宗三、徐復觀、張君勱、唐君毅等四位流離於中國之外的儒學中人合撰的〈中國文化與世界——我們對中國學術研究及中國文化與世界文化前途之共同認識〉；[31]這些「新儒家們」的「文化記憶」在中國大地養成，他們的親身體驗，是支撐他們信念的依據。然而香港一個年輕人聚合的文藝團體，也在翌年（一九五九年）元旦發表他們的「文化宣言」。這個團體的主要成員是崑南（二十四歲）、王無邪（一九三六—，二十三歲）和葉維廉（一九三七—，二十二歲），組織名稱是「現代文學美術協會」；他們高呼：

> 為了我們處於一個多難的時代，為了我們中華民族目前整體的流離，更為了我國半世紀以來文化思想的肢解，於是，在這決定的時刻中，我們都面臨着一個重大的問題；這個重大而不可抗拒的問題，迫使我們需要聯結每一個可能的力量，從面裏〔裏面〕發揮每一個人的勇敢，每一個人的信念，每一個人的抱負，共同堅忍地正視這個時代，共同表現中華民族應有的磅礡氣魄，共同創造我國文化思想的新生。……讓所有人，有共

30 參考陳國球〈情迷中國：香港五、六十年代現代主義文學的運動面向〉，《香港的抒情史》（香港：香港中文大學出版社，二〇一六），頁二六一—三二〇。

31 牟宗三、徐復觀、張君勱、唐君毅〈中國文化與世界——我們對中國學術研究及中國文化與世界文化前途之共同認識〉，《民主評論》，第九卷第一期（一九五八年一月），頁十二—二〇。

同善良的願望的年青人緊密地站在一起，站在一起肩負一個偉大而莊嚴的使命。[32]

由語言措辭以至思想方向看來，他們的想像其實源於南來知識分子的「文化記憶」，是這種「記憶」的承納與發揮。他們建構（虛擬）了一個超過本土的文化連續體，由是他們既能立意開新，又有歷史（上一輩的記憶）的厚重。千斤重擔兩肩挑。香港文學史的這一段，可說是最能大開大闔，最有歷史承擔的一段。[33]更重要的是：他們的確開拓了華語文學的新路，展示了內地環境所未及容納的文學之可能。當然，他們大概不能逆料其勇於承擔有可能遭逢「合法性」的質疑，而這正正是「歷史」之弔詭，與悲涼。

32 〈現代文學美術協會宣言〉，載崑南《打開文論的視窗》（香港：文星圖書公司，二〇〇三），頁一六三—一六四。

33 這是評斷香港文學文化為「淺薄」的外來學者所未及注意的一面。例如陳麗芬曾引用呂大樂指「香港意識」為「淺薄」的說法，普遍化為香港人就是「淺薄」；見陳麗芬〈普及文化與歷史記憶——李碧華的聯想〉，載陳國球編《文學香港與李碧華》（台北：麥田出版，二〇〇〇），頁一二三—一三〇。其實呂大樂之說是專指香港戰後嬰兒組成的「第二代人」自我發明的「香港意識」，是七十年代期間快速發展起來的（自欺欺人的）神話，是無力的、排他的、淺薄的；其指涉有具體的範圍，與陳麗芬的想像有根本的差異。參考呂大樂《唔該埋單！——一個社會學家的香港筆記》（香港：閒人行有限公司，一九九七），頁一—三；二〇—三一。

三、歷史的崩裂與文學主體的更替

《香港文學大系》第一輯以一九四九年為編選內容的時期下限，現在第二輯在時間線上作承接，以一九五〇年到一九六九年為選輯範圍。然而，時間上雖然相互啣接，其間的「歷史」進程卻很難說是無縫的連續體。從現存資料看到，一九四五年二戰結束，港英政府從戰敗的日本收回香港，當時的人口約六十餘萬；一九四六年增至一百六十餘萬人；一九四九年一百八十六萬，一九五一年二百三十萬。[34]由一九四九年到一九五一年兩三年間的人口增長約四十四萬，再計算雙向移動替代的實際情況和趨勢，這個歷史轉折時期香港人口變化極大，政治社會、經濟民生等面貌大有不同；尤其在文化理念或文學風尚，更是裂痕處處，前後不相連屬。

按照最通行的解說，自抗日戰爭結束，國共內戰展開，香港成為左翼文人的避風港，不少人更在此地主理重要報刊的編務，由是這個文化空間也轉變成左翼文化的宣傳基地。到一九四九年國民黨敗退台灣，大批內戰時期留港的文化人北上迎接新中國；而對社會主義政權心存抗拒的各式人等，又紛紛移居香港，或以之為中轉站，再謀定居之地。其中不少文化人在居停期間，書寫

34　參考湯建勛《一九五〇年香港指南》（香港：民華出版社，一九五〇；香港：心一堂，二〇一八年重印），頁八—九；華僑日報編《香港年鑑·第四回》（香港：華僑日報公司，一九五一），頁二；華僑日報編《香港年鑑·第五回》（香港：華僑日報公司，一九五二），頁二。

去國的鄉愁。一九五〇年韓戰爆發，緊接全球冷戰，美國大量資金流入香港，支持反共的宣傳；文藝界受益於「美援」，在應命的文字以外，也謀得一定的文學發揮空間。[35]若暫且依從極度簡約化的「左右對壘」觀念，我們可以說：在一九四九年以前，香港文學由左派思潮主導；一九五〇年以後，右派的影響大增。[36]準此而言，以連續發展為觀察對象的「文學史」，根本無從談起。

再細意的考察，可以《香港文學大系一九一九—一九四九》所載，時代較能相接的重要作家

---

35 相關論述最有代表性的是鄭樹森幾篇「港事港情」文章：〈遺忘的歷史‧歷史的遺忘——五、六〇年代的香港文學〉（一九九六）、〈一九九七前香港在海峽兩岸間的文化中介〉（一九九七）、〈五、六〇年代的香港新詩〉（一九九八）、〈談四十年來香港文學的生存狀況——殖民主義、冷戰年代與邊緣空間〉（一九九四），均收入《縱目傳聲：鄭樹森自選集》（香港：天地圖書公司，二〇〇四），頁二一六—二二六；頁二二七—二五四；頁二五五—二六八；頁二六九—二七八。下文再會論及其中最重要的〈遺忘的歷史‧歷史的遺忘〉一文。又參考王梅香《隱蔽權力：美援文藝體制下台港文學（一九五〇—一九六二）》（新竹：清華大學博士論文，二〇一五）；Chi-Kwan Mark, *Hong Kong and the Cold War: Anglo-American Relations, 1949-1957* (Oxford: Oxford UP, 2004); Priscilla Roberts and John M. Carroll, ed., *Hong Kong in the Cold War* (Hong Kong: Hong Kong University Press, 2016)。

36 部分親歷這個轉折期的文化人例如慕容羽軍、羅琅等，也各自有其憶述，他們的說法又與此宏觀圖像並不能完全吻合；大概當中添加了許多更複雜的人事轇轕的追憶，以及個別的遭際感懷。但究竟這些微觀經驗，是否比遠距離的觀察更可信？實在不易判定。參考慕容羽軍《為文學作證：親歷的香港文學史》（香港：普文社，二〇〇五）；羅琅《香港文化記憶》（香港：天地圖書公司，二〇一七）。

為論。《香港文學大系》第一輯所見表現精彩的詩人易椿年（一九一五—一九三七）、編輯兼作者梁之盤（一九一五—一九四一）、文藝理論家李南桌（一九一三—一九三八），均英年早逝；而曾在此地推動「詩與木刻」的戴隱郎又回到馬來亞參加戰鬥，無法在文藝活動上延續影響。至於在文壇非常活躍的「香港文藝協會」成員如李育中、劉火子、杜格靈，又如寫過「香港照像冊」系列的前衛詩人鷗外鷗，《中國詩壇》骨幹陳殘雲、黃寧嬰、黃雨，小說和散文作家黃谷柳、吳華胥、杜埃等，都相繼在一九五〇年後北上，在香港再沒有蕩漾餘波；更不要說奉命來港「工作」的文化人如茅盾、郭沫若、聶紺弩、樓適夷、邵荃麟、楊剛等，他們返國以後，再也不回頭。這些三、四十年代在香港有頻繁文學活動的作家選擇離開，各有其原因，不應究責；後來不少人更身陷困厄。值得注意的是：他們的作品從此幾乎在香港絕跡，不再流傳；換句話說，當初備受讚譽的作品，其「生命」卻未能在此地延續。

回到《大系》續編的問題。《香港文學大系一九一九—一九四九》及《香港文學大系一九五〇—一九六九》兩輯，年代相接；選入的作家理應有所重疊。但比對之下，結果令人驚訝。例如第一輯《新詩卷》收錄詩人五十六家，第二輯共兩卷收詩人七十一家。第一輯詩人在第二輯再次出現的僅有柳木下、何達、侶倫三人。侶倫擅寫的文類還有小說和散文，何達的詩歌創作生涯比較長；至於柳木下，到六十年代詩思開始枯竭。三人以外當然還有一些留港作家，如舒巷城、葉靈鳳、陳君葆等，仍然有在報刊撰文，以不同的文體見載《香港文學大系》第二輯；但相對於五十年代新近南移到香港的文人，以及在本土成長的新一代來說，這些香港前代作家的整體創作量和影響力遠遠不及。再者，新一代冒起的年輕文人如崑南、王無邪、西西、李英豪等，與三、四十年代香港作家的關係也不密切。[37]

這種前後不相連屬的崩裂情況，提醒文學史研究者重新審視歷史的「延續」問題；這又關乎「歷史」與「記憶」主體誰屬的問題。

四、「記憶」與「遺忘」的韻律

《香港文學大系一九五〇—一九六九》的選錄範圍是五、六十年代，正進行中的編纂過程有許多不容易解決的問題；不過，在這個時間範圍採集資料，我們得助於前人的工作甚多。在上世紀八十年代已見到從文學史眼光整理的五、六十年代資料出版，例如鄭慧明、鄧志成、馮偉才合編的《香港短篇小說選——五十年代至六十年代》。[38] 到九十年代香港另一個歷史轉折期前後，

37 在這個轉折時期，有更強韌力可以跨越時代，持續發展的是香港的通俗文學寫作人，如傑克、望雲、周白蘋、我是山人、高雄（三蘇）等；然而他們要應對的環境和寫作策略與前述者不同；在此暫不細論。

38 鄭慧明、鄧志成、馮偉才合編《香港短篇小說選——五十年代至六十年代》（香港：集力出版社，一九八五）。書中〈前言〉特別提到當時搜集資料工作之艱巨繁複。

也有劉以鬯和也斯的五、六十年代短篇小說選；[39]以及黃繼持、盧瑋鑾、鄭樹森三人更大規模的合作計劃。黃、盧、鄭三位從一九九四年開始合力整理香港文學的資料，最先面世的成果如《香港文學大事年表》、《香港小説選》、《香港散文選》、《香港新詩選》等，其年限都設定在一九四八年到一九六九年。[40]三位學者還有其他時段的資料陸續整理出版，決定先推出五、六十年代的部分，應該有深義在其中。[41]鄭樹森在一九九六年發表〈遺忘的歷史．歷史的遺忘——五、六十年

39 劉以鬯《香港短篇小説選：五十年代》（香港：天地圖書公司，一九九七）；也斯《香港短篇小説選：六十年代》（香港：天地圖書公司，一九九八）。

40 黃繼持、盧瑋鑾、鄭樹森合編《香港文學大事年表：一九四八—一九六九》（香港：香港中文大學人文學科研究所，一九九七）；《香港小説選：一九四八—一九六九》（香港：香港中文大學人文學科研究所，一九九七）；《香港散文選：一九四八—一九六九》（香港：香港中文大學人文學科研究所，一九九七）；《香港新詩選：一九四八—一九六九》（香港：香港中文大學人文學科研究所，一九九八）。

41 三人合編的其他香港文學資料還有：《早期香港新文學作品選：一九二七—一九四一》（香港：天地圖書公司，一九九八），《早期香港新文學資料選：一九二七—一九四一》（香港：天地圖書公司，一九九八），《國共內戰時期香港本地與南來文人作品選：一九四五—一九四九》（香港：天地圖書公司，一九九九），《國共內戰時期香港本地與南來文人資料選：一九四五—一九四九》（香港：天地圖書公司，一九九九），《香港新文學年表（一九五〇—一九六九年）》（香港：天地圖書公司，二〇〇〇）。

代的香港文學〉，可說是為其理念及這個階段的工作，作出綜合說明。[42] 從題目可以見到「遺忘」也是三位前輩非常關心的問題。鄭樹森在文章結尾說：

> 五、六十年代的香港文學，雖是當時最不受干預的華文文學，但也是物質基礎最薄弱、生存條件最貧困的。而當時政府圖書館的不聞不問，完全可以理解，但對今日的文學研究者，史料的湮沒，不免造成歷史面貌的日益模糊。任何選集、資料冊和文學大事年表的整理工作，都不得不面對歷史被遺忘後的窘厄，但也不得不去努力重構。而在這過程中，過濾篩選，刪芟蕪雜，又在所難免。換言之，重新構築出來的圖表面貌，不論是有意或無意，不免是另一種歷史的遺忘。[43]

42 〈遺忘的歷史．歷史的遺忘——五、六十年代的香港文學〉一文先在《幼獅文藝》及《素葉文學》發表，也收入《香港文學大事年表》作為書〈序〉；後來三人合著的《追跡香港文學》，也以這一篇文章放在卷首，可見這篇文章的重要性。分見《幼獅文藝》，第八十三卷第七期（一九九六年七月），頁五八—六三；《素葉文學》，第六一期（一九九六年九月），頁三〇—三三；《香港文學大事年表：一九四八—一九六九》（香港：香港中文大學人文學科研究所香港文化研究計劃，一九九六），頁一—八；《追跡香港文學》（香港：牛津大學出版社，一九九八），頁一—九。

43 〈遺忘的歷史．歷史的遺忘——五、六十年代的香港文學〉，《素葉文學》，第六一期（一九九六年九月），頁三三。

鄭樹森提到兩種「遺忘」：一是「集體記憶」的遺落，政府無意保存，民間社會也沒有「記憶」的需求；另一是史家技藝的限制，無法呈現「完全」的「記憶」。後者其實是前者的逆反：因為不滿「記憶」的遺失，所以要填補這缺失；卻因為要勉力拯救所失，求全之心生出警覺之心，甚或憂心。我們循此方向再作深思，或者可以從「記憶」的本質出發。「記憶」本是存於私我的內心，私我要尋求「生命歷程」的意義時，「記憶」是重要的憑藉。「記憶」從來不會顯現完整的「過去」，因為「過去」的每一刻都是無限大、無窮盡的；「記憶」本就是零散經驗的提取，如果要將所經驗的「過去」轉化成有意義的記憶（making sense of the past），則編碼（encoding）過程不可缺少；於是「現在」與「過去」、「私我」和「公眾」就構成對話關係，過程中既內省、再玩味、更參酌比照，當中自然有選擇、有放下；「遺忘」與「記憶」就構成辯證的關係。[44] 鄭樹森念茲在茲，

---

44 有關「集體記憶」、「歷史」與「遺忘」，可參考 Maurice Halbwachs, *On Collective Memory*, ed. and trans. by Lewis A. Coser (Chicago: The University of Chicago Press, 1992); Peter Burke, "History as Social Memory," in *Memory*, ed. by T. Butler (Oxford: Blackwell, 1989), pp. 97-113; Patrick H. Hutton, *History as an Art of Memory* (Hanover, New Hampshire: University Press of New England, 1993); Jeffrey Andrew Barash, *Collective Memory and the Historical Past* (Chicago and London: University of Chicago Press, 2016); Guy Beiner, *Forgetful Remembrance: Social Forgetting and Vernacular Historiography of a Rebellion in Ulster* (Oxford: Oxford University Press, 2018)。在參閱這些論述時，我們也要注意歷史學的關懷與文學史學不完全相同，因為「文學」的本質就與美感經驗相關。

是「集體記憶」的公共意義，「歷史」不應被（政治力量或經濟力量）刻意「遺忘」；謹之慎之，是為重構「歷史」過程的成敗負上責任。這種態度是值得我們尊敬的。

然而，當我們要整合思考《香港文學大系》第一、二輯的關係時，要面對的「記憶」與「遺忘」卻埋藏在更複雜的歷史斷層之間。尤其「文化記憶」在兩輯之間的失傳，是否宣明「文學」無力抗衡「現實」？只要政治社會有大變動，文學所能承載的「記憶」是否就必然失效，就此湮滅無聞？

可是，當我們還未在「歷史現實」面前屈膝之前，就發現香港的五、六十年代文人，其實在奮力抗拒「遺忘」，正如前面提到馬朗為三十年代的文學亡靈招魂；李英豪等更大規模的重整文學記憶。這樣的超越時空界限的香港文學事件不一而足，例如：曹聚仁寫《文壇五十年》正續編（一九五四、一九五五）；[45] 趙聰寫《大陸文壇風景畫》（一九五八）、《五四文壇點滴》（一九六四）；[46] 李輝英寫《中國新文學二十年》（一九五七）；構思《中國新文學大系．續編》

---

45 曹聚仁《文壇五十年》（香港：新文化出版社，一九五四）；《文壇五十年續集》（香港：世界出版社，一九五五）。

46 趙聰《大陸文壇風景畫》（香港：友聯出版社，一九五八年）、《五四文壇點滴》（香港：友聯出版社，一九六四）。

（一九六八）；[47]力匡以新月派風格寫《燕語》的離散心聲（一九五二）；[48]侶倫調整他的浪漫風格，以《窮巷》繼續「五四」以來的現實主義（一九五二）；[49]宋淇借梁文星重現四十年代的詩學觀念（一九五五）；[50]葉維廉用心融會李金髮、戴望舒、卞之琳等的風格（一九五九）；[51]崑南盡意追慕無名氏的小說（一九六四）。[52]應該注意的是，他們刻意重尋的「記憶」，其典範並非源自本土；但這也不是簡單的「情迷」心結，而是將更悠長深遠的「記憶」與當下的生活體驗以至生命感懷作出斡旋與協商；其中文字在文化脈搏中生發的美感經驗，或許更是關鍵樞紐，由是生發出在地的、新鮮的「文學記憶」。至於發生在《大系》兩輯時限之間的斷裂，前後輩作家之不相聞問，的確是我們所關懷且惋惜的現象。不過，我們或許要再放寬視野，只要有能力在崎嶇不平、滿佈坑洞的「歷史」長廊走遠，就會發覺已遺落的「文學記憶」，會乘隙流注，在意想不到的時刻直奔眼前。例如八十年代中段，久失踪影的鷗外鷗翩然重臨，向隔代的本地同道傳遞添加了滄桑

47 林莽（李輝英）《中國新文學二十年》（香港：世界出版社，一九五七）；李棪、李輝英〈《中國新文學大系．續編》的編選計劃〉。

48 力匡《燕語》（香港：人人出版社，一九五二）。

49 侶倫《窮巷》（香港：文苑書店，一九五二）。

50 林以亮〈詩的創作與道路〉，《祖國周刊》，第十二卷第五期（一九五五年五月），頁二五—三〇。

51 葉維廉〈論現階段中國現代詩〉，《新思潮》，第二期（一九五九年十二月），頁五—八。

52 崑南〈淺談無名氏初稿三卷〉，《中國學生周報》，第六二七期，《五四．抗戰中國文藝新檢閱》專輯，一九六四年七月二十四日。

苦澀的「記憶」；以舊作新篇為年輕世代的文學冶煉助燃。[53]「歷史（文學史）」不僅形塑「過去」，它還會搖撼「未來」。

風物長宜放眼量。文學「記憶」與「遺忘」的往來遞謝，或者好比一種即興式的「時間韻律」（rhythmic temporality），時而共鳴交感，時而沉靜寂寞。[54]我們未必能按軌跡預計「記憶」何時重訪我們的意識世界，因為現世中有種種有形與無形的屏障或壓抑。然而文學——依仗文字與文化生發的美感經驗——就有種「反遺忘」的力量，在意識的海洋上下浮潛而汩汩不息，或者衣缽相傳，也可能隔世相逢。年來我們努力梳理五、六十年代香港文學的作品和相關資料，每每驚嘆初遇其實就是舊識；因為，彼此都存活在這塊土地上。

五、同構「記憶」的大眾文化

以上的論述主要從「遺忘」戒懼出發，也牽涉到主體的問題，究竟誰在「記憶」？誰要「遺忘」？簡約式的回應是：南下文人滿懷「山河有異」的感覺，以「文學風景」作為寄寓。至於本地

---

53 參考陳國球〈左翼詩學與感官世界：重讀「失踪詩人」鷗外鷗的三、四十年代詩作〉，《政大中文學報》，第廿六期（二〇一六年十二月），頁一四一——一八一。

54 這是英國學者 Ermarth 討論歷史時間的觀念之借用；見 Elizabeth Deeds Ermarth, *Sequel to History: Postmodernism and the Crisis of Representational Time* (London: Routledge, 2012)。

的年輕「番書仔」，卻以文化源頭的「想像」承接文壇長輩的「記憶」，來抗衡殖民統治下的種種壓抑，以及在「現代性」的苦悶狀態下尋找精神出路。「反遺忘」的對象，就是大環境的政治與社會氣候。這些「抗衡政治」的論述，比較能說明精英文化層面的心靈活動。然而，各種力量的交鋒在更寬廣的民間社會可能有不同的表現，其中顛覆的意義更不能忽略。《香港文學大系》以文字文本的「藝術表現、社會感應，與歷史意義」作為觀察對象，但編輯範圍並不會囿限在新詩、小說、散文、戲劇、文學評論等自「新文學運動」以來的「正統」文學類型。第一輯十二卷在上述文體以外，還包括通俗文學、舊體文學、兒童文學等；編輯團隊認為在香港的文化環境中，這些文學類型能夠提供「額外的」審視角度。相關的編輯理念已在《香港文學大系一九一九—一九四九》的〈總序〉作出解說。在這個基礎上，《香港文學大系一九五〇—一九六九》保持第一輯的各種文體類型，再添加粵語、國語歌詞，以及粵劇兩個部分。歌詞和粵劇的相關藝術形式是音樂和舞台的表演，但其中的文字文本仍然佔了一個相當重要的位置。當然更全面以文字表達的大眾文化體類可以舉出盛極一時的武俠小說與愛情流行小說，以及別具形態的「三毫子小說」。本輯《香港文學大系》兩卷《通俗文學》會適切地反映這個現象。在《香港文學大系一九五〇—一九六九》的架構中，新增的《粵劇卷》和《歌詞卷》有助我們從更全面了解不同類型的文字文本如何融會成大家認識的香港文化。

粵劇本是廣東珠江三角洲一帶開展出來的地方戲曲，其原始功能是作為民間酬神的一種儀式，娛神的作用不少於娛人。隨着二、三十年代省（省城，即廣州）港（香港）澳（澳門）的城市化發展，粵劇演出的空間與時間也相與呼應，重心漸漸從臨時戲棚轉到戲院舞台，並由季候性的農閒祭祀活動變成市民日常生活的文娛康樂；演出所本也由固定劇目、排場之程式化與即興混合，進展到文人參與編訂提綱以至劇本。由是，文字的作用愈加重要，文學性質經歷一個由隱至顯的歷程。於今回顧，可知粵劇的文學階段之成熟期正正發生在大崩裂時代的香港；而粵劇的整體藝術表現，也在五、六十年代進入最輝煌的時期。是時，粵劇是這個城市的重要文娛活動，與社會大眾同一呼吸；相對同時其他嶺南地區，香港更有可以迴轉的精神空間，在市廛喧鬧間讓文字的感應和創發力量得以發揮。市民社會本來就複雜多元，在現實困厄中謀存活，難免有保守功利的一面；然而大眾意識中也不乏向上提升、或者挑戰威權的想望。這時期香港粵劇界出現最有駕馭能力的編劇家，在娛樂消閒與藝術錘煉之間游走；部分更蘊藏種種越界之思，乘間衝擊諸如生死、倫常、國族、階級等界限，暗中顛覆舊有的價值體系。[55] 當中文字與現實的博弈，透過不同媒介如電台廣播、唱片，或電影改編等廣泛傳播，植入不同階層的民眾意識之中，成為香港的重要「文化記憶」，在往後世代滋潤了許多文學以至藝術創作。[56]

55 例如《牡丹亭驚夢》（唐滌生，一九五六）及《再世紅梅記》（唐滌生，一九五九）的跨越道德與生死界、《碧海狂僧》（陳冠卿，一九五二）以「老妻少夫」的情節質詢愛情之「常態」、《鳳閣恩仇未了情》（徐子郎，一九六二）以「胡漢戀」撼動國族的界限、《紫釵記》（唐滌生，一九五七）中郡主與歌妓的階級身份置換等等。

56 參考陳國球〈粵劇《帝女花》與香港文化政治想像〉，未刊稿。

由粵劇的劇曲衍生出「粵語小曲」，再而出現受「國語時代曲」感染的「粵語時代曲」，發展到更「現代化」的「粵語流行曲」（Cantopop），是香港文化的其中一條重要發展脈絡。五、六十年代流行文化中的粵語歌未算鼎盛；要到七十年代開始，「粵語流行曲」才成為香港最重要的「軟實力」之一，影響不止遍及華語世界，在整個東亞地區都有其耀眼的位置。《香港文學大系》第二輯開闢「歌詞」一體，其中一個考慮點是為以後各輯的《歌詞卷》先作鋪墊。此外，作為這個時期的文字力量之一，粵語歌詞還有不少可以細味的地方；尤其與當時的「國語時代曲」對照並觀，更能見出在地的語言風俗與各方交涉周旋的意義。「國語時代曲」的原生地應該在上海。一九四九年以後，「樂人南奔」，一大批上海歌手、作曲家、填詞人移居香港；重要的唱片製作人、大型唱片公司也由上海南下，帶來上海先進的歌曲製作技術，資金又充裕，一時間「滬上餘音」瀰漫香江。[57]

香港的語言環境原本以粵語為主，書面語基本上與其他華語地區相通；但歌曲唱詞發聲，以聽覺主導，「國語時代曲」（與「國語電影」）在五、六十年代香港居然可以引領風騷，比粵語歌曲（及「粵語電影」）有更高的社會位置；這是值得玩味的現象。在一定程度上，可以見到香港文化

---

57 參考黃奇智《時代曲的流光歲月：一九三〇—一九七〇》（香港：三聯書店（香港）有限公司，二〇〇〇）；沈冬〈《好地方》的滬上餘音——姚敏與戰後香港歌舞片音樂〉上、下，《音樂藝術（上海音樂學院學報）》，二〇一八年第一期（三月），頁一二七—一四二；二〇一八年第三期（九月），頁七八—九一。

有一種在殖民統治影響下的寬鬆彈性：有時是逆來順受，有時是兼容並包。若有所抗衡，會選擇比較迂迴或含蓄的方式。粵語歌曲同時經歷「國語時代曲」與「歐西流行曲」的衝擊，再由在地意識浸潤洗練，七十年代以後就能奮起搶佔鰲頭。另一方面，國語歌曲在當時香港的寬廣空間也得以茁壯成長，進入這一種歌唱體裁的黃金時期；這時「國語時代曲」的創作人不止於追詠〈南屏晚鐘〉（陳蝶衣，一九五八），也會欣賞地道的〈叉燒包〉（李雋青，一九五七），漸漸體會身處的〈好地方〉（易文，一九六二）。可見「國語時代曲」也能接地氣，成為五、六十年代本地文化的一環。

粵語、國語的歌詞合觀，可見其中還是以情歌最為大宗。談情說愛在現代社會幾乎是人生的必經歷程，普羅大眾最容易感應；這方面的書寫，在語言鍛煉（或者堆疊）上，可以上承《香奩》、《花間》，往返於風雲月露、鴛鴦蝴蝶，不難造就一種「文雅」的面相。反而其他內容的創作表達與市民接收，更值得注意。流行文化本質上要隨波逐流，寫大眾喜見樂聞，或者憂戚同感的情事。這時期的國粵語歌展示了社會的眾多面相，例如：對富貴或者美好生活的嚮往；[58]又有為低下階層的勞動生活打氣；[59]反映大眾的社會觀感、居住環境的差劣；[60]以至世代轉變帶來的家

58 如〈月下定情〉（張金，一九五一）；〈馬票夢〉（韓棟，一九五五）；〈我要飛上青天〉（易文，一九五九）；〈財神到〉（梅天柱，一九六七）。

59 如〈擦鞋歌〉（司徒明，一九五六）；〈工廠妹萬歲〉（羅寶生，一九六九）。

60 如〈飛哥跌落坑渠〉（胡文森，一九五八）；〈扮靚仔〉，（胡文森，一九六一）；〈一家八口一張牀〉（陳蝶衣，一九五六）；〈蜜蜂箱〉（李雋青，一九五七）。

庭代溝、青春之鼓舞與躁動；[61] 甚至女性主體意識的釋放。[62]

《香港文學大系》這一輯統合香港國粵語歌曲的歌詞為一卷，更有助我們對照兩個語言表述傳統的異同，觀察二者在同一文化場域中如何周旋與互動，如何同構這個時段的「文化記憶」。再者，從整個《香港文學大系一九五〇——一九六九》的體系來看，我們也可以留心新增的《粵劇卷》和《歌詞卷》如何補足我們對香港文學文化的理解。

六、有關《香港文學大系一九五〇——一九六九》

《香港文學大系一九五〇——一九六九》共計有十六卷：《新詩》兩卷，卷一由陳智德主編，卷二葉輝、鄭政恆合編；《散文》兩卷，卷一樊善標主編，卷二危令敦主編；《小說》兩卷，卷一馮偉才主編，卷二黃淑嫻主編；《話劇卷》盧偉力主編；《粵劇卷》梁寶華主編；《歌詞卷》分兩部分，粵語歌詞黃志華、朱耀偉合編，國語歌詞吳月華、盧惠嫻合編；《舊體文學卷》程中山主編；《通俗文學》兩卷，卷一黃仲鳴主編，卷二陳惠英主編；《兒童文學卷》黃慶雲、周蜜蜜

61 如〈老古董〉（易文，一九五七）；〈青春樂〉（吳一嘯，一九五九）；〈莫負青春〉（蘇翁／羅寶生，一九六六）；〈我是個爵士鼓手〉（籲篁，一九六七）。

62 如〈哥仔靚〉（梁漁舫，一九五九），〈卡門〉（李雋青，一九六〇）。

合編；《評論》兩卷，卷一陳國球主編，卷二羅貴祥主編；《文學史料卷》馬輝洪主編。

編輯委員會成員有：黃子平、黃仲鳴、黃淑嫻、樊善標、危令敦、陳智德、陳國球。我們還邀請了李歐梵、王德威、陳平原、陳萬雄、許子東、周蕾擔任本輯《香港文學大系》的顧問。

《香港文學大系一九五〇—一九六九》編纂計劃很榮幸得到公私各方的襄助。其中李律仁先生再度捐贈啟動資金，香港藝術發展局先後撥出款項作為計劃的主要運作經費。在計劃醞釀期間，也得到香港藝術發展局文學藝術組全力支持，並提供寶貴的意見。出版方面，續得香港商務印書館高水平的專業支援，解決了不少編輯過程中的難題。中研院王汎森院士盛情鼓勵，為《大系》題籤。香港教育大學中國文學文化研究中心作為《大系》編輯的基地，各位同事和研究生們以最高熱忱協同編務。至於境內外文化界同道的熱心關懷，督促提點，在此不及一一。以上種種，我們都銘記在心，並以之為更大的推動力，盡所能以完成《大系》的工作。

在此還應該記下我對《大系》編輯團隊的無限感激。眾所周知，當下的學術環境並不鼓勵《香港文學大系》一類的工作，團隊同仁犧牲大量時間與精神參與編務，只說明我們認識的這個城市、這個地方，值得大家交付心與力。至於其中的意義，就看往後世間怎麼記載。

凡例

一、《香港文學大系一九五〇——一九六九》共十六卷，收錄一九五〇年（一月一日起）至一九六九年（十二月三十一日止）之香港文學作品，編纂方式沿用《中國新文學大系》的體裁分類，同時考慮香港文學不同類型文學之特色，定為新詩卷一、新詩卷二、散文卷一、散文卷二、小說卷一、小說卷二、話劇卷、粵劇卷、歌詞卷、舊體文學卷、通俗文學卷一、通俗文學卷二、兒童文學卷、評論卷一、評論卷二和文學史料卷。

二、作品排列是以作者或主題為單位，以作者為單位者，以入選作品發表日期先後為序，同一作者入選多於一篇者，以發表日期最早者為據。

三、入選作者均附作者簡介，每篇作品於篇末註明出處。如作品發表時所署筆名與作者通用之名不同，亦於篇末註出。

四、本書所收作品根據原始文獻資料，保留原文用字，避免不必要改動，如果原始文獻中有×或□，亦予保留。

五、個別明顯誤校、字粒倒錯，或因書寫習慣而出現之簡體字，均由編者逕改；個別異體字如無法顯示則以通用字替代，不另作註。

六、原件字跡模糊，須由編者推測者，在文字或標點外加上方括號作表示，如「不以為〔然〕」；

原件字跡太模糊，實無法辨認者，以圓括號代之，如「前赴（ ）國」，每一組圓括號代表一個字。

七、本書經反覆校對，力求準確，部分文句用字異於今時者，是當時習慣寫法，或原件如此。

八、因篇幅所限或避免各卷內容重複，個別篇章以「存目」方式處理，只列題目而不收內文，各存目篇章之出處將清楚列明。

九、《香港文學大系一九五〇—一九六九》之編選原則詳見〈總序〉，各卷之編訂均經由編輯委員會審議，唯各卷主編對文獻之取捨仍具一定自主，詳見各卷〈導言〉。

十、本〈凡例〉通用於各卷，唯個別編者因應個別文體特定用字或格式所需，在〈導言〉內另作補充說明，或在〈導言〉後另以〈本卷編例〉加以補充說明。

粵語歌詞部分

導言一

黃志華

本歌詞卷，選入一九五〇年至一九六九年間面世的粵語歌詞一百首，希望藉此能反映這二十年間，香港的粵語歌詞創作的發展軌跡，展現作品風貌以至文學成份。

這項編選工作是艱難的。因為粵語流行歌曲在五、六十年代，地位很低，很少人會以文學眼光去看這個時期的粵語歌詞，我們現在亦難以知道那時的歌詞作者，會不會要求自己筆下的歌詞創作具文學價值。然而文字創作，一旦成篇，多多少少都會帶些文學成份，基於這一點，選取歌詞，便有一點憑藉。本卷之作品編選，也着眼於藝術價值與文獻價值之兼容。

從入選歌詞的作者來看，計有周聰（二十首）、李願聞（十二首，有一首與潘焯合寫）、吳一嘯（十一首）、胡文森（十一首）、梁漁舫（四首）、唐滌生（四首）、王粵生（四首）、潘焯（三首，有一首與李願聞合寫）、羅寶生（三首，其中〈工廠妹萬歲〉一首電影資料館指詞人是呂永）、王季友（三首）、左几（三首）、朱頂鶴（二首）、韓棟（二首），以下十三人各佔一首：馮志剛、何大傻、凌龍、盧迅、龐秋華、周憲溥、梅天柱、陳直康、黃霑、鄒方里、花月、公羽、蘇翁。另有六首詞作是佚名的。換句話說，知道名字或筆名的作者，共廿六位。不過，「公羽」可能是李願聞的筆名，因無法肯定，姑視為兩位不同的詞作者。遺憾的是，有好些詞作者我們對其生平幾乎一無所知，比如韓棟、凌龍、盧迅、陳直康、梅天柱、鄒方里、花月、公羽等人，便是這樣。

論背景，這廿六位詞人，大部分都跟粵劇粵曲有深厚淵源，筆者所知的便有李願聞、吳一嘯、胡文森、梁漁舫、唐滌生、王粵生、潘焯、何大傻、朱頂鶴、羅寶生、凌龍、盧迅、龐秋華、周憲溥、梅天柱、蘇翁等十六人，逾六成！由此足見粵劇粵曲界創作人對五、六十年代粵語流行歌詞創作影響之深，足以左右歌詞創作的風格與面貌。

然而，獲黃霑譽為「粵語流行曲之父」[1]的周聰，卻非粵劇粵曲界中人，而他入選本卷的歌詞，達二十首，佔本卷百首歌詞的五分之一，可說是異數。但這亦只是因為周聰的歌詞作品，在五、六十年代不但數量多，而且質量較高，入選詞作自然就多了。

如按「媒介」分類，本卷的一百首粵語歌詞，五十四首屬電影歌曲、三十八首屬唱片歌曲、六首屬電台歌曲、兩首屬粵劇歌曲。從這個角度來看，五、六十年代的粵語流行曲，是深受電影的影響，由唱片公司直接生產的唱片歌曲，數量是較少的。電台廣播劇歌曲，乃是六十年代的新生事物，能在百首歌詞之中佔了六首，也可見其分量不輕。值得注意的是，這樣把歌曲按「媒介」分作四類，周聰所入選的二十首詞作，可分別隸屬其中三類。能像周聰那樣，詞作分別隸屬其中三類的，僅有吳一嘯而已！

歌詞創作，有的是詞先於曲寫成，然後由音樂家譜曲；有的是依歌調的旋律來填詞。七十年代粵語流行曲大大振興之後，歌詞的創作方式絕大部分都是依曲填詞。但在五、六十年代，粵語

1 黃霑〈那時代唯一聲音〉，《信報》「玩樂」專欄，一九九一年一月十六日。

歌曲有不少是先寫詞後譜曲，那些來自粵劇或電影的歌曲，很多都是採用這個方式創作的。

很肯定的説，詞是先於曲完成還是依曲填，對成品絕不會沒有影響，雖然我們難以判斷有甚麼具體的影響，但其中有些因素我們會估計得到。

第一點是，依曲填詞對粵語歌詞創作而言，難度極高。古代有些文人，為了逞能，會以四聲來填寫詞調，結果常常是因聲害意，難寫出好作品。據筆者多年的研究，依曲調填寫粵語歌詞，那種難度可跟以四聲來填寫詞調相近，不同的是，依曲調填寫粵語歌詞，是有音樂旋律幫助的，會有利於活躍文思，但依四聲填詞調，由於詞調音樂早已失傳，文人只是因着某字要填某聲，完全沒有音樂可以幫助。然而填歌詞縱是有音樂旋律幫助活躍文思，始終是難的，故此也不時會因聲害意。

第二點是，填粵語歌詞固然難，但有時可因難見巧，能逼出好意念或好詞句。

第三點是，當情況反過來，詞章先於音樂而出，由於不用顧慮粵語合樂上的諸般限制，變成是很自由的書寫，吐屬相對來説是自然得多。然而也有些詞人在先於音樂誕生的情況下寫詞時，會較多考慮詞句的音樂感，在遣字修辭上頗有所注重。

一、從吳一嘯詞看新詩與歌詞的一二分別

為此，筆者先談談本卷中選入的幾首吳一嘯詞作。因為，這些吳氏的詞作，有不少都是先詞

後曲的。吳氏憑空寫詞，每每喜歡疊用字詞以至句子來增加詞章的音樂感。

意中人在眼前，欲見難見，不想見時又見，

……

人道愛情酸，我道愛情甜，

甜甜甜，甜夢幾時圓？

（〈意中人在眼前〉）

（任劍輝）花香、酒香、脂香、粉香、香香香，不似佳人玉體香。

（白雪仙）花又香、酒又香、脂又香、粉又香，我不願檀郎讚我香，我只願把我心兒放在郎心上。

（任劍輝）甜在郎心上，香在郎身上，香了又甜，甜了又香，蕩氣又迴腸。

（白雪仙）我若是春花，君應是太陽，太陽愈照花愈香，花愈多情對太陽。

（合）一對對，一雙雙，唱罷甜心曲，心甜曲又香。

（〈甜心曲〉）

一朵朵櫻花紅透，一雙雙蝴蝶戀枝頭，

只恐怕春殘花落了，
情如流水向東流，問誰個肯替花愁。

迴舞袖，囀歌喉，
燈比琉璃清，人比黃花瘦，
試問惜花者印象留不留。

蝴蝶情誰寄，蝴蝶夢難求，
蝴蝶傷心蝴蝶愁，
蝴蝶之歌歌不盡，蝴蝶之舞永不休，
蝴蝶兒呀，何日成雙到白頭？

（〈蝴蝶之歌〉）

相信只舉以上三首，便足以見到吳一嘯在歌詞創作上的作風：喜歡疊用字詞以至句子來增加詞章的音樂感。比如在〈意中人在眼前〉裏，先疊用「見」字，繼而疊用「道愛情」三個字，其後再連用五個「甜」字。在〈甜心曲〉裏，先是「香」字頻繁疊用，然後是「我」、「郎」、「上」、「甜」、「花」、「太陽」等字詞的反覆出現，單是讀來便已有某種節奏感，或是環迴之美。在〈蝴蝶之歌〉

之中，第三段歌詞，七句歌詞的前六句都寫進「蝴蝶」一詞，第三句還用了兩次，詞人正是這樣頻繁疊用詞語，來取得強烈的音樂感或節奏感。

即使是依曲填詞，吳一嘯有時也喜歡疊用字詞。比如本卷選進的一首〈三對歌〉，是吳一嘯按傳統的粵曲小曲〈梳妝台〉填的：

對影思人，往夜花陰踏月行，
扶柳分花相與共，今宵孤單念起暗斷魂。

對酒思人，往夜春深弄玉琴，
琴韻酒香相與共，今宵孤單念起帶淚痕。

對枕思人，往夜香衾美夢尋，
情暖春温相與共，今宵孤單月影照恨人。

讀者不難見到，三段歌詞，在相應處往往都是重用某些句語，這樣寫除了具音樂感，也有助記憶和上口。這可以說是歌詞與新詩一種頗不同之處。

吳一嘯的歌詞，還有一首〈榴槤飄香〉值得在這處先提一下，因為它事關歌詞的點題與協音的問題。〈榴槤飄香〉可視為同名電影的主題曲，所以，最好能在歌詞內寫得進「榴槤」這個詞語。但由於粵語字音與樂音的結合，常常有不易轉圜的時候。吳一嘯所填的那個曲調，其實根本沒有一處可以完美協音地填得進「榴槤」這個詞語，為了解決這個窘境，只好拗拗地音的方案也要使用。故此，這首〈榴槤飄香〉每次唱到「榴槤」一詞，發音實際上是「漏槤」。對於這情況，一般欣賞者又不會太介意，通常會忽略拗音，正確的接收得到「榴槤」這個詞語。這種為了字音樂音諧協與否而須取捨的煩惱，新詩創作者是完全不需要面對的。

說來，七十年代中期粵語流行歌曲大大振興以後，事關歌詞的點題與協音的取捨問題，例子也增多了。比如著名的〈獅子山下〉，由於這是同名電視劇的主題曲，填詞的黃霑很想在歌曲中填進「獅子山下」一語，但要找一處能完美協音地填進這四個字的地方，是沒有的，這又因為粵語字音「耿直難馴」，結果詞人只好在一個可以勉強填得進的地方去填，但其實唱來是「我哋大家在獅子『傘』下相遇上」。對此，一般欣賞者亦不見介意，通常也會忽略拗音，正確的接收得到「獅子山下」這個詞語。黃霑的另一個例子是「屠龍刀（易拗音成「到」）倚天劍斬不斷心中迷夢」，亦是為點題寧有微微拗音。其他例子如〈灕江曲〉，最後一句，填詞人為了點題，填了「把愛心放在灕江上」，其實末三字會拗成「利江相（第三聲，承相的相）」；九十年代的例子有〈皇后大道東〉，一開始就點題地唱「皇后大道東……」，但其實是會拗成「旺后大道東」。後輩詞人在這兩難上的選擇，可謂一脈相承自吳一嘯等前輩：事關點題，拗亦無計！

關於歌詞的音樂感，這裏順帶一說五、六十年代粵語歌詞在某些聲韻上的習慣用法。說的乃是押入聲韻的問題。在那些年，粵語歌如果是押入聲韻，一般是用於諧謔的題材，比如本卷所選的〈大聲公涼茶第一〉（一九五四）和〈玉女的秘密〉（一九六七），可作為例證。又比如本是星馬華僑馬仔填詞主唱的〈賭仔自嘆〉，一開始的「伶淋六，長衫六……」亦是押入聲韻。不過，當時也不是沒有在嚴肅題材中押入聲韻的粵語流行歌詞，據筆者目前所知，最早的一首估計是由李慧主唱的〈誰憐閨裏月〉，一九五四年二月面世的，曲詞如下：

> 杜鵑啼，頻泣血，胡不歸兮聲聲説，
> 悲欲絕，夜難眠，萬籟無人空對月，
> 長盼郎歸情慘切，問君知否人嗚咽？
> 嗚嗚咽咽，瀏前塵雙雙早扣同心結。

二、周聰的粵語歌詞

向來，極罕見有人評價五、六十年代的粵語流行歌詞，即使只是零散的篇章也罕見。筆者在二〇一五年九月二十九日嘗試在《立場新聞》發表博客文章：〈粵語歌詞簡史（一九七四年以前）〉，嘗試初步整理一下一九七四年以前粵語歌詞的發展脈絡，也對這個時期的粵語歌詞作品做一個基本的評價。這篇博客文字後來稍經改寫，放進拙著《香港詞人系列：盧國沾》[2]一書之中，章節標題改稱為：「盧國沾詞誕生前的歷史背景」。

要編選五、六十年代的粵語歌詞，周聰必然是焦點人物之一，一來是他產量多，較有水平的也多，如上文提到黃霑譽他為「粵語流行曲之父」，是名副其實的。

周聰不算是粵曲、粵劇界中人，但仍是有一點關係的，比如他生前的一次訪問，提到：

> ……早在廣州市茶座工作時，我已常與呂文成等音樂名家來往。抗戰勝利後返香港，再遇呂先生，由他介紹我認識和聲唱片公司的老闆，由這位老闆教唱粵曲……[3]

不過，周聰粵語歌詞作品之重要，也由於他寫詞時有一種不同於粵曲界背景的詞人作風，這一點在他生前的訪問之中就有提及：

> 當時香港流行的多是歐西流行歌曲及國語時代曲。我見當時用其他方言創作的流行

2 香港：中華書局（香港）有限公司，二〇一六。

3 陳守仁、容世誠〈五、六十年代香港的粵語流行曲〉，《廣角鏡》二〇九期，一九九〇年二月，頁七十四—七十七。

> 歌曲都能表達情意，獨用粵語唱的多種歌曲常扭曲了語音，而傳統粵曲風格過於保守，諧趣粵曲又流於低級趣味，使用國語時代曲的風格為基礎，以一些新創作或已有的曲調，填上語音與旋律相符合的粵語歌詞，減少拉腔，避免口語化，把「的」、「麼」及「了」等字都唱起來，又力求文雅，結果生產了一種近似白話新詩的曲詞風格。[4]

其實潮流起起伏伏，新世紀的華語樂壇，曾一度興起「中國風」歌詞，這時期有些歌詞幾乎是文言風格的，這些相比起五、六十年代來自粵曲界的詞人所寫的文言歌詞，面貌有相近處。當然，流行曲詞是時代縮影，使用當代的「白話新詩的曲詞風格」來寫，應該更能貼近時代脈搏。

本卷選入周聰的粵語歌詞二十首，正好充分展示出他在不同時期及不同的歌詞題材上的創作風貌。

頭五首詞作，〈漁歌晚唱〉、〈春來冬去〉、〈銷魂曲〉、〈快樂伴侶〉、〈愛的呼聲〉，分別屬於和聲歌林唱片公司的第三十六期及第三十八期的七十八轉唱片出品。而第三十六期的這批「粵語時代曲」出品，據筆者考查，乃是香港的唱片公司有史以來第一次把產品標榜為「粵語時代曲」，意義不同於一般。

由於〈漁歌晚唱〉、〈春來冬去〉、〈銷魂曲〉三首屬於第一批粵語時代曲產品，所以也容易帶

---

4 同註釋3。

有別的第一的意義。比如〈銷魂曲〉，可說是第一首「粵語時代曲」之中的跳舞歌曲，也是「粵語時代曲」之中第一首採用西洋流行曲常用的AABA曲式寫的。

跳舞歌曲的歌詞應該怎樣寫？何況還是詞人第一次寫跳舞歌詞，本身已是個難題。

　　啊哈哈哈Samba！啊哈哈哈Samba！
共跳跳跳跳Samba！啊哈哈哈我愛它。
聽鼓聲響亮，啊哈哈哈瘋狂樣，
噢媽媽媽不用罵，聽歌聲多優雅！
彈鋼琴學學喇叭，輕快日夕說笑話。
……
似星一般晶亮，柳絲銷魂樣，
像月一般光亮，與君永結雙。
聽歌聲響亮，啊哈哈哈銷魂樣，

人醉了心蕩漾，看鴛鴦心歡暢。

……

（〈銷魂曲〉）

詞人先點明舞蹈節拍的種類，然後由聲音而到樣貌，然後到舞者心中的心情變化，又借常見的意象如「星」與「月」渲染情感，帶出愛意。真是一套簡明的舞曲文字表現技巧。

〈漁歌晚唱〉是五、六十年代粵語流行曲不時會見到的歌詞創作模式：本意式填詞。詳言之，曲調原本是帶有標題的純音樂，填詞者是採用原來純音樂的標題作為歌詞的題材，這樣的模式，就是「本意式填詞」。比如七十年代初曾經很流行的〈禪院鐘聲〉，它的歌詞就是以「本意式填詞」的模式填寫出來的。「本意式填詞」也屬依既定題目作文，創作者須在這題目中發揮想像力與創意。

月色光輝普照在太蒼，海闊天空任鳥飛放，

醉人夜色幽美又明朗，酌酒高歌，對月皆共唱，

……

人月未能忘，青波令我心共往，

青波流蕩往他方，輕舟蕩遍，

輕舟蕩四方，四海皆遍蕩流浪，

聽歌聲歌聲破寂寥，綠波漲，綠波漲，

……

詞寫到此，都是一片開闊澄明的境界，但為了要應標題之中的「漁歌」，詞人便回筆寫及「漁」：

漁人共樂，捕魚要勤力，工作大眾歡樂暢，願漁人心安。

只是像「要勤力」、「工作大眾歡樂暢」等語，跟全詞像有點不協調。

事實上，周聰某些詞作，有些地方似乎比較隨意，而個別詞語如「大眾」，在他的詞作之中是頗常用的，卻常有用得不大妥當之感。除了剛舉過的〈漁歌晚唱〉中的「工作大眾歡樂暢」，又如〈春來冬去〉之中的「大眾唱歌慶共聚，不須傷春空自慮」，〈快樂伴侶〉之中的「尋伴侶大眾歡樂趣，求淑女愛她痴心最」都可作如是觀。

周聰是有整體都控制得比較好的詞作的。像〈愛的呼聲〉，就像是位愛情智者在誘導於愛途中的迷路者：

你，痴心一片太熱情，情緣兩字實神秘你未明，
情根不深，他總說你冷若冰；

情根一深，得苦痛你自招領，
你你你靜耳傾聽，我我道理真正，你必經，
嘗盡各樣情味你就明，無謂太痴心，容易惹到單思症……

五十年代的中後期，周聰寫過一些電影歌曲，本卷選進了三首：〈好家鄉〉、〈中秋月〉和〈家和萬事興〉。〈好家鄉〉是粵語電影《日出》的插曲，影片由張瑛、梅綺主演，首映於一九五三年九月二十日。從唱片資料可知，〈中秋月〉據稱亦是電影《日出》的插曲，但現時能看到的電影《日出》版本，只見有〈好家鄉〉和〈夜夜春宵〉這兩首粵語歌曲，卻並沒有這首〈中秋月〉。事實上，看當年的電影廣告，是有交代片中有「流行時代粵語名曲二支」的。筆者猜想，〈中秋月〉可能曾有意用到影片中，但最終沒有採用到，而唱片公司卻是照樣宣稱是該片的插曲。

〈家和萬事興〉是同名粵語電影的主題曲，不過電影版本的歌詞和唱片版本的歌詞是很不一樣的，因為兩個版本的旋律也有所差異。

在這幾首電影歌詞中，可見到周聰頗擅於用簡明的意象，入手擒題，帶出中心主旨，而這些意象，則常是提煉自傳統素材。比如〈中秋月〉：

月兒到中秋，幾多歡與憂？
幾多住大廈？多少睡街頭？

月兒到中秋，幾多歡與憂？
幾多無米炊？幾多酒肉臭？
朋友你想一想，
飽暖不知飢寒味，富貴又哪知貧賤愁？
……

這大抵應是從民間的傳統歌謠如「月兒彎彎照九州，幾家歡樂幾家愁……」等轉化增潤而成。又如〈家和萬事興〉：

一枝竹會易折彎，幾枝竹一扎斷折難，
孤單實太慘，團結方可免禍患。
……
大眾合作不分散，千斤一擔亦當閒
……

人們很易從「幾枝竹一扎斷折難」的喻意，聯想到古代「折箭訓子」的故事，只是易「箭」為「竹」，但意象的簡明有力，卻沒有減弱。

周聰曾在訪問中承認：「在今天來看自己的作品，覺得題材確是有點狹窄。」[5] 也許由於他產量大，有時也有機會寫出一些頗有特色的詞作。比如他和姚敏合作的一首〈九重天〉，寫人在九霄的感覺，這題材在粵語流行曲中委實是很少有的：

茫茫雲天，高空處處晚陽艷，
朦朧幻境，心飄天外天，
茫茫重天，歡欣處處樂如願，
漫遊幻境，心飄飄輕若燕，
在這個天，看不見冷眼人面，
雲外天，沒有黑暗自在留連。
⋯⋯

姚敏很罕有地會創作粵語歌曲，而筆者相信是姚氏的曲調，有不少變化半音，又有三連音，讓周聰聽來唱來產生非一般的靈感，這相信是歌詞創作又一不同於純文字的詩歌創作之處。

〈苦海紅蓮〉的歌詞題材，看起來也並不一般：

5 同註釋3。

……
狂風掀浪，迷途何處是岸，
暴雨摧花落，由任殘紅和淚葬，
弱女迫進魔巷，懸崖絕處無望，
令我怎不驚慌魂喪？

它隱約是寫一位受壓迫的女性，何況歌曲標題乃是〈苦海紅蓮〉。
另一首〈一朵野花〉，仍然是寫女性，卻不同於〈苦海紅蓮〉，這次應是寫飄泊無家的女子，其喻象頗見優雅之處。

一朵野花，風吹雨打，誰憐憫她，寂寞呀沒有家。
一朵野花，風吹雨灑，誰能學似她，沒有牽掛，
毛毛雨輕撫慰她，陣陣春風吻着她，
還有青草做伴，霧水罩面紗
……

寫情歌，周聰有時也寫得既浪漫又現代，如〈一往情深〉的副歌：

還記以往，湖畔我倆，
同坐輕舟你彈着結他伴我唱。

這首面世於一九五五年年中的粵語歌曲，竟會寫到輕舟上一對情侶彈結他唱歌的情境。相信，在那個時候，這種浪漫是並未普及，卻已出現在周聰筆下。

六十年代初期，香港商業電台嘗試在廣播劇之中加進插曲，發覺甚受歡迎，除了最初的一首〈薔薇之戀〉是唱國語的，往後的多首商台廣播劇歌曲都是以粵語演唱的，現時所知的有〈飛花曲〉、〈勁草嬌花〉、〈曲終殘夜〉、〈痴情淚〉、〈情如夢〉等。這可說是為粵語流行曲開闢了一個新領域，周聰則可謂躬逢其盛，這批廣播劇歌曲的歌詞，全出於他的筆下。

我願似花嬌美，願明月皎潔常圓，
看芳草青青，那堪嬌花快謝，明月不常圓

……

你莫説花嬌美，奈何落花最淒酸，
看嬌花生嬌，那比芳草翠綠，同來度春日暖。

（〈勁草嬌花〉）

這首〈勁草嬌花〉，可說是上述幾首商台廣播劇歌曲之中流傳最廣的。這〈勁草嬌花〉是與劇集同名的插曲，所以詞人詞中須臾不離「草」與「花」的對比，也有請來很普通很常見的意象如「明月」、「春日」等來陪襯，讓欣賞者更體會到「芳草」的可貴之處。

寫到這裏，不禁想起，其實五、六十年代的粵語流行歌詞創作，到底有沒有詞壇這回事？假如是確有詞壇這回事，又會是以誰為詞壇的領袖？相信，這問題是頗難回答的，因為，那時粵語流行曲地位甚低，也如前所述，當時的詞人，大部分都跟粵劇粵曲有深厚淵源，他們寫粵語流行曲歌詞，相信大多是寫粵曲有餘力的時候兼寫一下，會否願意多着力？有沒有一定的創新意識？雅與俗的取向又怎樣？

這一連串問題，由於過去一直乏人研究，答案是沒可能有。可以估計到的是，在原粵曲界較有地位和名氣的，跨過界來寫粵語流行曲，地位和名氣是可照樣保持的。像吳一嘯，在粵曲界，他早已獲譽為「曲王」，當唱片界或電影界找他寫歌詞，應會很看重他的「曲王」名氣。五十年代後期，邵氏粵語片組開拍的多部由林鳳擔綱主演的歌舞片，便大多數是找「曲王」吳一嘯寫詞的。另一在粵曲界之中有「曲帝」之譽的胡文森，也包辦了不少粵語喜劇電影的插曲曲詞創作，如《兩傻遊地獄》、《兩傻遊天堂》、《兩傻擒兇記》、《兩傻捉鬼記》、《亞福對錯馬票》、《分期付款娶老婆》等等，每部通常都要寫十首八首，產量不少，實在並非「有餘力的時候兼寫一下」。

這樣看來，周聰在當時的「詞壇」，完全是新人一名，幸得唱片公司給予機會，按自己的創作取向寫着寫着，寫出一點名氣。

三、唐滌生的粵語歌詞

唐滌生是極負盛名的粵劇劇作家，不大為人注意的是，他其實創作過少量電影歌詞和粵曲小曲的歌詞，這處所說的粵曲小曲的歌詞，是指由撰詞者先寫出歌詞，然後由音樂家譜成粵曲小曲風格的曲調，而不是指那些據現成曲調填上歌詞的作品。

本卷選入了唐氏這類作品共四首：電影《紅菱血》上、下集的兩首插曲〈銀塘吐艷〉、〈梨花慘淡經風雨〉，特為粵劇《搖紅燭化佛前燈》而創作的小曲〈紅燭淚〉，以及電影《程大嫂》的插曲〈憶亡兒〉。其中〈紅燭淚〉雖本是粵曲小曲，但在流傳過程中，卻跨界地成為粵語流行曲，曾有流行歌手把它灌成粵語流行曲[6]。〈銀塘吐艷〉又名〈荷花香〉[7]，也有很多粵語流行曲歌手灌唱過，甚至國語時代曲的歌星張露都曾以國語錄唱過。相較於〈紅燭淚〉和〈荷花香〉，〈梨花慘淡經風雨〉和〈憶亡兒〉這兩首電影歌曲便冷門得多，甚至唱片都沒有發行過，故此，在這導言中，特

6 比如汪明荃曾在其流行曲唱片灌唱過〈紅燭淚〉，收錄於標題為《猛龍特警隊》的唱片內（大中華（TNA）公司、唱片編號 HKS1，一九七七），薰妮灌唱的〈紅燭淚〉，則收錄於標題為《故鄉的雨》的唱片內（永恒公司、唱片編號 WLLP938，一九七九），但薰妮這個版本，是由張偉文稍修改過歌詞的。

7 筆者估計，〈荷花香〉這個歌曲名字，始見於美聲唱片公司第四期的七十八轉唱片出品，據《星島晚報》的廣告推測，該批唱片應面世於一九五四年二月二十一日，當中有由小芳艷芬（即李寶瑩）灌唱的〈荷花香〉。

花些筆墨介紹一下。

獨憑窗，寂寞小樓深處，
半滅殘燈，冷香一炷，越顯出陰沉情緒。
枕邊點滴愁人淚。
窗前一片霧和雨，
煙霧迷濛，鎖壓梨花一樹，蟲鳴幾許。
盡是傷情結，
看點點落紅花絮慘淡經風雨，猶似得隨流水去，
不似我夜夜淒涼，黃卷青燈黯然相對。
小孩提不解人憔悴，
悶坐花間垂淚，又怎知慈母心碎？
往事不堪回首記，不寫斷腸詩，不提傷心句。
最堪憐，白髮蒼蒼，日夕杯中沉醉。
是人生應如此呀，抑或豪門多暴戾？
一世能有幾重冤？一身能當幾重罪？
歷劫滄桑呀誰所累？人生到此何樂趣？

怎得霧散煙消呀重在晨曦裏？

（〈梨花慘淡經風雨〉）

風雨更添人情冷，巷尾街頭重叫喊，
過朱門，聲淒哽，
垂死的人兒睜倦眼，餓獅猶想把人眈，
誰願托砵沿門為討飯？誰願佇立街頭乞兩餐？
若不呀能乞取殘羹兩三啖，試問我病軀如何有力行？
行行行，無處不艱難，
那邊儘是狼和虎，那邊儘是險和奸。
垂死呀的人兒何處去？買些元寶拜兒山，
兒若在時都有十幾歲，左扶右插我駛乜發雞盲？
兒命苦時抑或娘苦？總之是先人賒債後人擔，
垂死呀的人兒狂叫喊，幾時至得狼虎不縱橫？

（〈憶亡兒〉）

這兩首歌曲，在電影中都是由芳艷芬主唱，而芳艷芬擅演苦情戲，恰巧這兩部電影芳艷芬演的都是苦命女性的角色，〈憶亡兒〉所屬的影片《程大嫂》，其故事更是據魯迅的小說《祝福》改編的，故此兩首歌詞寫來都有悲苦淒涼的一面，甚至對現實社會都有所質問。

〈梨花慘淡經風雨〉先由周遭環境寫起，半滅殘燈，冷香一炷，窗前一片霧和雨，煙霧迷濛，鎖壓梨花一樹，蟲鳴幾許，對詞中主角的困苦心境作了充分的渲染。然後以「落花」之「慘淡經風雨，猶似得隨流水去」，對比主角之「夜夜淒涼，黃卷青燈黯然相對」，甚有生不如死的感覺。然後以兒子、老父的苦悶來陪襯，更顯壓抑。其中，僅以「白髮蒼蒼」借代老父，頗是特別。歌詞最後是連串的質問，對自己所受的苦難與誤闖大禍，在困苦中又顯然頗為不忿。

〈憶亡兒〉寫主角窮困潦倒行乞，環境渲染只兩三句，卻以多個句子寫乞食的情態，大抵亦是為了照顧影片的畫面。歌詞後半部分帶出「憶亡兒」的主題，並道出「兒若在時都有十幾歲，左扶右插我駛乜發雞盲」，既寫出喪子之痛，也帶出詞中主角對幸福生活的一點幻想。最後以「幾時至得狼虎不縱橫」結束整首歌詞，這句完全是對現實的殘酷社會的控訴！

四、李願聞的粵語歌詞

筆者多年前寫過一篇李願聞的生平與作品之簡介[8]，所以知道他很年輕的時候就對粵曲甚有

8 黃志華〈與粵劇淵源極深的音樂人李願聞〉，《戲曲品味》「誰弄管弦」專欄，第一三七期，二〇一二年四月號，頁七十二—七十三。

研究，又早在一九三三年的時候，年僅廿二便已參加電影工作。五十年代，他和音樂家盧家熾緊密合作，創作過不少粵語電影歌曲。六十年代中期，李氏與鍾錦沛合力創辦風行唱片公司，又多一重身份。

本卷選入李氏的粵語歌詞作品十二首（其中有一首是和潘焯合寫），全部是電影歌曲，其中〈彩雲追月〉不肯定是哪部電影的插曲[9]。

李願聞在五十年代所寫的粵語電影歌詞，絕大部分都是以文言為主的，以本卷所選入他的最早作品而言，是很堪代表的詞作。

枕冷衾寒，夜闌人悄，
空說花燭良宵，只有影兒獨繞。
合歡花、比翼鳥、鳳凰簫，
儘多美麗名詞，不過供人譏笑。
莫問情愛是甜還是苦，已覺人生無味復無聊，

9　黃志華〈《彩雲追月》反映的流行現象〉，《信報》「詞話詞說」專欄，二〇一三年六月十日。文中說：「據作曲家于粦憶記，這闋歌詞是特為電影《永遠的微笑》而填寫的，由崔妙芝演唱。于粦謂，這應是〈彩雲追月〉第一個歌曲版本。查電影《永遠的微笑》由白茵主演，首次公映的年份是一九六三年……」可惜目前尚未找到多一點有關電影《永遠的微笑》的資料，未能對此確鑿肯定。

往日怕藍橋路渺，今日步藍橋，黯黯魂銷。

（電影《冷落春宵》主題曲）

全詞只有七十多字，先從房中所見所感寫起，然後以「花燭良宵」之落空作映襯，縱不知電影劇情，也可以想像得到，應是新婚之夜，卻已經要一個人過，分外落寞，分外淒涼。然後又通過一些雙雙對對的名詞，再次反襯詞中主角的孤寂，或者這些「合歡花、比翼鳥、鳳凰簫」也是主角眼前所見的。作為歌詞，詞人不怕點明是「已覺人生無味復無聊」。最後幾句，詞人倒仍能空際轉身，提及「往日怕藍橋路渺」，在情感上又多一重波瀾。

這裏想多介紹兩首李氏五十年代早期的電影歌詞創作。一首是面世於一九五三年的《玉梨魂》主題曲，一首是面世於一九五四年的《人隔萬重山》主題曲，唱片版本名〈抱着琵琶帶淚彈〉。

梨花落，梨花開，一枝和月帶愁來。
年年抱冷偏能耐，風雨飄零淚滿腮。
自憐身世苦，命薄比塵埃。
慨自玉釵摧折後，茫茫苦海恨長埋。
剩有孤兒憑母愛，澆將心血教成材。
素幃鴛夢杳，旦夕望蓬萊，

花樹空猶在，花魂不復回，此生心事已成灰，
願教世上佳兒婦，青春莫折鳳頭釵。

（電影《玉梨魂》主題曲）

電影《玉梨魂》是據徐枕亞的同名小説改編，這段主題曲詞乃是代女主角白梨娘吐心聲。詞借梨花的開與落起興，然後引帶出自己命苦的身世。詞中以「玉釵摧折」借喻寡婦的身份，在無涯苦海之中，賴以撐起生存意志的，就是用心把兒子教育成材。詞人只是如實寫來，卻寫得很有感染力，彷彿體驗得到寡婦的鬱鬱難歡的心境。末段借花喻人：「花樹空猶在，花魂不復回」，彷彿軀體已成空殼，靈魂早已不在。最後，推己及人，不想再有其他女子有這樣的不幸：像她那樣年輕就守寡！這樣寫，把思想寫得十分開闊。這種筆法，不免聯想到杜甫的〈茅屋為秋風所破歌〉的篇末名句。

夜露寒，濃雲盡散，月色照畫欄，
掃落英風蕭蕭翠葉翻，
空嗟嘆，空嗟嘆，喜鵲未歸還，
誰憐麗姝變丫鬟，抱着琵琶帶淚彈，
千重山、萬重山，

山長又水遠，
遮卻迷離望眼，遮卻淮流野灘，過盡了征雁。
夜未闌，離愁未散，夜鴉去復還，
過二更孤清清翠袖單，
宵宵盼，朝朝盼，恐怕夢將殘，
悠悠綠水杳歸帆，抱着琵琶再復彈，
千重山、萬重山，
都難以阻隔海燕迴翔舊澗，海燕重尋故關，
脱盡了災難。
覓路還，何愁日晚，欲歸固未難，
奮越關飛千山過萬山。

（電影《人隔萬重山》主題曲）

作為電影主題曲，詞人很快就在詞中點明女主角的處境：麗姝變丫鬟，其實在電影故事之中，女主角為了贖父賣身，淪落青樓。女主角處境坎坷，所以詞亦以蕭索悲愁之景展開，而在近鏡「抱着琵琶帶淚彈」之後，卻展現遼闊的遠鏡：「千重山、萬重山，山長又水遠……」而這是為了帶出往後女主角要擺脱厄運的決心，故此我們可見，第二段再唱到「千重山、萬重山」後，接續的詞句乃是「都難以阻隔海燕迴翔舊澗，海燕重尋故關，脱盡了災難。」當中「海燕」之重出，頗有把決心強調的意味。詞最後更像是直接宣示誓言般呼叫道：「奮越關飛千山過萬山」。這讓我們感到，這女子有鬥志很堅強的一面。

五、六十年代的詞人，較多機會去填寫「本意式填詞」，前文介紹過周聰的〈漁歌晚唱〉，現在説到李願聞，這裏也介紹一下李氏寫的〈彩雲追月〉，那是按任光創作的同名輕音樂填寫的詞作。

明月究竟在哪方？
白晝自潛藏，夜晚露毫芒，光輝普照世間上。
漫照着平陽，又照着橋樑，皓影千家人共仰。

人立晚風月照中，獨散步長廊，月浸在池塘，歡欣充滿了心上。
靜聽樂悠揚，愈覺樂洋洋，夜鳥高枝齊和唱。
難逢今夕風光，一片歡欣氣象，
月照彩雲上，薰風輕掠，如入山陰心嚮往。
如立明月旁，如上天堂，身軀搖蕩，俯身遙望世界上，海翻浪，千點光，飄飄泛泛碧天在望，欣見明月愈清朗。

（〈彩雲追月〉）

對於這一回依題作文，詞人先從問月起筆，然後以空闊的場景烘托月色之美，並在首段之末帶出人氣來：「千家人共仰」。次段卻從個人寫起，「獨散步」之中帶入聲音，樂悠揚加鳥和唱，這樣有畫有聲，境界更是吸引。然而，樂意還在發展及推進，故此詞人也須依樂意續寫下去，寫美景難逢，又比喻如入山陰，難得是少有重複之筆。最後兩行歌詞，在音樂上是推向高潮，可見到詞人也努力讓詞境推進到更廣闊更優美之處，他想像個人站在高高的「天堂」上，向大地俯望，望到茫茫大海反映千點月光，也「欣見明月愈清朗」，這處，可感到詞意與樂意融而為一。較遺憾的是，詞中有「月」有「彩雲」，「追」字卻像是遺落了。

李願聞寫題材嚴肅的電影歌詞較多，有需要時，他亦會寫些諧趣鬼馬的詞作。以本卷所選的詞作來說，他為電影《鴻運當頭》（影片首映於一九六四年一月一日）所寫的插曲〈吉祥數字〉，就是這種作品：

（女唱）我説：三是吉祥數字，實在大有意義。
三皇五帝是古代聖賢天子，三元及第是名聞天下寵兒，
三多是多福多壽多男子，我説三是吉祥數字，誰説不宜？

（女白）嗱，三星福祿壽、三才天地人、三光日月星、三墳五典、三韜六略，邊樣唔好呀？

（男唱）我說：三是不祥數字，

（男白）聽住嚟啦。

（男唱）「三槐」是馬騮別字，嗱「三代」是痲瘋代名詞，
三衰六旺、三番四覆、逢三都不吉利。

（男白）嗱！三隻手，會偷嘢；三腳凳，躓死人；三口兩絕，講是非，
三文兩件，唔值錢；三尖八角，唔整齊，有邊樣好呀？

（女唱）三生有幸、三喜臨門，字字帶吉利意；

（男唱）三教九流、三姑六婆，句句是壞名詞，

（女唱）你顛倒是非，

（男唱）你強詞奪理，

（女唱）你就強詞奪理！

電影《鴻運當頭》是描述女主角對「三」字異常迷信，而這首插曲則描述片中一男子跟她爭論「三」字是吉祥還是不祥。作為寫詞人，為了寫這段歌詞，看來少不免要做些資料搜集功夫，才能寫出這麼多跟「三」有關的語詞。又或者，詞人學識淵博，胸中有萬卷詩書可驅遣自如，不

需搜集些甚麼。無論如何，這可說是主要以學識寫詞，而一經大批與「三」有關的字詞不斷地唱出，半褒半貶半好半壞，就產生一種濃濃的趣味[10]。這又是歌詞不同於新詩的一例。

〈吉祥數字〉看得出是由李願聞先寫出曲詞，然後由劉宏遠譜曲的粵語歌。劉宏遠是以創作國語時代曲和電影歌曲為主的音樂人，〈媽媽好〉便是他的代表作之一。故此這次是跨界的合作。事實上，也由於是先寫歌詞，李願聞才可以這樣順利地以「清單式」的寫法寫下這麼多關於「三」的詞語。

五、胡文森的粵語歌詞

胡文森，無疑是五十年代重要的粵語流行曲創作人，能寫詞能作曲。他來自粵曲界，早在一九三〇年代就以寫粵曲馳名，比如為小明星寫的〈夜半歌聲〉，便傳誦甚廣。在五十年代，胡文森多面發展，粵曲、電影歌曲、唱片中的流行曲，全部都有參與創作。可惜天不假年，在一九六三年年尾便病逝，年僅五十二歲，可謂粵曲和粵語流行曲兩個界別的大損失。

10　按余少華〈俗文化音樂的組織手法——坊間經濟有效的歌詞及音樂鋪排〉（載《樂在顛錯中：香港雅俗音樂文化》，香港：牛津大學出版社，二〇〇一，頁一六七—一九七）一文所說，〈吉祥數字〉亦屬「清單式、目錄式的鋪排手法」。

本卷選入了他五十年代早期的嚴肅題材之作以及後期的諧謔鬼馬兼寫實之作。〈期望〉、〈秋夜不悲秋〉和〈春到人間〉都是電影歌曲，也都是以先詞後曲的方式寫成的。這當中，〈秋夜不悲秋〉當年僅靠香港電影資料館的資料，判斷這首歌曲是胡文森的作品[11]，但觀其歌詞中的字詞重出特色，大有可能是吳一嘯寫的。〈秋夜不悲秋〉的特色是幾乎句句有「秋」字：

秋蟲聲唧唧，秋月影悠悠，
秋花落，秋水流，
秋宵銀笛奏，吹散人間萬里愁，
何用悲秋？我不悲秋，秋如可悲何事不生愁？
純潔誰如秋月色？瀟灑誰如秋山柳？
秋光如許，勝似桃花入翠樓，
今夜秋心還有待，正似銀河織女待牽牛。

這樣幾乎句句有「秋」字，跟前文說過的「吳一嘯在歌詞創作上的作風：喜歡疊用字詞以至句子來

11 黃志華《曲詞雙絕——胡文森作品研究》（香港：三聯書店（香港）有限公司，二〇〇八），頁一二〇。

增加詞章的音樂感」可謂一脈相承。當然，也不是只有吳一嘯才會這樣寫。

詞人在〈秋夜不悲秋〉的寫法是有點翻案的意味，傳統皆遇秋而悲，這詞卻反詰：「秋如可悲何事不生愁？」又讚美秋光「勝似桃花入翠樓」，相信這些正是為了表現片中角色，努力提醒自己莫因秋愁，因自己的秋心還有所期待，其中有頗大的張力。

〈期望〉是一九五〇年的電影歌曲作品，原來的電影《血淚洗殘脂》筆者看過，所以知道歌詞首句「鳥有巢」是從電影的場景起興——一對戀人在野外見到樹上有鳥巢：

鳥有巢，身可棲，
人有衣裳身可蔽，
花有人庇護免陷春坭。
月有幾時光輝？人有幾時美麗？
甚麼風花雪月，視同煙幻霧迷迷。
你睇美人名將幾見白頭，古今同一例，
縱誇一時艷色，豈能飄泊無所歸，
又怕生是飄零人，死是飄零鬼，
呢隻黑海孤舟，
幾歷滄桑才得寄泊，避得前途風浪免孤危。

詞意推進得頗自然，從鳥有巢人有衣花有護庇者，想到青春之不可恃，需要有個好歸宿……這在五十年代，是頗能反映一般女性的想法。影片中，這位女主角是在夜總會賣唱來供自己讀大學的。這歌詞的寫法，化用的都是很熟見的比喻和名句，為的應是讓電影觀眾容易理解容易投入。

〈春到人間〉是電影《萍姫》的主題曲。這首歌詞中可見到創作人為了增強詞的音樂性，採用了中國民間音樂常見的「合尾」方式，四段歌詞，有相同的結尾字句：「春到人間，可歡笑時且歡笑。」雖然這部電影筆者沒有看過，但詞中的描述，幾乎都能變成電影畫面，餵雞、餵鴨，見小白兔連跳帶跑經過，農村一片快樂逍遙景象。但詞中也從一句半句有意無意提到的「休管悲歡離合人海波潮」，隱然帶出逍遙背後有哀愁悲苦之事。

胡文森寫的諧謔鬼馬歌詞，跟上述的詞作，像是判若兩人，卻真是出自同一人之手。看他筆下的歌詞，可以做到交代、帶動電影情節，讓欣賞者忘了粵語歌詞的難填，最是難得。像如下所舉的〈扭六壬〉：

> 六壬盡扭得五千，扭極我都未曾掂，
> 開聲要二萬，膽粗粗去辦，
> 求梅麗借好彩昆得佢掂，
> 但係現時只得五千，想落確係唔掂，
> 出千用術卑污夾賤，完全為過骨逼於博亂。

又防外母識穿，嗰陣我攞嚟賤，
空心夾大話，婚姻梗冇望，回頭諗確係牙又煙
……

我們甚至可以單憑所唱的歌詞去想像電影的故事情節。胡文森最膾炙人口的諧謔鬼馬歌詞，當數〈飛哥跌落坑渠〉：

飛哥跌落坑渠，飛女睇見流淚，
似醬鴨臭腥攻鼻，飛女監硬扶住佢。
飛哥跌落坑渠，飛女心痛流淚，
臭夾嚦個啲滋味，飛女索着唔順氣。
索嘢索着 ammonia，跳舞好似隻蟛蜞，
應該跌落坑渠，百厭終歸會跌跛，
你嘅錯阿飛之累，一交摜直唔順氣，
蟾蜍氣，難下氣，難下氣。

這其實是電影《兩傻遊地獄》的插曲，在影片裏是由新馬師曾、鄧寄塵、鄭碧影、李寶瑩二男二

女來唱。但唱片版本卻是由鄧寄塵、李寶瑩和鄭君綿灌唱。有此分別，是因為新馬師曾身為粵劇紅伶，從不考慮灌錄這類具流行曲性質的電影歌曲。

由於是電影歌曲，這首歌詞的畫面感是很強的，甚至氣味濃郁！聽者都可想像得到是有個人見人憎的阿飛跌了進坑渠，他的女伴連忙扶起他，卻被影片中的一眾角色奚落。這是個很有漫畫色彩的描繪，但看來很是得到中下階層的共鳴——平日對阿飛的行為深深痛恨，而今見到阿飛被幸災樂禍，但覺快意！所以這首歌是廣泛流傳，其後，更有同名的「跳舞粵曲」版，又曾拍成同名電影。

六、憎厭阿飛另一代表作：〈買麵包〉

五、六十年代，反映大眾憎厭阿飛的心聲的粵語流行曲是頗有一些。除了剛提過的〈飛哥跌落坑渠〉，本卷選入的〈買麵包〉，亦是這方面的代表作之一。

落街冇錢買麵包，靠賒我又怕被人鬧，
肚飢似餓貓，受了飢寒我開聲喊，
皆因肚中飢餓，我裏便似係戰鼓敲。
最衰平日結交埋，一班損友任性來胡鬧，

阿爹勸極我完全唔受教，皆因懶，趕出校，
我嘅頭毛電到似花棚，整得周身衰格扮到唔似個男人貌，
錢一多周身咬，總之係猛使，
若冇錢嗰陣，返家中即刻抄，
揾衫當，拈毡賣，更糾黨惹事去打交，
更兼專車大炮，平素學到品質撈咁撴，
我信用已失，又怕我難容在世，必要自少應當管教，
奉勸人人萬大要關防，免使子女學我咁胡鬧。

這首歌詞一開始便唱：「落街冇錢買麵包」。以超極表至極，麵包一般為廉價食品，連麵包都買不起，可想像其窮困。因此，這句形象既鮮明又諷刺深刻的歌詞，深受大眾喜愛，只是有時會被改動，比如會唱成「落街冇錢買麵包，返家又怕老婆鬧」之類。

以今天的概念來說，〈買麵包〉是屬於惡搞之作。〈妝台秋思〉的歌調因為粵劇〈帝女花．香夭〉而家喻戶曉，拿它填上惡搞歌詞，不虞沒有吸引力。

歌詞寫的阿飛形象，相信不離大眾對阿飛的刻板印象：亂交損友，不受父輩教導，遭趕出校，頭髮長長如女子，糾黨惹事……但也因為這樣寫而較易得到大眾的共鳴。歌詞最後不忘勸世，而這倒有點像五、六十年代的某些粵語電影，總不忘明示一下勸世的主題。

七、梁漁舫的粵語歌詞

梁漁舫亦是來自粵曲界的音樂創作人，能曲能詞。筆者相信，美聲唱片公司最初幾期唱片之中，雖然好些估計是原創的作品並沒有交代詞曲的作者是誰，卻應該有部分是由梁漁舫創作的。本卷選入了梁氏創作的粵語歌詞四首，內容都是各有特色。比如〈睇到化〉：

（女）哈……，哈……哈……哈……
（女）往事似煙，我好應忘卻了他，
愛翻成恨，鬼都怕，休要再話，盡將心緒要放下，
情字最假！哈……哈……哈……
（男）歲月似梭，人易老，容貌似火。
決心維護，不必怕，毀散地下，快些要享盡繁華，
情字最假！哈……哈……哈……
（女）大醉今宵，也都睇到化。
（男）大眾開心，今晚笑到罷。
（女）拿住了金杯，燒酒當是茶。
（男）場內有邊位，想跳舞嚟啦。

（合）同玩吓耍，哈……哈……哈……

這固然是一首跳舞歌曲，但敢於寫到「情字最假」的體悟，從而想到要「睇化」，要盡情享樂當下，在當時的粵語歌詞而言，亦屬罕見。

又如下面的一首〈光明何處〉：

（女）自娛，自娛，歌唱以自娛。
（男）歡趣，歡趣，多麼的歡趣。
（女）最愛個小鋼琴，清脆特殊，
（男）彈出的金玉聲，繞向屋樑去。
（女）琴音叮叮噹叮噹，情心給他挑引起。
（男）愛情真偉大，輕訴在曲詞。
（女）絲絲，一縷縷情絲，繫縛住我兩顆心兒，
（男）靈魂已向半天飛，坐不安，夜難睡，茶飯也不思。
（女）絲絲，一縷縷情絲，利刃與鋼刀，斬也斬不碎，父母縱不同情，無能將他制止。
（男）為情為愛，雖死也不辭。
（女）愛情無階級，貴賤也無虞。

（男）愛情無慾念，真愛世間稀。難得淑女

（女）情心暗許，

（合）相對多歡愉。

這首詞作，有點故佈疑陣，開始會讓欣賞者以為是描寫音樂，但卻引出「情絲」，往後又寫到「情絲」縱有「利刃與鋼刀」亦「斬也斬不碎」，帶出來自父母的阻力，但「為情為愛，雖死也不辭」。當我們再注意一下歌名：「光明何處」，像是暗示歌中那對戀人有殉情之意。這亦是五十年代粵語歌詞中罕見的落筆角度及章法。

梁漁舫寫詞的〈舊燕重臨〉，甚至帶點情慾色彩[12]，可謂大膽。由這首作品很自然的想起本卷也有收進的兩首朱頂鶴（又名朱老丁）詞作：〈情侶山歌〉和〈哥仔靚〉。〈情侶山歌〉寫的是五十年代剩男剩女的心聲，男的是「人人笑我冇老婆，發奮去賺錢娶番個」，女的是「人人笑我冇情哥，決意要自行搵番個」，以至二人碰在一起，男的問：「是否有意想求凰自執柯」，這樣的情歌，簡單直接，一點都不浪漫，但相信亦唱出那個年代不少男女的心聲。而筆者發現，這首面世於五十年代中後期的歌曲，即使到了六十年代中期，在坊間出版的歌書上，仍往往是排很前的位置，意味仍頗流行。〈哥仔靚〉，筆觸也是簡單直接，代女性抒寫痴迷美男子的情態：「哥仔靚靚

12 見黃志華、朱耀偉《香港歌詞八十談》（香港：匯智出版有限公司，二〇〇一），頁二五—二八。

得妙，哥仔靚咯，引動我思潮，我含情帶笑把眼角做介紹，還望哥你把我來瞧……」當時思想甚保守，像「我含情帶笑把眼角做介紹」這樣的詞句，引致有人認為是「淫詞」，不過這都是坊間議論，不見諸文字。而從這個角度看，詞人取材大膽而前衛。

八、黃霑寫於六十年代的粵語歌詞

黃霑的粵語歌曲創作，於七十年代中期起便聲名鵲起，蔚然成一名家。但黃霑早在六十年代便有零星的創作，鮮有人知而已。據筆者所知，早在一九六五年首映的粵語電影《戰地奇女子》，黃霑便已有參與填寫歌詞。一九六八年初，為粵語電影《青春玫瑰》寫了三首歌曲，同期還有一部粵語電影《歡樂滿人間》，黃霑負責作曲。

本卷選了他為電影《青春玫瑰》所寫的主題曲〈不褪色的玫瑰〉，旨在讓讀者看看他在六十年代所寫的詞的風貌。

不褪色的玫瑰，不似桃花妖媚，
永遠高貴美麗，玉潔冰清放光輝。
不褪色的玫瑰，不怕暴風猛雷，

永遠高貴美麗，玉潔冰清最明媚。
清幽發芬芳，純潔綻蓓蕾，
蘊藏着熱愛，等待愛人歸。
不褪色的玫瑰，經過雨打風吹，
更覺高貴美麗，玉潔冰清最明媚。

詞只是一般地頌揚玫瑰，特色是不大見有。我們甚至不覺得這是黃霑寫的。現在，在網上是可以找到該影片唱這首歌時的影像片段，從而發覺，詞中有兩個字屬異讀的字音，又有兩個根本是讀錯字音。屬異讀的有「褪」、「媚」，屬錯讀的有「綻」和「蕾」。

九、幾首純寫景的歌詞

五十年代的粵語流行曲作品，有一小類是歌詞屬純粹寫景的，這相對於一般的郎情妾意的情歌，算是另類。也許是限於時代的制約，這些寫景之作，幾乎就都是客觀地寫景，很少有詞人情感之投入。另一方面，這些純寫景的歌詞，全可視為雅詞，由於當時粵語流行曲每每是「傳俗不傳雅」[13]，所以這些寫景詞大多沒法廣受流傳，能廣為流傳至今的只有一首由芳艷芬主唱的〈檳城艷〉而已。同類詞作，本卷還收入了〈海國夕陽西〉、〈仲夏夜之月〉、〈櫻花處處開〉。

浮雲懸天際，夕照西山麗，
殘陽月華爭輝，彩虹落霞並蒂。
野霧迷迷，環山隱掛羅幃，
騁浪澎湃，滿江宛圍玉帶。
翠燕振翅遍天繞，白鷺掠翼逐波浪，
鳥聚林樹陣陣噪晚歸。
遠眺峭嶺似翡翠，落日浴岸像金鍊，
半現紅樓萬丈綠葉蔽。
漁光舟影，潮聲灘應。
浮雲懸天際，夕照西山麗，
殘陽月華爭輝，清涼風繼。

（〈海國夕陽西〉）

13 參見黃志華《原創先鋒——粵曲人的流行曲調創作》（香港：三聯書店（香港）有限公司，二〇一四），頁七五—七六。

長空晴夜雲俏，
月兒照，月兒彎，月兒多嬌小。
銀河群星齊耀，
閃閃見，隱隱現，或向月兒追繞。
情如少女，柔媚熱烈，苗條蠻腰，美艷更嬌。
凝眸答答，含情脈脈，懷人思戀，盈淚自笑。
露華濃，夜闌靜，夏荷香，風縹緲。

（〈仲夏夜之月〉）

從上舉的兩首純寫景歌詞，可以見到，詞人確是一點個人的情思都沒有放進去，就只是用諸般的文字寫作技巧去描繪特定角度下的景觀。也許〈仲夏夜之月〉的篇幅較短小，措辭容易些，先是寫天上明月的美態，並襯以周遭的星光，其後把明月比擬為少女，篇幅幾與前兩段加起來相當，可謂全詞的中心。最後由於旋律上有對比性之放寬，樂音少而時值長，詞人只能填四個三字句，乃選擇把場景放到地面來，視覺（露華濃）、聽覺（夜闌靜）、嗅覺（夏荷香）、觸覺（風縹緲）俱全，而境界是闊大的。

十、一批題材較特別的歌詞

本卷選入的粵語歌詞，有一部分是基於它的題材頗特別，而這些算是當年歌詞創作之取材也有多元化的一面的反映。這裏約略說說以下九首：〈風飄飄〉、〈碧血黃花〉、〈迴腸百結恨千重〉、〈大江東去〉、〈滿江紅〉、〈朝朝來了〉、〈毋負青春〉、〈嘆三聲〉和〈馬票夢〉。

風飄飄，寄哀調，孤身慘比血雁飄，
滿身淚涕泣深宵
⋯⋯
山河多嬌，四野烽煙飄搖，
江流遠眺，桃源望斷路遙遙。
風飄飄，送悲調，悲傷今生我負嬌，
兩餐莫繼非一朝，更有娃娃要照料。
嗟今宵，更不妙，病魔相侵更令我心焦。
似鬼召我身飄飄
⋯⋯
今生難望得歡笑，我棄子拋妻寄狂潮。

（〈風飄飄〉）

這首〈風飄飄〉面世於一九五三年，這是抗日戰爭結束後的第八年，相信人們對戰火的餘悸猶在。因此，流行曲詞仍偶有反映，一點都不奇怪。由於歌詞所調寄的曲調，甚為悲苦，故此詞意也流露出一片悲苦。詞中主角自覺有負妻子，戰時固然沒法有好的生活，戰後依舊生活艱難，加上不幸身染惡疾，詞末可見有尋死以減輕妻子負擔之意，處境可哀可泣。

……

黃花碧血今尚鮮，錦繡江山美麗天，
推翻滿清痛未息，苛政之多未變遷，
此割彼據軍對軍，不計蒼生厭內亂，
浴血但求滅軍閥，此責擔於志士心。

（〈碧血黃花〉，電影《風塵奇女子》插曲）

這首電影歌曲，隨着電影面世於一九六〇年夏天。為配合電影情節，所以歌詞可以寫及民國初年軍閥割據這樣的歷史背景。歌調是頗有豪邁有力的一面，故此歌詞順理成章帶出匡時救國的壯志。

……

正義盡遭殃，邪道氣如虹，自豪自大逞威風呀。血肉為牆壁，白骨為樑棟，

建築武林至尊宮、至尊宮呀

……

（〈迴腸百結恨千重〉，電影《六指琴魔》第三集插曲）

武俠電影，是成人的童話故事。而個別的這類電影歌曲，也可以說是暗喻着現實世界，或者說是現實世界的某些縮影或投射。上引的幾句歌詞，在有意無意之間，是可讓欣賞者聯想到現實中某地某區的景象。

月落浸江上，天際曉風拂過綠楊。

微曙大江畔，有海燕三兩雙。

薄霧裏展望，千里煙波鎖隔重洋，

人到大江去，只見水天一片頓懷曠。

歡樂歌，三幾知音對和唱，心底積困要盡放，

興未已，念到興替事如幻夢黃粱。

十數載歷盡了風浪，霜雪飽餐嗟志未償，

憔悴若春老，不禁惋惜春去自惆悵。
佇看，哪日憂恨似輕煙消復明朗？

（〈大江東去〉）

這首粵語歌，據近年的估計，應是面世於一九六二年，歌詞是調寄荷里活電影 *River of No Return* 的主題曲，該片在香港上映時，譯名是〈大江東去〉，故此這首歌詞可說是作本意式的填詞，詞中的意境，絕對堪與原曲相配！歌詞開始幾句，境界闊大，然後由景及人，寫片刻的及時尋樂，然後跌回現實，並且在時間軸上回溯「十數載歷盡了風浪，霜雪飽餐嗟志未償……」對於六十年代初的香港人來說，聽到這處，應該很有共鳴，因為平民百姓在戰火中失學以至家難成家，即使是戰爭結束的十多年後，生活還是十分艱苦。

長劍倚天心事湧，瑤琴聲咽。
供悵望，遠雲近樹，江山虛設。
南渡君臣輕社稷，中原父老心如結。
抱孤懷，壯志幾時伸？空悲切。
恨奸佞，滿朝列；家國恨，何時雪？

嘆文章負我，一腔熱血。
有日蛟龍終得水，安民報國殲餘孽。
那時間，四海慶昇平，光日月。

（〈滿江紅〉）

這首〈滿江紅〉，是粵語電影《蘇小小》的插曲。詞是王季友據宋詞詞牌〈滿江紅〉填的，然後由作曲家于粦譜上曲調。這詞是代電影中的人物鮑仁抒懷，也是鮑仁出場時所唱的歌曲。以宋詞詞牌填詞，可謂甚具文學色彩，而「南渡君臣輕社稷，中原父老心如結」，彷彿是從古典詩詞中化出。

支支招招支支招，
可愛嘅小鳥，站在那枝頭叫，
好似教人唱歌調，好似話歌曲真奧妙，
可以惹人愁，又可以引人笑，
任你是鐵石心腸，被歌音來迷惑了。
文君之愛司馬，陶醉在求凰調
……

勿辜負翩翩年少，
應該要學新歌彈古調，啼聲初試，咪怕被人家笑，
清早便起來，先把歌喉叫，
狂叫，狂叫，叫句：「朝朝來了！」

（〈朝朝來了〉）

這首歌詞，是數說唱歌的好處。這種題材，流行曲偶然便會有人寫到，但數量又不是很多。今天看來，相信一般人都不大明白歌詞最後描述的「叫句：『朝朝來了！』」的用意。原來，「朝朝來了」是舊日粵曲女伶練嗓子時用的詞句。這可說是保存了一點「文化遺產」。

斜倚樹，對黃昏，
田園炊煙起，處處萬家燈。
翠兒本是蓬門女，養在寒寮草閣，
經年累月對着一個愁悶老年人，
三餐不愁無米煮，一宿不愁無暖衾，
只愁是辜負如此青春，
夜夜綠楊下，空伴殘雲。

斜倚樹，對黃昏，
梢頭新月上，轉眼又清晨，
年復年，流水行雲飄然玉女身。

（〈毋負青春〉）

這首歌詞，標題是〈毋負青春〉，內容看來是描寫一位女子因家貧須嫁入豪門，「三餐不愁無米煮，一宿不愁無暖衾」，而代價就是「經年累月對着一個愁悶老年人」，大好青春，就此枉過。這樣的題材，在流行曲之中委實極其罕見！

一聲長嘆，望見搖籃，
想念自己幼弱時，媽媽撫養任勞汗滿衫，
無論早晨或晚間，總在籃邊來餵飯
……

兩聲長嘆，念我慈顏，
憶自十幾歲時，家中一切盡由佢負擔，
晨做家常晚做衫，齋月和風懷懿範，

盡心教導兒，一天到晚

……

三聲長嘆，悼我慈顏，

……

欲一見亦難，傷心嘆復嘆，

養育慈教深恩怎報涕泣淚滿衫。

（〈嘆三聲〉）

這是六十年代末的頌揚母愛的粵語歌，文言、白話、粵語口語都有一點，而從這首作品可見，五、六十年代的粵語歌，取材算是頗豐富多元的，並沒有遺漏親情這種題材。

（男）中咗馬票，（女）中咗馬票，（男）得到彩銀將近百萬，

（女）問你點辦？（男）任你點辦？

（女）我話用嚟食晏，（男）不如遊埠周圍嘆，

（女）周圍流浪有乜好行？不如開檔擺攤，

（男）買賣行我唔做慣，

（女）中咗馬票，（男）中咗馬票，（女）不知點好真惡辦，
（男）問你點辦？（女）任你點辦？
（男）種植樹林賣杉，（合）哈哈！哈哈！心願盡還。

（〈馬票夢〉）

關於馬票的題材，五、六十年代的粵語歌並不止這一首，但只有這一首是曲詞俱原創的。也許，一般人印象中，馬票是世俗之產物，只有低俗的五、六十年代粵語流行曲才會以此為題材。但其實又不是絕對的，筆者近年便在同期的國語時代曲之中，發現兩首寫到馬票的作品，一是利青雲主唱的〈假如我中了馬票〉，一是林翠主唱的〈零零一四九二八〉。

談到〈馬票夢〉，也順便說說本卷所收的一首〈財神到〉，歌曲的名字跟七十年代後期許冠傑的〈財神到〉一模一樣，而兩者亦同樣是原創作品，前者由來自粵曲界的創作人梅天柱包辦詞曲。讀者可以比較一下，六十年代末的〈財神到〉，跟七十年代末的〈財神到〉，有何分別？

末了，提一下本卷有收入的，概貌式地描寫香港的一闋粵語歌詞，以說明當年的創作者，並沒有忘記抒寫一下對自身所處的土地的感覺。

何處是天堂？人人說香港。
香港，香港，美麗的香港，

崇樓大廈連宵漢，環山面水好風光，
東方之珠，商場興旺，政府領導真真有方。
香港，香港，美麗的香港，
水秀山清，一河兩岸，繁華熱鬧建設堂皇。
過海小輪頻來往，如梭車輛多匆忙，
淺水灣風涼水冷，香港仔帆影波光。
香港，香港，美麗的香港，
是世外嘅桃源，是人間天堂。

（〈何處是天堂〉）

這首〈何處是天堂〉，是電影《一飛沖天》（一九六二）的序幕曲，歌曲內容寫的就是對香港的概括印象，雖然流於表面，但可能是為了配合電影畫面，忙於呈現景象，卻沒有個人的感觸，跟上文提到的一批純寫景詞，是同一類型。須留意的是，這首歌曲是先寫詞後譜曲的，因而在詞意的抒寫方面，是十分自由的。

本卷選入的歌曲盡可能列明填詞、作曲、編曲以及演唱者，無法確定的，付之闕如。五、六十年代的粵語歌詞資料，要搜集一點都不容易！此前也沒有誰做過系統的搜集和整理，筆者個人經過廿多年的努力，從舊歌書、香港電影資料館收藏的電影特刊等細水長流地搜羅，收獲算是不錯，雖然遠遠未能說得上齊備，但估計都已能基本地反映出那些時代的創作風貌。加上近年從兩種途徑考查歌曲，一是從電影的首映日期判斷電影歌曲的面世時間，一是從舊報紙上的唱片廣告判斷唱片歌曲的面世日期，俱有很好的進展，有了這些基礎，本歌詞卷的粵語歌部分才有成卷之可能。

說文學價值，五、六十年代的香港粵語歌詞作品，大部分都不高，選一百首絕對是嫌多，但如文首所說，是期望能反映這二十年間，香港的粵語歌詞創作的發展軌跡，展現作品風貌以至文學成份。

導言二

朱耀偉

五十年代以前，當然已有粵語歌曲，但「粵語流行曲」真正源自何時，卻眾說紛紜，論者一般同意黃志華的説法，要追溯其源頭並不容易。[1] 容世誠雖然認同黃志華，但同時也指出一九三〇年新月唱片第六期的唱片分類中，有「新曲類」一項已經具備了「粵語流行曲」的部分基本條件。[2] 楊漢倫、余少華亦追溯到新月唱片公司於一九三〇年發行的歌曲〈壽仔拍拖〉，認為「此曲歌詞中英夾雜，甚具香港文化特色。歌詞所展示的多段體結構和對生活的寫實，與五、六十年代

1 黃志華《早期香港粵語流行曲（一九五〇—一九七四）》（香港：三聯書店（香港）有限公司，二〇〇〇），頁五—一一。同時可參容世誠《粵韻留聲：唱片工業與廣東曲藝（一九〇三—一九五三）》（香港：天地圖書公司，二〇〇六年），頁二一八—二二〇；馮禮慈〈尋回耳朵：香港粵語流行曲VERY簡史（一九五〇—二〇〇二）〉，《明報周刊》二〇〇二；Yiu-Wai Chu, *Hong Kong Cantopop: A Concise History* (Hong Kong: Hong Kong University Press, 2017), p.22.

2 容世誠《粵韻留聲》，頁二一九。

『諧趣歌曲』的歌詞特質可謂一脈相承」。[3]黃志華認為，當時清晰的「粵語流行曲」概念尚未出現，也沒有唱片公司標榜這個概念，因此只稱之為「類粵語流行曲」。[4]容世誠亦同意，作為一種新興粵語歌曲和一個樂種類型的界定觀念，「粵語流行曲」都是由五十年代的香港唱片公司所塑造、建構和生產的。[5]掌故名家魯金則以同為新月公司灌錄，由李綺年主唱的電影《生命線》（一九三五）插曲〈兒安眠〉為粵語流行曲的鼻祖。[6]粵語流行曲與電影的跨界姻緣，與其歷史差不多一樣長。查《生命線》的主題曲〈不堪重睹舊征袍〉（吳楚帆主唱）本就是粵曲。此外，黃志華亦曾指出，四十年代初日治時候的「幻景新歌」雖跟粵語流行曲沒有直接關係，「但有前輩認

3 楊漢倫、余少華《粵語歌曲解讀：蛻變中的香港聲音》（香港：匯智出版有限公司，二〇一三），頁二至三。曲詞參見 Andrew Jones, *Yellow Music: Media Culture and Colonial Modernity in the Chinese Jazz Age* (Durham: Duke University Press, 2001), p.63.「〈壽仔拍拖〉乃是由『趙恩榮撰曲兼奏鋼琴』，其歌詞是中英文夾雜的，共九段，凡中文都是四字句。」黃志華《原創先鋒：粵曲人的流行曲調創作》（香港：三聯書店（香港）有限公司，二〇一四），頁二三。

4 黃志華《原創先鋒》，頁一六。

5 容世誠《粵韻留聲》，頁二二〇。

6 魯金〈粵語流行曲鼻祖是李綺年唱的《兒安眠》〉，《明報》，一九九一年四月十五日，副刊；轉引自黃志華《早期香港粵語流行曲》，頁三。

為那些『新歌』就是日後粵語流行曲的雛形」。[7]「幻景新歌」一般為有唱有做的諧趣粵曲，可見粵曲、小曲、粵語流行曲關係千絲萬縷，實在不易釐清。馮禮慈更將一九五〇年界定為香港粵語流行曲的早期階段，有關一九四九年或以前的醞釀情況索性存而不論。[8]然而，在此簡論其醞釀情況，有助於理解影響五十年代「粵語流行曲」成型的不同因素。黃志華以和聲歌林唱片公司於一九五二年八月二十六日推出，標榜為「粵語時代曲」的四張七十八轉唱片為香港粵語流行曲歷史的起點，說法應該最沒爭議。這首批四張「粵語時代曲」唱片，合共有八首歌：〈春來冬去〉（呂紅主唱）/〈漁歌晚唱〉（白英主唱）；〈胡不歸〉（呂紅主唱）/〈有希望〉（呂紅主唱）；〈忘了他〉（呂紅主唱）/〈銷魂曲〉（白英主唱）；〈好春光〉（呂紅主唱）/〈望郎歸〉（白英主唱）。「粵語時代曲」正式出生。[9]至於「時代曲」的意涵，且參黃奇智《時代曲的流光歲月：一九三〇—一九七〇》的說法：

7 黃志華《原創先鋒》，頁四九。其中影評人秋子寫道：「筆者相信當時『幻景新歌』的『新歌』就是今天粵語流行曲的雛形。」參見黃志華《早期香港粵語流行曲》，頁六至七。

8 馮禮慈〈尋回耳朵〉。

9 按黃志華的說法，這批「粵語時代曲」唱片「應該是頗暢銷吧」，參見黃志華〈粵語時代曲@一九五二年〉，《立場新聞》「立場黃志華博客」，二〇一六年十月十一日：https://thestandnews.com/culture/粵語時代曲 -1952- 年 /，瀏覽日期：二〇一八年十一月十一日。

甚麼是時代曲？望文生義，在一些人的心目中，時代曲就是反映時代的歌曲，因此在理論上抗戰歌曲和革命歌曲，全都算是「時代曲」。但「時代曲」所屬的範圍卻要狹窄得多。

「時代曲」其實是「時髦」的同義。所謂的「時代曲」其實就是流行曲。[10]

五十年代初，「國語時代曲」在香港盡領風騷，唱片公司遂以「粵語時代曲」為招徠，後來漸漸發展成「粵語流行曲」。[11] 按黃霑的說法，這類歌有「承先啟後」的優點：

---

10 黃奇智《時代曲的流光歲月：一九三〇—一九七〇》（香港：三聯書店（香港）有限公司，二〇〇〇），頁十。

11 按香港作曲家綦湘棠的說法，「時代曲和流行曲是同類歌曲而異名，正如 $C^\#$ 等如 $D^\flat$；在香港，時代曲是阿哥，流行曲的稱謂在後。」綦湘棠〈序言〉，黃奇智《時代曲的流光歲月》，頁四。按楊漢倫及余少華的說法：「早期粵語歌曲還沒有得到正名，就算是五十年代出版的粵語歌曲唱片，所用的名稱繁多，如『跳舞歌曲』、『跳舞粵曲』、『粵語時代曲』、『粵語小曲』以及『時代粵曲』等。而『粵語流行曲』一詞要到六十年代中後期才被廣為應用。」楊漢倫、余少華《粵語歌曲解讀：蛻變中的香港聲音》，頁三。黃志華更清晰指出：「一九五四年，香港電台每周至少有兩三日會設置『粵語時代曲唱片』的播放時段，在同年的八月二十二日開始，這個時段改稱『粵語流行曲唱片』。看來，『粵語流行曲』這個叫法，乃是由香港電台叫起的，而且是早在一九五四年夏天的時候便這樣叫。」詳參黃志華〈一九五四年粵語流行曲榜及周聰、顧嘉煇行蹤〉，《立場新聞》「立場黃志華博客」，二〇一六年十月十七日 https://thestandnews.com/culture/1954- 年粵語流行曲榜及周聰 - 顧嘉煇行蹤 /，瀏覽日期：二〇一八年十一月十一日。

一方面，繼承粵曲傳統，而比冗長的粵曲短；另一方面，採納更接近聽眾的自然發聲唱法，摒棄粵曲以往過多「地方戲曲」的老舊感覺和味道。配合適應時代的流行節奏，用洋樂器伴奏。加上歌詞不再用典故或用深字來力求優雅，大膽以貼近口語的方法來填寫歌詞，各種特點，都似乎能夠追上時代。[12]

一九四九年，中國大陸變天，粵語流行曲經過早期的醞釀階段漸漸成熟，天時地利，「香港的粵語流行曲，就是在這樣的背景下，登上了歷史的舞台」，黃志華對此早有清晰論述，在此不妨抄錄如下：

考查五十年代初期的香港，較普遍的娛樂方式有：一、音樂社——以樂會友，玩唱粵樂粵曲，而且不少樂友集唱作奏於一身。這些音樂社團若表現出色，還可以有機會到電台演出。二、歌壇——是在酒樓裏設壇唱粵曲以娛茶客的一種娛樂方式。三、粵劇。四、幻景新歌——在日佔時期便已在香港出現的演出形式，多是有唱有做的諧趣粵曲，有人認為是粵語流行曲的濫觴。由於幻景新歌以諧趣為主，頗受其他唱文雅曲詞的「歌

12　黃霑《粵語流行曲的發展與興衰：香港流行音樂研究一九四九—一九九七》（香港：香港大學亞洲研究中心博士論文，二〇〇三），頁五四。

壇」中人所鄙。幻景新歌約於五十年代初期已式微。五、電台天空小說——五十年代初，電台廣播是香港最先進的電子傳媒，經由電台播放的天空小說，極受歡迎。其時著名的天空小說講述家有李我、方榮、鄧寄塵、鍾偉明、鄭君綿等。當年收音機並不普及，售價頗昂，於是有好些涼茶鋪遂以播放天空小說作招徠，小市民想聽天空小說，唯有光顧涼茶鋪或聚集在鋪外。六、歐西流行曲及國語時代曲——五十年代初，香港受歐風美雨的影響日深，年輕一代開始覺得聽歐西流行曲才算時髦；此外，大陸解放後，源於上海的國語時代曲，基地南遷香港，加上大批上海資本家亦移居香港，國語時代曲正好慰藉他們的鄉愁。[13]

這段文字提到的不但是五十年代初期香港較普遍的娛樂方式，也呈現了「粵語時代曲」出現的時代背景。「粵語時代曲」在粵曲粵劇持續興旺、電台廣播日漸普及和時髦的歐西流行曲及國語時代曲的影響，再加上粵語電影大量製作及發行之下，[14]開始以香港人的語言唱出一代聲音。寫於六十年代初的《最新周聰、林鳳、呂紅粵語流行曲》歌集〈卷首語〉指出：「粵語時代曲，流行已

13 黃志華〈五六十年代香港粵語流行曲簡介〉，香港電台十大中文金曲委員會主編《香港粵語唱片收藏指南：粵語流行曲 50's-80's》（香港：三聯書店（香港）有限公司，一九九八／二〇一三修訂），頁 f-h。

14 李少恩《粵調詞風：香港撰曲之路》（香港：滙智出版有限公司，二〇一〇），頁四四。

有多年，深得一般青年男女所愛好，其曲調除創作者外，大部分選取自中西最新流行曲調改編，其曲詞，文字秀麗，曲藝抒情……且全部已灌入唱片，經常電台播唱」，[15]可見經過五十年代的發展，「粵語流行曲」已經成熟，變成一種香港土生土長的音樂文化產物：「這種新型曲種的音樂曲調，有改編自廣東音樂、國語時代曲、民間小調、戲曲曲牌、歐西歌曲和電影音樂等」。[16]誠如周光蓁《香港音樂的前世今生：香港早期音樂發展歷程（1930s-1950s）》所言，「上世紀三十年代到五十年代的香港，既地處華南，又在英國管治下，如此地緣、政治現實所形成的雙重身份，基本上決定了香港的音樂文化格局，衍生出中、西音樂演奏家和團體、表演場地、運作形式、聽眾群等，各自精彩」。[17]他還談論到：「香港當時的特色就是這樣，它不是給你避難，而是給你大時代下的一個綠洲」[18]，這個「中西文化雜處」的綠洲，在大時代的時勢下混雜出獨特的香港

---

15 周聰編《最新周聰、林鳳、呂紅粵語流行曲》（香港：錦華出版社，一九六一？）；轉引自容世誠《粵韻留聲》，頁二一八。

16 容世誠《粵韻留聲》，頁二一八。

17 「一九二八年啟播的公營電台就設有中樂（主要是粵曲、粵樂）、西樂時段」；周光蓁《香港音樂的前世今生：香港早期音樂發展歷程（1930s-1950s）》（香港：三聯書店（香港）有限公司，二〇一七），頁一七。有關一九三〇到一九五九年底香港的主要音樂演出場地和活動，詳參頁一九一—七七。

18 轉引自王文君〈從香港早期音樂看文化繁盛歷史：周光蓁談《香港音樂的前世今生》（上）〉，《大紀元時報》，二〇一七年十一月二十日：http://hk.epochtimes.com/news/2017-11-30/48562661，瀏覽日期：二〇一八年十一月十一日。

文化。

要言之，「一九四九年，對香港來說，是重要的年份。對香港流行音樂而言，是年是分水嶺。香港樂音，從此以後，開始找尋自己的聲音。」[19] 這種新型城市曲種「一方面承接廣東音樂曲藝的傳統（包括樂曲和風格的繼承，樂師和歌者的延續），更受到南下的『國語時代曲』和東漸的歐西流行音樂和荷里活電影音樂影響」。[20]「粵語時代曲」如何混雜，怎樣流行，可以分別從上述三方面的影響說起：粵曲、電台及歐西／國語時代曲。

---

19 黃霑《粵語流行曲的發展與興衰》，頁一四。

20 容世誠《粵韻留聲》，頁二二〇；劉靖之如此比較傳統粵語流行曲和七十年代中興起的現代粵語流行曲：「兩者最顯著的不同在於傳統粵語流行曲從撰曲到演唱均受制於粵劇，包括歌詞、咬字、風格、演出方式；而現代粵語流行曲則在海派時代曲（一九五〇年代）、台灣時代曲（一九六〇年代）和歐美流行曲（如「披頭四」）的影響下，經歷香港社會、經濟、政治的轉型刺激，有着較強的現代社會意識的歌詞、旋律以及表達方式，整個審美標準和意識，與傳統粵語流行曲截然不同。簡而言之，傳統粵語流行曲在本質上是相當嶺南的、廣府的，現代粵語流行曲在本質上則是相當香港的、現代的……」劉靖之《香港音樂史論：粵語流行曲．嚴肅音樂．粵劇》（香港：商務印書館（香港）有限公司，二〇一三），頁二二一。

一、從粵曲到粵語流行曲

正如上述，早期粵語流行曲與粵曲和小曲的關係糾纏不清，界線難以劃清。劉靖之《香港音樂史論：粵語流行曲．嚴肅音樂．粵劇》指出，粵曲就是二十世紀初香港的「粵語流行曲」（雖然當時還未有這個觀念）。[21] 容世誠亦曾就「粵語流行曲」的源頭作出以下補充：

〈雪地陽光〉和〈國花香〉兩曲，前者調寄〈雨打芭蕉〉，後者調寄〈走馬〉，都是按照傳統廣東小曲（「譜子」）譜上新詞。伴奏樂器組合是以西樂的色士風和吐林必為主（樂手是李佳和郭立志），配以何大傻的二胡和楊祖榮的秦琴。這類新月公司標簽為「新曲」或「新體曲」的唱曲，很可能就是當時廣州歌舞團在「大新」和「先施」天台遊藝場的一種中西樂結合的新型表演項目。從「中西樂結合」（其實西樂才是主要伴奏樂器）和「倚『譜』填詞」兩點看來，三十年代初所謂的「新曲」，已經具備了「粵語流行曲」的部分基本條件。[22]

21 劉靖之《香港音樂史論：粵語流行曲．嚴肅音樂．粵劇》，頁五；有關二十世紀初的粵曲歌壇及流行曲與粵曲的血緣關係，詳參頁五—一一。

22 容世誠《粵韻留聲》，頁二一九。

首先，上述新月唱片為廣州女子歌舞團台柱陳剪娜和何理梨灌錄的七十八轉唱片《快活生涯／春郊試舞》及《雪地陽光／國花香》，風格雖然跟一般粵曲不同，但畢竟「粵曲味」甚濃，故有論者稱之為「粵語小曲」[23]，從此可見「類粵語流行曲」與粵曲關係非常密切。三、四十年代，粵劇一直是香港市民的主要娛樂，由於粵曲一般較長（十五分鐘以上），在劇院之外不易流行，製作人於是抽取其中段落而成小曲，〈漢宮秋月〉及〈平湖秋月〉便是早期著名例子。鄭國江指出，有些歌曲（如〈旱天雷〉）原來只是純粹以樂器演奏的音樂，是後來由詞人按曲譜詞的。[24]簡而言之，小曲可說是從粵曲到粵語流行曲的過渡品種。粵樂名家邵鐵鴻一手包辦三十年代粵語歌舞片《舞台春色》插曲的曲詞，有趣的是，電影特刊也稱之為「粵曲」，可見當時在香港「粵曲」與「粵語歌曲」並沒明顯區別。[25]

直至五十年代初期，廣受歡迎的粵語歌曲〈銀塘吐艷〉（又稱〈荷花香〉）出自粵劇改編電影《紅菱血》（一九五一），主唱的芳豔芬、創作曲詞的王粵生和唐滌生自然是粵劇的名牌組合。從三人合作的〈眉月寒衾〉便可見出當年粵劇、電影和流行曲的微妙關係：「眉月彎彎照九州，幾家歡喜幾家愁。有人夜雨逢屋漏，有人疊恨鎖瓊樓。人生如朝露，富貴似雲浮，貧亦樂，富亦憂。暫

23 葉世雄〈類粵語流行曲〉，《文匯報》，二〇一六年八月十六日。
24 朱耀偉《歲月如歌》（香港：三聯書店（香港）有限公司，二〇〇九），頁一一二。
25 黃志華《原創先鋒》，頁三五。

停機杼勤刺繡，縷縷炊煙迷巷口，東籬每值黃昏後，稻香飯熱家家有……」[26]這首歌是由粵劇改編的時裝電影《一彎眉月伴寒衾》（一九五二；李鐵、王鏗導演）的主題曲，原著由唐滌生編劇，於一九五一年六月八日由大龍鳳劇團首演，主角是芳艷芬和任劍輝，電影版主角則是芳艷芬和張瑛。唐滌生與音樂家王粵生合作多年，私交甚篤，[27]二人合作，紅線女主唱的〈紅燭淚〉是另一著名例子。此歌原名為〈身似搖紅燭影〉，乃一九五一年首演的粵劇《搖紅燭化佛前燈》（一九五四

26 詳參黃志華〈淺探唐滌生王粵生合作之電影歌曲《眉月寒衾》〉，《立場新聞》「立場黃志華博客」，二〇一六年九月九日：https://thestandnews.com/culture/淺探唐滌生王粵生合作之電影歌曲-眉月寒衾/，瀏覽日期：二〇一八年十一月十一日。

27 二〇〇九年十二月二十日至二〇一〇年九月二十七日，香港文化博物館主辦《梨園生輝：唐滌生與任劍輝》主題展覽，相關文件有此說明：「早於一九五〇年，二人已合作為《董小苑》編撰《新台怨》一曲。此後二人共同編撰不少動人的小曲，包括電影《紅菱血》的〈銀塘吐艷〉，粵劇《程大嫂》的〈絲絲淚〉，《六月雪》的〈六月初三寶誕香〉，全都是由唐滌生先寫唱詞，再向王粵生講解劇情，王粵生便按曲詞去譜出「喜怒哀樂」的樂章。二人合作最經典的曲目當推《帝女花》的〈香夭〉及《紫釵記》的〈劍合釵圓〉。〈香夭〉改編自琵琶曲〈塞上曲〉的〈妝台秋思〉，唐滌生為改編後的樂章填寫既忠孝、又哀怨的感人曲詞，是《帝女花》一劇最高潮的唱段，流傳後世。而〈劍合釵圓〉則改編自〈潯陽夜月〉。唐滌生以他的妙筆才情，填寫了滿江醋意又浪漫纏綿的唱詞，是《紫釵記》中最吸引的一段曲目。」參見http://www.heritagemuseum.gov.hk/documents/2199315/2199705/Splendour_of_Cantonese_Opera-C.pdf，瀏覽日期：二〇一八年十一月十一日；同時可參盧瑋鑾、張敏慧編《梨園生輝：唐滌生與任劍輝——記憶與珍藏》（香港：三聯書店（香港）有限公司，二〇一一）。

年改編成電影版，由馮志剛導演）的一闋小曲選段：「身如柳絮隨風擺，歷劫滄桑無聊賴，鴛鴦扣，宜結不宜解，苦相思，能買不能賣。……」唐滌生的粵劇、電影和歌詞擦出了跨媒體的火花，其「粵歌雅詞」配合詞句秀麗的劇本，「同時也會要求音樂家為他所寫的曲詞配上合適小曲，唐滌生與合作的音樂家共同創作了不少傳誦後世的作品」。[28]

當年「香港電台」及「麗的呼聲」大量播放粵曲唱片，並舉辦「粵曲比賽」及「公開歌唱比賽」，發掘新人。[29] 易言之，「粵語時代曲」雖已成形，但其實「香港在一九五〇年初期，真正流行的音樂，仍是粵曲。」[30] 就算是標榜為「粵語時代曲」的四張七十八轉唱片，與粵曲的關係可説千絲萬縷，如呂紅主唱的〈胡不歸〉便應就是那首著名小曲。再者，按李少恩的説法，當時大量粵語電影「為了滿足觀眾的需要，加入主題曲及插曲」，因此不少粵曲撰作者「在撰寫粵曲的同時亦兼任粵語時代曲的音樂及曲詞製作工作，當中包括呂文成、何大傻、胡文森、吳一嘯、王心帆、朱頂鶴、唐滌生、王粵生和潘一帆。」[31] 粵劇歌詞與傳統詩詞關係緊密，這類作者為粵語時

28 香港文化博物館《梨園生輝：唐滌生與任劍輝》主題展覽。
29 黃霑《粵語流行曲的發展與興衰》，頁四一。
30 黃霑《粵語流行曲的發展與興衰》，頁四〇。
31 李少恩《粵調詞風》，頁四四。黃霑亦指出：「又因為潮流興盛，本來只負責作音樂拍和的樂師如朱大祥，王粵生等，也開始創作『小曲』旋律，來豐富漸漸聽厭的傳統梆黃」；黃霑《粵語流行曲的發展與興衰》，頁四二。

代曲寫詞的時候，自然會帶有濃烈的粵曲味道。且以唐滌生的粵劇為例。他的作品往往文言、白話及粵語並用，但素以文辭典雅流麗馳名，如《牡丹亭驚夢》曾被評為如一首詩，《紫釵記》如一首詞，他自己亦自許《西樓錯夢》如一首賦。[32] 唐滌生詩詞文學修養甚深，善於在詞中引用或化用古典詩詞，寫得如一首詞的《紫釵記》便是顯例。[33] 其他詞人亦深受詩詞文學影響，試看胡文森一手包辦曲詞的〈秋月〉，對月懷人，韻味便像古典詩詞：「秋月明人靜，秋月襯疏星。寥落淒清相照，相對相依為命。秋月明人靜，秋月襯秋聲。蟲又叫聲嗚咽，不禁觸起了恨情……」[34]

粵曲對於粵語流行曲影響深遠，以歌詞而言，就算七十年代的詞人，也深受粵曲的影響，許冠傑自幼在中樂和粵曲環境裏成長，[35] 鄭國江也說過：「黃霑大我一個月，我們所受的影響均來

---

32 原載〈介紹袁于令原著《西樓記》中《病晤》及《會玉》兩折之精妙詞曲〉《仙鳳鳴劇團第七屆演出特刊：《西樓錯夢》》（香港：仙鳳鳴劇團，一九五八），頁四至五；轉引自陳守仁《唐滌生創作轉奇》（香港：匯智出版有限公司，二〇一六），頁七七。

33 有關《牡丹亭驚夢》、《蝶影紅梨記》、《紫釵記》及《西樓錯夢》的例子，詳參潘步釗《五十年欄杆拍遍：唐滌生粵劇劇本文學探微》（香港：匯智出版有限公司，二〇〇九），頁一四三—一四九。

34 詳參黃志華《曲詞雙絕：胡文森作品研究》（香港：三聯書店（香港）有限公司，二〇〇八），頁八五—八六。

35 許冠傑「兩歲隨家人移居香港，父親許世昌是業餘中樂愛好者，母親李倩雲喜愛粵曲」；參見劉靖之《香港音樂史論：粵語流行曲．嚴肅音樂．粵劇》，頁一〇六—一〇七。

自粵曲，都是飲粵曲的奶水長大的，都是看粵劇長大的，我們的骨子裏都藏着這些因素」。[36]簡而言之，粵語流行歌詞上接小曲的文學傳統，文辭典雅，與五十年代以陳蝶衣為代表，從上海流行歌壇南來香港的國語時代曲的鴛鴦蝴蝶詞風（詳下文）匯聚而成一種獨特的韻味。當然，不是所有小曲的歌詞都文辭典雅，有些「諧曲」會「採用粵劇音樂中耳熟能詳的小曲旋律，填上生活化口語化的歌詞」。當時「電影的發達，同時助長了粵曲的傳播」：因為資金回籠快，當時的「小資本的獨立製片公司，很喜歡攝製歌唱片和小市民鬧劇」，這類喜鬧劇往往會按耳熟能詳的小曲旋律「填上生活化口語化的歌詞」，正如黃霑所言，這類歌詞「因為輕鬆俏皮，頗受電影觀眾歡迎，也為後來的粵語時代曲打開了風氣」。[37]成也電影，敗也電影，因為粵語歌唱電影和小市民鬧劇愈拍愈濫，質素低劣，於是「電影人提出『伶、星分家』口號，拒絕再與粵劇『大佬倌』紅伶合作。而與此同時，本來在星馬一帶很受歡迎的歌唱片，也出現滯市，行情報淡，歌唱電影於是一蹶不振。粵曲忽然少了個強有力的推廣媒介，受打擊不少」；黃霑同時指出，內憂之外，粵曲還要面對來自國語流行曲的「外患」。[38]對粵曲甚至粵語流行曲的市場佔有率而言，本以上海為基地的國語流行曲無疑是「外患」，但對粵語流行歌詞來說，卻提供了不少新養份。

36 引自黃志華〈回到粵語歌地位低微時〉，《信報》「影音地帶」版「詞說詞話」專欄，二〇一六年二月十六日。
37 黃霑《粵語流行曲的發展與興衰》，頁四三。
38 黃霑《粵語流行曲的發展與興衰》，頁四四。

二、鴛鴦蝴蝶舞香江

黃奇智的《時代曲的流光歲月》說過，「在五六十年代的香港，提起時代曲，想到的就是用國語演唱流行歌曲」，黃霑博士論文亦稱一九四九至一九五九年為「夜來香時代」，[39]李香蘭〈夜來香〉（曲詞：黎錦光）乃上海國語流行曲的經典金曲，國語流行曲在五十年代香港的普及程度可見一斑。粵曲開始老化，上海摩登的國語流行曲形象洋氣，又常配合當年大行其道的歌舞片，適時的進佔香港華語流行曲的主導位置。就算是上述和聲歌林唱片公司於一九五二年標榜為「粵語時代曲」的八首歌曲，也是「有意識地向國語時代曲曲詞的風格靠攏的」。[40]早期香港流行音樂工業的發展，實與上海流行樂壇的人才及資金南來香港息息相關。有關「國語時代曲」的源頭，容世誠指出現在一般認為是黎錦暉撰寫的〈毛毛雨〉、〈桃花江〉、〈妹妹我愛你〉等歌舞團歌曲。[41]上海可說是華語流行曲的發源地，上世紀二十年代，以「中國流行音樂之父」黎錦暉為首的音樂人

---

39 黃奇智《時代曲的流光歲月》，頁一一；黃霑《粵語流行曲的發展與興衰》，頁一一。

40 黃志華〈港產粵語時代曲初生歲月〉，《大公報》二〇一二年九月二日，B5版

41 容世誠《粵韻留聲》，頁二二五；同時可參黃奇智《時代曲的流光歲月》，頁一二—一七。

從海外引入流行曲，發展出「擬古仿西的新樂種」，成果纍纍。[42]在一九四九年政治變天之前，上海是中國以至不同華人社區流行音樂生產的中心，而法資公司 Pathé-EMI 乃三、四十年代上海的旗艦唱片品牌。因為「當時香港沒有自己的生產設施，在本地創作及灌錄的國粵語歌曲都要送往上海製作及發行。」[43]不少上海音樂人和資本家在一九四九年之後因為政治原因遷到香港，成就了國語時代曲在香港的一段光輝歲月，黃奇智便以一九四九年至一九五四年為國語時代曲「香港的繼承期」。[44]比方，上海國語時代曲經典作〈玫瑰玫瑰我愛你〉（曲：陳歌辛；詞：吳村）原唱者姚莉及其孿生哥哥姚敏便在一九五〇年移居香港。五十年代，國語歌舞片在香港大行其道，「姚莉主唱、姚敏作曲、陳蝶衣作詞，可謂賣座鐵三角」。[45]一九五二年，百代（EMI）唱片公司正式在香港設立辦事處，自此香港可說成為華語流行音樂工業的中心，不少經典國語時代曲其實

---

42 Nimrod Baranovitch, *China's New Voices: Popular Music, Ethnicity, Gender and Politics, 1978-1997* (University of California Press, 2003), p.14；洪芳怡《上海流行音樂（一九二七—四九）：雜種文化美學與聽覺現代性的建立》（台北：政大出版社，二〇一五），頁一一一—一一三。

43 Cited from Centre for Popular Culture in the Humanities, "Hong Kong Pop History," http://home.ied.edu.hk/~hkpop/music/hkpophistory.html，瀏覽日期：二〇一八年十一月十一日；有關 Pathé-EMI 的發展，詳參 Andrew Jones, *Yellow Music*, 第二章。

44 黃奇智《時代曲的流光歲月》，頁七六。

45 朱振威〈半部華語流行曲發展史〉，二〇一四年四月三十日：https://leonchu.net/2014/04/30/20140430/，瀏覽日期：二〇一八年十一月十一日。

是香港製造的。[46]「金嗓子」周璇在港捲起國語時代曲熱潮，「銀嗓子」姚莉移居香港後亦名噪一時。姚莉主唱的〈春風吻上我的臉〉（曲：姚敏；詞：陳蝶衣）原為一九五六年由王天林導演的國語歌舞電影《那個不多情》的插曲，在香港唱得街知巷聞，流行得成為賀年歌。要言之，如呂文成的音樂人把其上海流行音樂經驗移植到香港粵語流行曲，為七十年代在香港勃興的粵語流行曲打好堅實的基礎。[47]

黃霑指出，上海國語時代曲當年一鳴驚人，專家編樂的製作方法有不少功勞，而「菲律賓編樂人的音樂甫出市面，效果立竿見影，馬上吸引了一批聽慣粵曲齊奏音樂的聽眾」。[48]上海國語時代曲的歌詞風格，亦令香港聽眾耳目一新，其中活躍於三、四十年代的上海文壇及樂壇的「世紀詞聖」[49]陳蝶衣便對香港流行歌詞影響深遠。早於一九三八年已曾訪港的陳蝶衣於一九五二年來港定居，既當編輯又寫專欄及電影劇本，但其對香港的最主要貢獻可能是歌詞。移居香港之前，陳蝶衣早在一九三三年於上海創辦中國第一份娛樂報刊《明星日報》，後來又曾任不同報章雜

---

46 詳參張偉《西風東漸：晚清民初上海藝文界》（台北：要有光，二〇一三），頁九六—一一一。

47 May Bo Ching, "Where Guangdong Meets Shanghai: Hong Kong Culture in a Trans-regional Context," Helen Siu & Agnes Ku eds., *Hong Kong Mobile: Making a Global Population* (Hong Kong: Hong Kong University Press, 2008), pp. 48, 61.

48 黃霑《粵語流行曲的發展與興衰》，頁四九。

49 二〇一五年七月至十月，香港康樂及文化事務署於香港中央圖書館舉辦「『世紀詞聖』：陳蝶衣」展覽。

誌編輯。按陳蝶衣自己的說法，其筆名與鴛鴦蝴蝶派有關：「當時『鴛鴦蝴蝶派』在上海很流行。我看了一本小說，叫《蝶衣金粉》。我在報館大家都叫我『小弟弟』，『蝶衣』在上海話裏就是『弟弟』。我就用它做了筆名。」[50]一九四一年創刊，曾由陳蝶衣任主編的《萬象》，當中不少是鴛鴦蝴蝶派作者，陳蝶衣歌詞呈現出鴛鴦蝴蝶風格，自不叫人意外。他和范煙橋、吳村都可說是民初舊派文人創作歌詞的範例。篇幅所限，這裏且專論陳蝶衣。陳蝶衣第一首詞作乃一九四五年電影《鳳凰于飛》（方沛霖導演）的同名歌曲，由陳歌辛作曲、周璇主唱，自此他們三人便成為上海國語時代曲的黃金組合。當「柳媚花妍鶯聲兒嬌」的鴛鴦蝴蝶詞風飛到香港，又展現出叫人驚艷的姿彩。陳蝶衣一生寫了三千多首詞，故有「三千首」的外號。[51]雖然上世紀四十年代是陳蝶衣的高產期，他不少代表作乃寫於香港，雖是國語，對粵語歌詞亦有深遠影響。他對香港流行音樂的貢獻廣受肯定，先後於一九八八年獲香港電台第十屆十大中文金曲金針獎及一九九六年獲香港作曲家及作詞家協會的CASH音樂成就大獎。除了上述〈春風吻上我的臉〉之外，膾炙人口之作還有〈給我一個吻〉（一九五四）、〈月下對口〉（一九五六）、〈我有一段情〉（一九五七／八）、〈南屏晚鐘〉（一九五八）、〈情人的眼淚〉（一九五八）、〈我的心裏沒有他〉（一九六〇）等，數之不盡。

50 蔡登山《繁華落盡：洋場才子與小報文人》（台北：秀威資訊，二〇一一），頁二二〇。

51 容若〈陳蝶衣創辦《明星日報》〉，《明報月刊》，二〇一三年十二月一日：https://mingpaomonthly.com/陳蝶衣創辦《明星日報》%E3%80%80（容若）/，瀏覽日期：二〇一八年十一月十一日。

篇幅所限，歌詞節錄如下：

——張露原唱的〈給我一個吻〉（原曲："Seven Lonely Days"）：「給我一個吻，可以不可以？吻在我的臉上，留個愛標記。給我一個吻，可以不可以？吻在我的心上，讓我想念你……」

——電影《桃花江》（王天林導演）插曲〈月下對口〉是陳蝶衣、姚敏、姚莉（潘正義合唱）鐵三角的作品：「天上的明月光呀照在那窗兒外，你不要費疑猜窗裏人也沒有睡，我不是睡不穩呀只因為你要來，守在那窗外靜等待所以窗不開，你不要費疑猜窗裏人也沒有睡，守在那窗外靜等待明白不明白……」

——吳鶯音原唱的〈我有一段情〉（曲：姚敏）：「我有一段情呀，說給誰來聽，知心人兒呀出了門，他一去呀沒音訊。我的有情人呀，莫非變了心，為甚麼呀斷了信，我等待呀到如今……」

——崔萍原唱的〈南屏晚鐘〉（曲：王福齡）：「我匆匆地走入森林中，森林它一叢叢。我找不到他的行蹤，只看到那樹搖風。我匆匆地走入森林中，森林它一叢叢。我找不到他的行蹤，只聽到那南屏鐘……」

——潘秀瓊原唱的〈情人的眼淚〉：「為甚麼要對你掉眼淚？你難道不明白是為了愛？只有那有情人，眼淚最珍貴，一顆顆眼淚，都是愛，都是愛……」

——靜婷原唱的〈我的心裏沒有他〉（曲：Carlos Eleta Almarán）：「我的心裏只有你，沒有他。你要相信我的情意，並不假。只有你才叫我思念，只有你才叫我牽掛，我的心裏沒有他……」

從以上陳蝶衣名詞曲見，鴛鴦蝴蝶飛到香江依然以愛情為主，正如他自己所言：「必須有情，始可寫歌」。[52]

當然，除了陳蝶衣外，在香港還有不少繞樑三日的國語歌曲，對粵語歌詞有深遠影響。比方，同是來自上海的著名作曲家王福齡最經典之作〈不了情〉（顧媚原唱，一九六一年由同名電影的主題曲）便歷久不衰。此歌在第九屆亞洲影展獲得最佳主題曲獎，作詞的乃用筆名「莫然」發表的導演陶秦：「忘不了忘不了，忘不了你的錯，忘不了你的好，忘不了雨中的散步，也忘不了那風裏的擁抱……」王福齡另一首名曲，崔萍原唱的〈今宵多珍重〉（一九六一）風行多年，後來更有陳百強主唱、鄭國江填詞的粵語版（一九八二）。國語版填詞的是林達（司徒明）：「南風吻臉輕輕，飄過來花香濃，南風吻臉輕輕，星已稀月迷濛。我們緊偎親親，說不完情意濃，我們緊偎親親，句句話都由衷……」陳百強和鄭國江又合作了崔萍另一首名曲〈相思河畔〉的粵語版（一九八三），國語版原曲為暹羅民謠"Chut Yuen Khwam Rak"，是由紀雲程執筆的國語版歌詞同樣纏綿悱惻：「自從相思河畔見了你，就像那春風吹進心窩裏，我要輕輕的告訴你，不要把我忘記……」當年這些國語時代曲在港台都十分流行，對香港粵語流行曲自然有所啟發。被譽為「粵

52 引自林泉忠〈陳蝶衣與姚莉的最後一聚：紀念「世紀詞聖」逝世一周年〉，《明報月刊》，二〇〇八年十二月一日：https://mingpaomonthly.com/陳蝶衣與姚莉的最後一聚%E3%80%80-紀念「世紀詞聖」逝世/，瀏覽日期：二〇一八年十一月十一日。

語流行曲之父」的周聰便嘗言：

> 當時香港流行的多是歐西流行歌曲及國語時代曲。我見當時用其他方言創作的流行歌曲都能表達情意，獨用粵語唱的多種歌曲常扭曲了語音，而傳統粵曲風格過於保守，諧趣粵曲又流於低級趣味，便用國語時代曲的風格為基礎，以一些新創作或已有的曲調，填上語音與旋律相符合的粵語歌詞，減少拉腔，避免口語化，把「的」、「麼」及「了」等字都唱起來，又力求文雅，結果生產了一種近似白話新詩的曲詞風格。[53]

六十年代，雖有如陳寶珠和蕭芳芳等粵語片明星大紅大紫，粵語歌仍不及國語歌受歡迎。此外，「因為前後每面各可裝載半小時音響的 331/3 轉長行唱片（Long-Play Records）面世，『百代』此時推出了一系列舊上海的國語時代曲」，國語歌風得以延續。[54] 有趣的是，國語時代曲經香港傳到台灣，六十年代中後期台灣的國語時代曲又回到香港並捲起熱潮。在當年剛啟播的無綫電視《歡樂今宵》，國語時代曲穩佔主導地位，姚蘇蓉和青山等台灣歌手廣受歡迎。一九四九年之後，

---

53 陳守仁、容世誠〈五、六十年代香港的粵語流行曲〉，《廣角鏡》二〇九期，一九九年二月，頁七四—七七。

54 黃霑《粵語流行曲的發展與興衰》，頁七四。

由上海音樂人來到香港，亦有移居海峽對岸。比方，一九四九年移居台灣，後來經常往返港台兩地，與王福齡同樣畢業於國立上海音樂專科學校的周藍萍便為台灣國語時代曲注入活力。曾經三奪金馬獎最佳配樂獎的周藍萍最為人熟悉的作品可算寫於一九五四年，先詞後曲的〈綠島小夜曲〉（詞：潘英傑）。黃霑博士論文把一九六〇年到一九七三年稱為「〈不了情〉與〈綠島小夜曲〉時代」，可見此歌在六十年代的受歡迎程度與重要性。[55]台灣戒嚴時期實行歌曲審查制度，而國語時代曲在香港的創作及傳播自由，有些在台灣禁播的歌可以在香港演唱播放，間接成就了當年香港作為國語時代曲的中心。台灣第一個電視歌唱節目《群星會》一九六二年於台視啟播，當時大量香港國語時代曲藉此引進台灣。按徐睿楷（Eric Scheihagen）的研究，「群星會」出身的姚蘇蓉「因公開演唱禁歌而遭吊銷歌星證，而轉往香港、東南亞發展」。[56]姚蘇蓉的跨地域發展現象，可說體現了文化、歷史和政治的微妙關係：「姚蘇蓉在海外走紅卻助長了台灣地區以外的華語流行

55 黃霑《粵語流行曲的發展與興衰》，目錄是一九六〇—一九七三，頁六一則是一九六三—一九七三，後者應為誤植。有關〈綠島小夜曲〉的創作經過及不同翻唱版本，詳參沈冬主講：〈周藍萍與《綠島小夜曲》傳奇〉，二〇一四年十月十一日，國家圖書館活動錄音：https://www.ncl.edu.tw/downloadfile2_297_200.html，瀏覽日期：二〇一八年十一月十一日。

56 引自吳庭寬〈那些我們的歌：台灣歌謠與東南亞〉，《天下雜誌》獨立評論，二〇一七年八月八日：https://opinion.cw.com.tw/blog/profile/392/article/5969，瀏覽日期：二〇一八年十一月十一日。

歌曲產業，促使台灣取代香港成為國際華語流行音樂產業的中心。」[57]七十年代，粵語流行曲在香港漸漸興起，「國語時代曲的基地就理所當然地轉移至台灣。」[58]

三、南洋風起時

上文提到〈情人的眼淚〉原唱者潘秀瓊，其實是五十年代從新加坡來港發展的。查當時華語流行樂壇與東南亞不同地區有緊密的互動關係，潘秀瓊便曾翻唱多首印尼／馬來語歌曲，如五十年代改編自印尼民謠"Pulau Bali"，由陳蝶衣填詞的〈巴里島〉，而上文提及的〈相思河畔〉原曲亦為暹羅民謠。崔萍亦曾翻唱改編自印尼歌曲"Indonesia Pusaka"的〈心戀〉（一九六一）。[59]六十年代中後期，「和台灣紅星差不多同時空降香港的，還有星馬的鄧小萍、黃清元、櫻花、凌

57 吳庭寬〈那些我們的歌〉。

58 朱振威〈半部華語流行曲發展史〉。

59 「另外，香港也成為東南亞華裔歌手發展演藝事業的重鎮，如為新加坡「歌舞皇后」莊雪芳發行唱片的「美亞唱片公司」，曾辦理「東南亞一流歌星大會串」活動。亞洲電視的前身「麗的映聲」也提供表演平台及演藝工作培訓，讓港產影視作品得以延伸至東南亞現場。來自新、馬的莊雪芳、潘秀瓊、舒雲、後起的愛慧娜（Ervinna；印尼）等人，都是早期翻唱東南亞歌曲的重要媒介。」參見吳庭寬〈那些我們的歌〉。

雲、莊雪芳、舒雲等，為香港歌迷，提供了更多選擇。」[60]星馬的影響並不限於國語時代曲，上文已提及和聲歌林唱片公司一九五二年在香港推出第一批四張標榜為「粵語時代曲」的七十八轉唱片，對象主要是星馬市場。「在一九五二至一九五五年之間，出版『粵語時代曲』的唱片公司，除了香港的，還有一些是來自南洋的，我們或可形容這是星馬地區的粵語歌歌手初次襲港，相關的歌手名字有雲裳、馬仔、李焯鳳、周群、小鶯鶯、白鳳，甚至包括鄭君綿。」[61]近年新加坡與香港兩地在商業上可能是競爭對手，但在文化上卻其實早有因緣，雙城原來可以對倒。比方，新加坡作家英培安曾旅居香港，在香港報章發表作品與專欄，而香港作家劉以鬯曾在新加坡與吉隆坡擔任報刊編輯，其南洋時期作品別樹一格；香港的邵氏兄弟影業與星馬關係密切，一九五五年第一部以邵氏名義出品的粵語片《星島紅船》乃在星洲攝製。當年「南洋」在香港電影也是常見題材，從《檳城艷》（一九五四）到《榴槤飄香》（一九五九），「南洋」不但是香港電影的主題，也順理成章的變成了這些粵語電影歌曲的異國風情：「馬來亞春色綠野景緻艷雅，椰樹影襯住那海角如畫。花蔭徑風送葉聲夕陽斜掛，你看看那邊艷侶雙雙花蔭下……」（芳艷芬主唱的〈檳城艷〉；曲詞：王粵生）及「飄來榴槤之香，曼歌聲震天。飄來榴槤之香，芬芳到嘴邊。飄來榴槤之香，大家執個先。飄來榴槤之香，果汁似蜜餞……」（由前商台廣播員陳慧玲為林鳳幕後代唱的〈榴槤

60 黃霑《粵語流行曲的發展與興衰》，頁八七；黃奇智《時代曲的流光歲月》，頁一二三二—一二三五。
61 黃志華《原創先鋒》，頁四四〇。

飄香〉；曲：黃翔裕，詞：吳一嘯）。從當年香港電台「粵語時代曲唱片」播放時段也偶然播放南洋的粵語時代曲出品可見南洋風吹遍香江。[62]

星馬對香港粵語流行歌詞的影響，亦可見於諧趣歌詞。周聰曾經解釋：「早在五十年代初期，香港和聲唱片公司為應東南亞、尤其是新加坡的礦工口味，聘請粵樂名家吳一嘯、九叔、朱頂鶴及何大傻等創作通俗、諧趣及體裁較短的粵語歌曲。」[63]雖然如此，以香港市場來説，「香港的粵語時代曲初生的頭三年，原創歌曲不少，歌詞題材甚正經嚴肅」，據黃志華估計，自〈賭仔自嘆〉大受歡迎，香港粵語時代曲的發展方向開始改變，減少原創多了鬼馬搞笑歌曲。[64]〈賭仔自嘆〉原曲為一九四八年由黃岱編導的首部華語彩色電影《蝴蝶夫人》的插曲〈載歌載舞〉（唱：胡美倫、鄧慧珍、李慧、陳翠屏、夏寶蓮；曲：胡文森；詞：吳一嘯），填詞和首唱的是馬來亞華僑歌手馬仔，後來成為鄭君綿的首本名曲。顧名思義，〈賭仔自嘆〉寫賭仔心聲，歌詞俚俗，與當時流行的優雅詞風迥然不同：「伶淋六，長衫六，高腳七，一隻大頭六，二三更，瓜老襯，輸到我木。日夜賭場嚟侍候，生意唔撈兩頭遊，我嘅錢輸晒，真係無收。食更青，頂肚癮，搵菜頭……」。馬仔的二次創作為粵語流行歌詞開拓了另一種可能性。六十年代，南洋風繼續吹，馬來西

62 黃志華〈粵語時代曲@一九五二年〉。

63 轉引自陳守仁、容世誠〈五、六十年代香港的粵語流行曲〉，頁七四。

64 黃志華〈五六十年代香港粵語流行曲簡介〉，頁g。

亞華人創作歌手上官流雲於一九六五年推出的粵語流行細碟瘋魔香港歌迷，碟中三首歌包括〈行快的啦〉、〈一心想玉人〉及〈鹹沙梨〉。除了改自廣東音樂〈蕉石鳴琴〉的〈鹹沙梨〉外，〈行快的啦〉和〈一心想玉人〉分別是改自披頭四（The Beatles）名曲"Can't Buy Me Love"及"I Saw Her Standing There"。披頭四的時髦節奏配上劉大道的諧趣粵語歌詞，竟然擦出精彩的火花，實屬異數：

> 行快啲啦喂，啦喂，行快啲啦喂，我招呼果個丁老八，佢又夠肥夠辣撻。週身癬疥一撻撻，佢學啲狂人披頭髮。一身污糟，不怕失禮，把口鬼咁滑。睇真果對腳似鴨，佢條腰肥褲又狹，瘖響街邊搵嘢擦，佢唔食燒鵝食燒鴨，切啲叉燒，斬隻豬腳，蝦醁點芥辣……（〈行快的啦〉）

> 佢成日對我鬼咁親，講真就無句真，睇佢咁斯文，真係想到我失魂。談情共說愛，認真風韻，噢，我一心想玉人！呢佢個名叫亞珍，我愛佢珍珠都無咁真，睇佢咁銷魂，着條鴛鴦綉花裙。郎情共妾意，心心相印，噢，我一心想玉人！呢學唱相思引，大跳週身晃，夢裏都高聲嗌，叫佢亞珍，唔，相親愛不變心，託亞三姑去說親，佢話呢趟弊，亞珍已經嫁咗人……（〈一心想玉人〉）

「行快啲啦喂」、「阿珍已經嫁咗人」香港街頭巷尾都經常聽到，一九六六年更有由莫康時導演的電影《阿珍要嫁人》上映，可見〈一心想玉人〉在香港捲起的南洋風多麼厲害，甚至可視作「香港的粵語文化、草根階層對年輕人與披頭四風潮的反抗」。[65] 一九四九年啟播的收費有線播音系統麗的呼聲「每天早上七時至午夜十二時，不停在藍色電台（英文）及銀色電台（中文）播放。藍色電台的主要節目之一，是播送歐西流行曲。」歐西流行曲漸漸成為「英文書院中學生極為歡迎的娛樂，變成粵劇、粵曲、國語時代曲等潮流以外另一個重要的音樂細流。」[66] 再者，按黃霑憶述，收費電視台麗的映聲一九五七年啟播時：「音樂節目，全是美國輸入。如"Perry Como Show"，"Dean Martin Show"等，唱的自然是美國流行曲。後來加插了『麗的夜總會』介紹香港流行音樂、歌曲也全是英文歌，不但粵語流行曲不見影蹤，連國語時代曲，也不露面。」[67] 這些英文歌音樂質素遠勝華語時代曲，流行音樂西洋風吹得更盛。上官流雲的二次創作配以地道草根的粵語歌詞，若可說是對披頭四風潮的「反抗」，從另一角度看也可見披頭四和西洋風在香港流行樂壇的主導地位。

65　黃志華《原創先鋒》，頁一〇三—一〇五。
66　黃霑《粵語流行曲的發展與興衰》，頁一二。
67　黃霑《粵語流行曲的發展與興衰》，頁七三。

四、西洋風繼續吹

作為英國殖民地的香港，一直視英國文化為高級品味，英文流行曲自然並不例外。五十年代初廣為流行的「跳舞粵曲」被視為最早一代的粵語流行曲，其實乃由當時舞廳及夜總會流行的西方跳舞音樂，如探戈、狐步、華爾茲、森巴等改編而成。[68]五、六十年代，披頭四、貓王皮禮士利（Elvis Presley）、白潘（Pat Boone）、奇里夫．李察（Cliff Richard）等都是萬千香港樂迷的偶像。當時也有一些香港電影「模仿西方電影橋段，中間加插跳舞或唱歌情節，因此出現了大量電影插曲」，而且為了節省成本，常常「把一些傳統粵曲和小調填上新詞，亦開始陸續出現一些英文改編歌」，[69]其中由楊工良導演的電影《兩傻遊地獄》（一九五八）的〈飛哥跌落坑渠〉（曲：Jule Styne；詞：胡文森；合唱：鄧寄塵、李寶瑩及鄭君綿），就是改編自法蘭．仙納杜拉（Frank Sinatra）名曲"Three Coins in the Fountain"：「飛哥跌落坑渠，飛女睇見流淚。似醬鴨臭腥攻鼻，飛女監硬扶住佢……」作為《兩傻遊地獄》的投資者，鄧寄塵如此交代選用電影歌

68 「當時舞廳及夜總會流行著西方跳舞音樂，如探戈、狐步、華爾茲、森巴等，漸漸被編成『跳舞粵曲』。很多來自粵劇及粵曲的單支小曲在改編後，實際上也成為最早一代的『粵語流行曲』。」陳守仁《粵曲的學和唱》（香港：中國戲曲研究計劃，一九九二），頁五。

69 李信佳《港式西洋風：六十年代香港樂隊潮流》（香港：中華書局（香港）有限公司，二〇一六），頁一六。

曲的原因：「關於歌曲問題，我以為唱來唱去都是二黃滾花小曲，千篇一律，是不夠刺激的，所以楊工良先生，也和我多次研究，乃決定由胡文森先生將最新流行的西曲，改成粵語唱出，這是最好不過的。」[70]由此可見，流行西曲可為粵語流行曲注入新意。此歌由胡文森執筆，原因可能是他深受現代西方文化影響，早就愛以西曲填詞，如將西洋曲調填上中文歌詞配成粵曲的〈魂斷藍橋〉（開頭小曲調寄蘇格蘭民謠“Auld Lang Syne”）。胡文森亦常將英語流行曲填上粵語歌詞，如周坤玲、新馬師曾合唱的〈落花曲〉（一九五九；原為一九三八年電影《翠堤春曉》（*The Great Waltz*）的插曲“One Day When We Were Young”）及鄭君綿主唱的〈扮靚仔〉（一九六一；原為Paul Anka 名曲“I Love You Baby”）等。黃鶴聲導演的粵劇電影《鳳燭燒殘淚未乾》（一九五九）插曲〈落花曲〉則纏綿優雅：「林裏飛花片片，落紅仍然有我獨憐，春風乞送暖，當護庇殘花片片……」〈扮靚仔〉歌詞生鬼俚俗：「扮靚仔，摩囉街舊鞋唔係曳，美國製，領呔摩登花式真美麗。扮靚仔，西裝豆泥唔係貴，咪當曳，人人話佢名貴……」“One Day When We Were Young”也有周聰填詞的粵語版本〈未了情〉（靜婷一九五三年以席靜婷之名在和聲唱片灌錄的第一首唱片歌曲），可見西調粵詞相當流行。

「粵語流行曲」之父周聰為了提高粵語流行曲的地位，曾作不同嘗試，除了自己包辦曲詞之外，在西調粵詞方面亦有不少佳作。周聰、呂紅合唱，調寄“Seven Lonely Days”（曲：Earl

---

70 原載《兩傻遊地獄》電影特刊，轉引自黃志華《曲詞雙絕》，頁 xxxviii。

Shuman, Marshall Brown, Alden Shuman）的〈永遠伴着你〉（一九五五），調寄“Innamorata”（一九五五；曲：Harry Warren / Jack Brooks）的〈一吻情深〉及調寄“Colonel Bogey March”（曲：Kenneth Alford, Malcolm Arnold）的〈快樂進行曲〉（一九五九）都是這類例子。篇幅所限，在此且集中分析周聰、鳴茜及小木偶的《青春之戀》（一九六九）中的西調粵詞。大碟收錄的歌一半與鳴茜，一半與「小木偶」合唱。「小木偶」是周聰的電台節目《木偶與我》的角色，其中〈嬌花可愛〉原曲正為上述的“I Love You Baby”：「艷美嬌花，令人陶醉更可愛，愛它青春嬌美，蝶兒為你採，春光動人明媚我最喜愛，甜甜蜜蜜愛……」〈天涯知己〉原曲是電影《獨行俠連環奪命槍》（*A Fistful of Dollars*；一九六四）插曲“Titoli”（曲：Ennio Morricone）：「攜伴木偶走遍海角未有家，流浪在他鄉漂泊淚暗下，簾外夜鶯喚着熱愛戀他，歌聲清雅，心中傾愛着他，互訴熱情話……」〈歌聲飄蕩〉原曲為電影《獨行俠江湖伏霸》（*For A Few Dollars More*；一九六五）同名主題曲（曲：Ennio Morricone）：「日出天亮，歌聲飄蕩，日出光輝盡放，大家高聲唱頌，共賞朵朵鮮花競放，青春歡樂無量，遙望着遠山……」〈木偶唱新歌〉原曲更是茱莉．安德絲（Julie Andrews）的經典，電影《仙樂飄飄處處聞》（*The Sound of Music*；一九六五）插曲“Do-Re-Mi”（曲：Richard Rodgers）：「Do 等於大家唱歌，Re 學節拍莫忘記，Mi 唱歌係要練氣，Fa 似得歌唱家，So 誰人唱得高，La 胡亂唱會聲沙，Ti 時時唱亦合意，歌聲優美又甜脆……」與鳴茜合唱的則以情歌為主，〈薔薇花下〉原曲“Historia De Un Amor”（曲：C. Almaran），歌詞與靜婷一九八〇年國語版〈我的心裏沒有他〉有所呼應：「微微春風輕輕吹入我家，撩人春色皎潔新月樹上掛，薔薇處處美麗嬌艷，徘徊月下盼望見面，我的心中只有她……」〈蝶影花香〉調寄"I Was Kaiser Bill's Batman"（一九六七；曲：Roger Cook and Roger Greenaway）：「萬花開放，美景醉人，齊步共舞無限歡欣，青春歡樂，夜色動人，齊步共舞踏上好運……」大碟點題歌〈青春之戀〉調寄"Young Lovers"（一九六三；曲：Ray Hildebrand, Jill Jackson；一九六四年國語版為杜奧利（Ollie Delfino）與張露夫婦合唱的〈年輕的愛侶〉）：「月桂花放令人愛，青春歡樂在人海，夢裏相逢夢難再，但願日夕永相愛，艷美花容令人愛，鮮花嬌美為誰開，共你相逢為愛情，立誓日夕永相愛……」從以上西調粵詞的不同風格可見，香港詞人能借西風配合不同題材，令粵語歌詞甩脫鄧寄塵所言之「千篇一律」。

「在歌舞電影推波助瀾之下，五六十年代的跳舞熱潮不斷升溫」，再加上香港的夜生活潮流在六十年代初剛達高峰，從高級夜總會到舞廳都如雨後春筍，對樂隊及歌手都有大量需求。[71]那時候在較高級的夜總會最為流行的是英語和國語歌，英語歌是由菲律賓籍樂手和歌手所主導。六十年代初期，香港的電台引介了Gerry & the Pacemakers及Searchers等英倫樂隊，至一九六四年六月披頭四訪港，在樂宮戲院舉行了兩場演唱會，更可說是捲起了英倫風暴。「組band」成為年輕人的新潮流，搖滾音樂亦成為一時風尚，夜總會和舞廳亦成為新晉樂隊磨刀之地。五十年代中

71 李信佳《港式西洋風》，頁一六；Centre for Popular Culture in the Humanities, "Hong Kong Pop History."

期在西方急速興起的搖滾音樂往往有反建制信息，對當時世界社會以至政治都有深遠影響。[72] 當時就讀英文書院的年輕人普遍崇尚西方文化，而且樂隊潮流讓年輕人有機會唱出自己心聲。搖滾風傳到香港，資深音樂人聶安達（Anders Nelsson）及樂評人何重立便曾在有關披頭四的訪問指出，欣賞披頭四的「勇於嘗試、敢於突破、『不跟規矩』的 Break Through 創作精神」最為他們那一代音樂人欣賞。[73] 英語流行曲（尤以樂隊歌曲）大受歡迎，因為如夜總會的場所以成年人為主要消費者，樂隊歌曲在以年輕人為主的周末「茶舞」最為流行。鑽石唱片在樂隊歌曲的推廣方面可說功不可沒。[74] 本地樂隊（如 Lotus, Teddy Robin and the Playboys, Joe Junior and the Side Effects, Anders Nelson & The Inspiration, Mystics, D'Topnotes 及 Kontinentals）等先後冒起，其中一些樂隊成員（如許冠傑、泰迪羅賓）日後更成為香港粵語流行樂壇中流砥柱。香港轉吹西洋樂隊風，令搖滾音樂大行其道，一時間「茶舞、鑽石唱片、樂隊歌唱比賽及音樂會、電視台及台音樂節目（如郭利民 Uncle Ray 的 "Luck Dip" 及許冠傑的 "Star Show"[75]）瞬間成為年輕人日常生活的重要部分」，「樂隊潮流也令流行曲的主流由國語轉向英語、女性歌手變成男性歌

---

72 Richard Peterson, "Why 1955? Explaining the Advent of Rock Music?" *Popular Music* 9:1 (1990), p.97.

73 引自〈兩大音樂人獨愛不規矩披頭四〉，《星島日報》，二〇〇九年十二月九日。

74 詳參李信佳《港式西洋風》，頁一八—二二，二五—三〇。

75 詳參李信佳《港式西洋風》，頁二二。

手」。[76]樂隊歌曲的浪潮一直捲到六十年代後期，直至台灣國語流行曲由寶島登陸香港開始減退，不少樂隊解散，泰迪羅賓離開了香港，鄭東漢及關維麟轉到幕後發展加入寶麗多（一九七〇年收購了鑽石唱片），許冠傑則成為寶麗多首批歌手，為香港流行音樂揭開新一頁。[77]單就歌詞而言，許冠傑在七十年代掀起了粵語流行曲熱潮，曾為雷鳥（The Thunderbirds）樂隊成員的林振強則在八十年代大放異彩，令粵語流行歌詞變得活潑多彩。[78]

五、跨媒體效應

除了不同文化養份之外，五、六十年代香港大眾媒體的發展亦對粵語流行曲的發展產生前所未見的正面影響。容世誠便曾指出，「五十年代的『粵語流行曲』，有可能是廣東音樂史上，首次由『媒體建制』（唱片公司）因應商業市場需要而直接製作催生的粵語曲種。」[79]正如上文所述，三十年代的早期粵語流行曲已與電影有密切關係。比方，兩首著名的抗戰歌曲〈凱旋歌〉及〈抗日

76 Centre for Popular Culture in the Humanities, "Hong Kong Pop History."
77 Centre for Popular Culture in the Humanities, "Hong Kong Pop History."
78 有關林振強的樂隊往事，可參林振強〈我的獅子山下之夾 Band 篇〉，《壹週刊》第六三〇—六三三期，二〇〇二年四月四日—二〇〇二年四月二十五日。
79 容世誠《粵韻留聲》，頁二一八。

歌〉便分別來自電影《廣州三日屠城記》（一九三七）及《舞台春色》（一九三八）。[80] 首套在香港日佔時期結束之後上映的粵語電影《郎歸晚》（一九四七）亦有一首非常流行的粵語歌，其實同名歌曲來自傳統粵樂〈流水行雲〉，由陳綠萍為邵鐵鴻的曲譜上新詞。黃志華曾經指出，香港首套彩色電影《蝴蝶夫人》（一九四八）當中亦有四首插曲，其中由胡文森作曲、吳一嘯填詞的〈載歌載舞〉非常受歡迎（後來由星馬填詞人馬仔填上新詞，變成香港人日後耳熟能詳的〈賭仔自嘆〉）。從以上例子可見，粵語流行曲與電影一向有着微妙的化學作用，它們擦出的火花可以說是日後粵語流行曲於七十年代興起的重要元素。四、五十年代香港電影已經大量採用流行曲，上海國語時代曲在香港的發展與香港電影也有密切關係。當時國語時代曲及電影都大行其道。六十年代，時代曲及電影的協同效應又有新的發展。不論國語及粵語電影都大量採用流行曲配合電影劇情或宣傳，最後往往出現多贏的局面。一九六一年的《不了情》便是顯例。電影由四屆亞洲影后林黛領銜主演，王福齡作曲填詞，顧媚主唱的同名主題曲榮獲第九屆亞太電影節最佳主題曲。生於上海的王福齡於一九五二年移居香港，那時香港開始取代上海成為國語時代曲的生產中心，國語時代曲亦在香港大受歡迎。電影公司有見國語時代曲市場不斷擴展，於是製作大量歌舞電影，如電懋公司出品、陶秦導演的《龍翔鳳舞》（一九五九）便是首套大型荷里活式歌舞片。電懋乃國語片

80　黃志華《原創先鋒》，頁三二—三四。

製作領袖，乘歌唱片潮流攝製彩色歌舞片，令國語電影「逢片必歌」。[81]電懋的主要競爭對手邵氏兄弟公司亦不甘後人，製作了不少出色的歌舞電影，如陶秦導演的《千嬌百媚》（一九六一）便相當成功。在東京攝製的《千嬌百媚》首用伊斯曼七彩闊銀幕，當時可算是高成本大製作，水平不下於荷里活式歌舞片。陶秦後來的《花團錦簇》（一九六三）及《萬花迎春》（一九六四）亦屬複製荷里活模式的大型歌舞片，雖然不算十分成功，[82]戲中的歌曲卻相當流行。歌舞片的種類和內容由邵氏兄弟公司發揚光大，日本導演井上梅次的《香江花月夜》（一九六七）、《花月良宵》（一九六八）及《釣金龜》（一九六九）「橫向移植」日本製作，[83]令香港歌舞片更加成熟。由於此等歌舞片的製作預算龐大，國語時代曲變成香港電影迷的心頭好。

五十年代後期及六十年代的歌舞電影雖然以國語為主，粵語電影的新一代明星開始冒起，陳寶珠、蕭芳芳及薛家燕等新一代女星在六十年代愈來愈受歡迎，她們的出現令國語電影獨大的局面開始改變。回看四、五十年代，粵語電影所用的歌曲很多來自粵劇，雖然電影背景可能是現

---

81 黃霑《粵語流行曲的發展與興衰》，頁六四。

82 詳參 Emilie Yueh-yu Yeh, "China," in Corey Creekmur and Linda Mokdad, eds. *The International Film Musical* (Edinburgh: Edinburgh University Press), p.183.

83 詳參 Jennifer Feeley, "Mandarin Pop Meets Tokyo Jazz: Gender and Popular Youth Culture in Late-1960s Hong Kong Musicals," Audrey Yue and Olivia Khoo eds., *Sinophone Cinemas* (New York: Palgrave Macmillan, 2014), pp.101-119.

代，唱的卻往往是由粵劇改編的歌曲，如《光棍姻緣》（一九五二）中由梁醒波所唱的插曲便是著名例子。雖然後來有更多粵語流行曲在電影出現，但直至陳寶珠及蕭芳芳等大受歡迎才將情況扭轉。一九五八年至一九六三年間，當時以國語製作為主的市場領導者邵氏兄弟公司曾經成立粵語部，捧紅了如林鳳的巨星。然而，這些電影的製作經費及品質難與國語電影相提並論，未能挑戰國語電影的主導地位。直至六十年代中期，流行音樂市場急速擴展，一般香港普羅大眾的消費力亦提升，粵語流行曲因緣際會更受歡迎。再者，正如蕭芳芳在一個訪問中所言，六十年代青年人文化橫掃全球，粵語電影亦在這個時代脈絡中對資本主義、現代化、青年文化及代溝等社會問題有直接回應，令香港的青年人電影大受歡迎。[84] 六十年代的香港粵語電影，陳寶珠及蕭芳芳兩大陣營各領風騷。童星出身的陳寶珠生於粵劇家庭，後來轉往粵語電影發展，瘋魔萬千工廠妹。她曾經在一個訪問中表示，她最受歡迎的粵語流行曲是《郎如春日風》（一九六九）的插曲〈工廠妹萬歲〉。[85] 蕭芳芳則生於上海中產家庭，亦是童星出身，成長以後變成年輕人觀眾的時尚偶像。六十年代，「青春」可說是香港電影的關鍵詞，不少青春電影大受歡迎，其中陳寶珠及蕭芳芳主演

84 詳參 "Song And Dance through the Century," *Dream Factory Revisited* (DVD) (Hong Kong: RTHK, 2007); Poshek Fu, "The 1960s: Modernity, Youth Culture and Hong Kong Cantonese Cinema," Poshek Fu & Desser eds., *The Cinema of Hong Kong: History, Arts, Identity* (Cambridge: Cambridge University Press, 2000), pp.71-72.

85 Victor Chau, "Legendary Movie Star, Connie Chan Po-chu," *Hong Kong Magazine* 19 Jan 2006.

的《彩色青春》（一九六六）又可說是帶領了時代風氣。戲中有不少插曲，例如〈年青的一代〉、〈莫負青春〉及〈及時行樂〉都唱得街知巷聞，陳寶珠及蕭芳芳推出的唱片非常暢銷，令粵語流行曲在年青人聽眾心目中的形象開始改變。雖然如此，因為唱片公司並沒有投放足夠資源，這些粵語時代曲製作水平不高，質素遠遠不如國語時代曲，影迷只是因為陳寶珠及蕭芳芳的魅力仍然願意掏腰包購買這些唱片。黃霑亦曾表示，這些粵語流行曲的水平其實相當拙劣，遠遠比不上國語時代曲及英語流行曲。[86]為了節省成本，唱片公司及電影公司亦大量採用改編歌，比方，陳寶珠在《玉女痴情》（一九六八）所唱的〈春風秋雨三年〉便是國語時代曲〈三年〉的粵語版，〈長相思〉則為英語名曲"The End of the World"的粵語版。其實「粵語流行曲」教父黃霑亦於六十年代開始創作歌曲。一九六八年，他首次為電影《青春玫瑰》寫了粵語插曲〈不褪色的玫瑰〉，他自己認為曲詞水平未臻佳境：「旋律風格抒情，但略嫌守舊。歌詞文雅（甚至過份文雅），但意境不高」。[87]上文曾引《最新周聰、林鳳、呂紅粵語流行曲》〈卷首語〉說六十年代初粵語歌「文字秀麗」，所按的是源自粵劇詩詞文學傳統的標準，而黃霑則應是按其日後於七十年代中期才有機會充分呈現的「現代感」來評價〈不褪色的玫瑰〉，故有過份文雅之說，可見不同年代對歌詞的文學性

---

86 黃霑《粵語流行曲的發展與興衰》，頁六三、七八。

87 引自〈黃霑書房〉：http://www.hkmemory.org/jameswong/text/index.php?p=home&catId=501&photoNo=0，瀏覽日期：二〇一八年十一月十一日。

有迥然不同的看法。[88] 無論如何，正如蘇翁所言，雖然這些電影歌曲銷量甚佳，但對廣東歌的形象並沒有正面影響。[89] 黃霑及黃志華都同意，一九六六年的〈一水隔天涯〉只是一個例外，這首由于粦作曲、左几填詞、苗金鳳（一說是韋秀嫻）主唱的粵語流行曲廣受歡迎，水平亦相當高。歌詞可說源自小曲傳統，旋律及演唱亦令人感覺十分現代，不落俗套。[90] 綜上所述，粵語流行曲在六十年代的發展，與電影密不可分：「在六十年代裏，獨立於電影以外的粵語流行曲唱片製作，遠不及五十年代的蓬勃。」[91]

除了電影之外，電台廣播的急速發展亦有利粵語流行曲的流傳：

> 令時代曲一下子就生了根的科技，是無線電收音機和留聲機。前者令時代

---

88 按黃霑的說法，「水準較好，現代感較強的粵語歌詞，是一九七五年左右才較多出現的。」他對歌詞的「現代感」有詳細說明，詳參黃霑《粵語流行曲的發展與興衰》，頁一三三——一三四。有關五、六十年代歌詞的文學成份及價值，詳參黃志華為本歌詞卷所寫的導言。

89 轉引自黃志華《早期香港粵語流行曲》，頁二二七：「不過，蘇翁說得很對的是，陳蕭二家的歌唱水平只是一般，以二人所灌唱的電影歌曲，只是至於銷量好、產量多（例如陳寶珠從一九六三到一九六九年這七年內竟推出了達七十張唱片，其中九成五以上是電影歌曲），可是對提高粵語流行曲的地位卻全無幫助。」

90 黃霑《粵語流行曲的發展與興衰》，頁七八；黃志華：《早期香港粵語流行曲》，頁七二。

91 黃志華〈五六十年代香港粵語流行曲簡介〉，頁h。

曲樂聲，在同一時間，可以接觸到千千萬萬的聽眾。後者把歌唱家和樂師的演唱和伴奏，留錄了在膠唱片上，方便以後不斷地重覆播放。這是極其重要的發明。有了這兩種新的傳播媒介，國語時代曲才可以在極短的時期之內，風靡整個中國大陸。當時的國民，尤其京滬一帶地區的居民，日常生活，都離不了時代曲的樂音。有不少人甚至邊工作邊哼唱不停，好像不是曲不離口，就過不了一天似的。[92]

香港的官方電台GOW於一九二八年創辦（一九二九年改名為ZBW，一九三四年開設中文頻道ZEK），其後於一九四八年八月正式改名為「香港廣播電台」。[93]在早期的電台廣播節目之中，音樂並非重要元素，直至五十年代，電台廣播才出現巨大轉變。一九四九年創辦，最初只有一個英文及一個中文頻道的麗的呼聲電台非常受歡迎，後來於一九五六年再添加一個中文頻道。初時，收音機因為售價太高並不普及，隨着科技發達，一般百姓也可擁有收音機，流行音樂的傳播亦出現了非常巨大的轉變，流行音樂亦在五十年代開始漸漸成為電台廣播節目的主要部分。

92 黃霑《粵語流行曲的發展與興衰》，頁二四；綦湘棠：〈序言〉，頁四。

93 香港電台《經典重溫頻道：細說歷史》，http://www.rthk.org.hk/classicschannel/history.htm，瀏覽日期：二〇一八年十一月十一日。

一九五九年，大量原子粒收音機（Transistor Radio）由日本運到香港，商業電台也在一九五九年啟播，按黃霑說法，「『商台』這新傳媒，一方面，延長了粵劇粵曲的壽命，另一方面也加速了外國流行曲的傳播。」[94]按黃霑的說法，「這時期的『香港電台』與『麗的呼聲』，已經日漸普及，絕非開台之初聽眾稀少的艱苦經營。」[95]綜觀整個五十年代的電台廣播，「當時幾個電台，即香港電台、麗的呼聲（後期分金台、銀台）、綠邨電台，都把播放重點放在粵劇粵曲方面，其次是國語時代曲，再其次是歐西流行歌曲，最後才有粵語流行曲的位置。憑印象，其播放時間比率約是：粵劇粵曲：國語時代曲：歐西流行曲：粵語流行曲＝12：8：3：1。」[96]「粵語流行曲之父」周聰在這個時期對電台節目的流行音樂廣播作出巨大貢獻。他最初在香港電台工作，一九五四年起「領導」特備粵語時代曲節目，一九五五年轉往麗的呼聲，踏進六十年代便一直在商台工作，也有「播音皇帝」之美譽。他約於一九五四年便開始在電台節目大量播放流行曲，由於當時絕大部分香港人口都說粵語，普羅大眾為電台廣播節目的主要聽眾，所以粵語流行曲有一定需求。周聰本人對粵語流行曲有濃厚興趣，因此他自己有嘗試創作粵語流行曲，亦有為英語及國語旋律填上粵語新

94 黃霑《粵語流行曲的發展與興衰》，頁六九。
95 黃霑《粵語流行曲的發展與興衰》，頁四一。
96 詳參黃志華《周聰和他的粵語時代曲時代》https://www.facebook.com/chowchungstudy/，瀏覽日期：二〇一八年十一月十一日。

詞。[97]上文提及一九五二年第一批四張標榜為「粵語時代曲」的七十八轉唱片，八首歌曲中三首屬全新創作，其中〈有希望〉和〈銷魂曲〉歌詞便是出自周聰手筆。周聰嘗言，香港電台國語及粵語時代曲並重，而麗的呼聲則偏重後者。[98]通過主要廣播渠道麗的呼聲，粵語流行曲在普羅大眾之間變得愈來愈受歡迎，不過仍然被視為次於國語及英語流行曲。[99]一九五九年，商業電台啟播，周聰是當年第一批電台節目主持人。他不但寫了大量的粵語流行曲，甚至唱出自己作品，因此連黃霑也尊稱他為「粵語流行曲之父」。[100]周聰更以粵語歌為商台廣播劇主題曲，這些如〈勁草嬌花〉、〈痴情淚〉等作品嘗試擺脫粵曲味，風格現代化，但雖然粵語流行曲在電台廣播變得普及，國語時代曲仍為最主要的華語流行曲。其中一個著名例子可說是商業電台的廣播劇《薔薇之戀》（一九六一），由鄺天培作曲、周聰填詞、林潔主唱的同名主題曲其實是國語歌。此外，周聰亦曾與呂紅合唱不少粵語歌曲，如〈快樂伴侶〉便廣受歡迎。[101]在此有必要重申，那時的粵語時

97 有關周聰生平和歌曲的詳細資料，可參黃志華《周聰和他的粵語時代曲時代》。
98 引自黃志華《早期香港粵語流行曲》，頁五九—六〇。
99 按黃志華的統計，一九五八年四月六日星期日黃昏的黃金時間，播放的主要是國語及英語流行曲；黃志華《早期香港粵語流行曲》，頁六〇—六一。
100 黃霑〈那時代唯一聲音〉，《信報》「玩樂」專欄，一九九一年一月十六日。
101 黃霑曾經憶述，呂紅的唱片公司重點其實是國語時代曲，而非廣東歌，但並沒論證；黃霑〈受歧視數十年〉，《東周刊》第六十五期，二〇〇四年十一月二十四日，頁一七四。

代曲歌詞風格其實相當二分化，一方面繼承了粵劇及鴛鴦蝴蝶派詞風，另一方面由於粵語流行曲的主要對象是普羅大眾，粵語流行詞人便以諷刺時弊為主，詞中大量運用廣東俗語。這種二分的情況令粵語流行曲在年輕人中的播散受到限制，因為他們覺得廣東歌不是太過俚俗，便是已經過時。鄧寄塵及鄭碧影的〈詐肚痛〉（一九六一）可說是其中一個例子。

對粵語時代曲的傳播而言，電視當然是電台廣播之外的另一重要媒介。當麗的電視在一九五七年開始廣播的時候，由於那是收費頻道，而電視本身亦價值不菲，所以非普羅大眾所能負擔。[102]第一個免費電視台無綫電視廣播有限公司於一九六七年啟播之後，電視在香港才真的普及。無綫亦有大量播放流行曲，不過因為粵語流行曲仍然被視為次等，當時播放的主要是英語及國語時代曲。因為無綫電視想吸引更多年輕觀眾，開始製作流行音樂節目（如許冠傑主持的“The Star Show”），與當時電台廣播的英文流行音樂節目產生協同效應。六十年代中後期，英語流行曲仍然是香港最主要的流行音樂種類。無綫電視的旗艦娛樂節目《歡樂今宵》亦以英語及國語流行曲為主。再者，當時《歡樂今宵》的主要台柱（如梁醒波及沈殿霞）其實出身粵語電影，不過那時

102「一九五七年四月，香港政府向麗的呼聲發出執照，准許他們開辦有線電視。同年五月二十九日，香港第一間電視台正式成立，取名「麗的映聲」，月費二十五元，僅有黑白英語頻道，開台時每日播放四小時，租戶只得六百四十戶。節目內容包括新聞和體育消息。到了一九六三年，麗的映聲增設中文頻道。」引自香港電台《廣播穿梭七十五年：電視衝擊》，http://rthk9.rthk.hk/broadcast75/topic03a.htm，瀏覽日期：二〇一八年十一月十一日。

國語時代曲可說是《歡樂今宵》不可或缺的部分，潘迪華、方逸華、奚秀蘭等著名歌手經常演唱國語流行曲。在當時九十萬電視用戶之中，國語流行曲變得更為流行。時機未到，粵語流行曲仍要留在邊緣。

六、餘論

五、六十年代，粵語流行曲並非香港流行音樂的主流，雖然大部分香港市民都說粵語，但英語及國語時代曲才是最受歡迎的流行音樂種類。粵語流行曲在工人階級相當普及，但如黃霑所言備受歧視。[103]六十年代，粵語流行曲開始變得普及，甚至能夠吸引年輕人，但因成本所限往往粗製濫造，製作水平不如國語及英語時代曲。周聰在接受訪問時也曾坦白承認：「很多時，為求節省製作費用，不能對音樂或歌唱有很高的要求。即使唱錯了，只要不大明顯，也要出街。」[104]要到七十年代中期，粵語流行曲年代才真正來臨。雖然如此，五、六十年代可說是粵語流行曲漸漸建立自己風格，粵語流行歌詞開始體現重要文學價值的時期。正如梁秉鈞生前最後一個大型研究計劃「一九五〇年代香港文學與文化」叢書的〈總序〉所言：

103 黃霑〈受歧視數十年〉，頁一七四。
104 黃霑《粵語流行曲的發展與興衰》，頁六三。

一九四九年前後，不少文人從中國大陸移居香港，他們來自全國各地，更多的是來自上海或廣州，帶來不同地方文化的衝擊與融和。與此同時，這些文化工作者身份多樣，諸如作家、編輯、哲學家、電影編導、演員、畫家及音樂家等，亦有少數文人身兼諸種才能。他們在香港或從事教育和文化工作，或編輯報刊，以寫作謀生，遂形成了五〇年代香港文化的獨特生態：文化混雜，雅俗兼備，多姿多彩，活力非凡。他們繼承傳統文化並發展、體驗遷徙與離散、吸收及轉化西洋文藝，眼光逐漸轉向香港本土，發展多元複雜的新方向。[105]

五十年代香港的獨特脈絡，令香港文化的軌迹初現。粵語流行文化與來自上海的都市文化及其他的工業化、商業化、戰後一代等元素結合，變成一種全新的文化運作，令香港進階為一個文化流轉、混雜的好地方。[106]文化工業當然以商業運作為主，在這個時候香港的市場不斷擴展，香港人

105 梁秉鈞、黃淑嫻：「一九五〇年代香港文學與文化」叢書總序，也斯著、黃淑嫻編《也斯的五〇年代：香港文學與文化論集》（香港：中華書局（香港）有限公司，二〇一三），頁 i。

106 也斯著、黃淑嫻編《也斯的五〇年代》，頁九—十。

亦慢慢開始建立本土意識。[107] 五十年代，香港的粵語電影工業其實已經相當蓬勃，每年大概有一百五十套電影上演，但因為本土題材在海外市場不受重視，香港粵語電影的主要題材往往與香港的本土社會現實無關。[108] 雖然如此，由於五十年代不同文化的碰撞和流轉，香港電影和粵語流行曲因緣際會得到了前所未有的發展機會。一九五二年第一批四張「粵語時代曲」唱片推出之後，粵語流行曲便開始建立有不同風格。比方，〈檳城艷〉（一九五四）採用西方音樂編排風格；〈一縷柔情〉（一九五六）是跳舞粵曲的混雜模式；〈海上風光〉（一九五六）與菲律賓民哥產生奇妙的化學作用；〈飛哥跌落坑渠〉（一九五八）改自英文流行歌曲；〈榴槤飄香〉（一九五九）是歌舞電影歌曲。雖然新一代聽眾仍然視英語及國語時代曲為主要流行音樂種類，粵語流行曲五十年代可算慢慢結集動能，六十年代更開始拓闊受眾階層。六十年代可說是香港出現急速文化及社會轉變的一個重要年代。假如香港社會一直普遍瀰漫着難民心態，本土意識可算在六十年代慢慢萌芽。這與人口結構改變息息相關。一九六一年的人口普查，只有百分之四十七點七香港人生於香

107 「原來省港澳的粵語文化與來自上海等地的都會文化如何逐步融和，加上五、六十年代香港逐步工商業化，與戰後出生一代逐漸成長，人口年輕化，鄉土觀念淡薄，家庭結構改變，傳統民族和倫理的觀念受到衝擊，西方文化影響愈重，在種種力量互相拉扯之下，形成了香港獨特的雅俗混雜的都市文化。」也斯：〈五、六十年代流行文化與電影〉，香港電影資料館編《七彩都會新潮：五、六十年代流行文化與香港電影》（香港：香港電影資料館，二〇〇二），頁二一—三。

108 Eric Kit-wai Ma, *Culture, Politics and Television in Hong Kong* (London: Routledge, 1999), p.23.

港。到一九六六年的調查，首次有超過一半的百分之五十三點八人口是土生土長的。戰後一代成長，對本身的語言文化有更大的歸屬感，誠如呂大樂等批評家所言，此乃改變香港文化及社會的重要分水嶺。[109]直至「六七暴動」之後，港英政府改變政策，如以「香港節」等一系列活動培養香港人的歸屬感，再加上土生土長以香港為家的戰後一代已漸成年，香港身份認同遂在六十年代後期慢慢形成。[110]馬傑偉曾經指出，香港的新文化身份包括四大因素：教育制度、政府資助房屋及交通等的社會狀況、經濟機遇及新移民的進入。[111]這些因素令香港社會環境不斷變化，在六十年代漸漸建立自己的生活風格，流行文化亦漸漸成為一股蓄勢待發的潛流，等候適當時機在七十年代洶湧而起。由商台聽眾合唱團主唱，收錄於一九六九年出版的《商台歌集第一輯》的〈香港之歌〉（曲：鄺天培，詞：鄒方里）可以作為這個年代的註腳：「……維多利亞海港，民風謙遜重禮讓，共享歡樂，大眾安康，愛東方之珠香港。南北中西安逸歡暢，同聲頌讚香港。勁秀好山城，地老天長，民主之光照香港……」

綜上所述，五、六十年代的香港粵語流行歌詞展示出文化混雜、雅俗兼備的動能。按陳國球

109 Gordon Mathews, Eric Kit-wai Ma and Tai-lok Lui, *Hong Kong, China: Learning to Belong to a Nation* (Abingdon and New York: Routledge, 2008), pp.29-31.

110 Gordon Mathews, "Heunggongyhan: On the Past, Present, and Future of Hong Kong Identity," *Bulletin of Concerned Asian Scholars* 29:3 (July—September 1997), p.7.

111 Ma, *Culture, Politics and Television in Hong Kong*, p.25.

〈《香港文學大系一九一九──一九四九》總序〉所言：「『香港』是一個文學和文化的空間，『香港』可以有一種『文學的存在』；『香港文學』是一個文化結構的概念。我們看到『香港文學』是多元的而又多面向的。」[112]上文各節反覆指出，香港粵語流行歌詞吸納不同文化，嚴格而言，五、六十年代的香港中文歌詞並不限於香港粵語流行曲，在香港創作的國語時代曲及以香港為主要市場的星馬流行曲也佔重要位置。我們深明「香港作為文化空間，足以容納某些可能在別一文化環境不能容許的文學內容（例如政治理念）或形式（例如前衛的試驗），或者促進文學觀念與文本的流轉和傳播（影響大陸、台灣、南洋、其他華語語系文學，甚至不同語種的文學，同時又接受這些不同領域文學的影響）」。[113]本篇編者在考量大系編選原則、文類性質以及所收集的材料後，決定瞄準粵語流行歌詞，因為如此能更有效呈現以粵語為主的香流行文化，如何繼承傳統、轉化遷徙離散及混化西洋文化，充分體現香港作為不同文化流轉之地的特點，藉此「揭示『香港』這個『文學／文化空間』的作用和成績」。

112 陳國球〈香港？香港文學？──《香港文學大系一九一九──一九四九》總序〉，陳國球、陳智德等編《香港文學大系一九一九──一九四九：導言集》（香港：商務印書館（香港）有限公司，二〇一六），頁三十一。

113 陳國球〈香港？香港文學？〉，頁二十五。

● （上）填詞人龐秋華

● 填詞人蘇翁

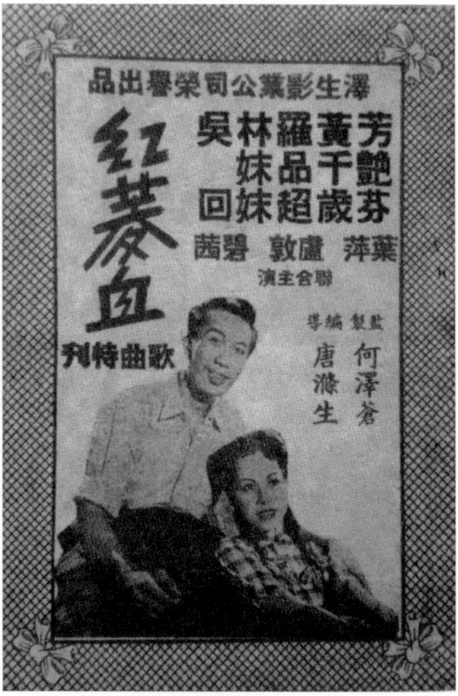

● 坊間曾特為電影《紅菱血》出版歌曲特刊。

● 芳艷芬（左）與王粵生。

填詞人朱頂鶴，又名朱老丁，右圖截取自唱片封套。

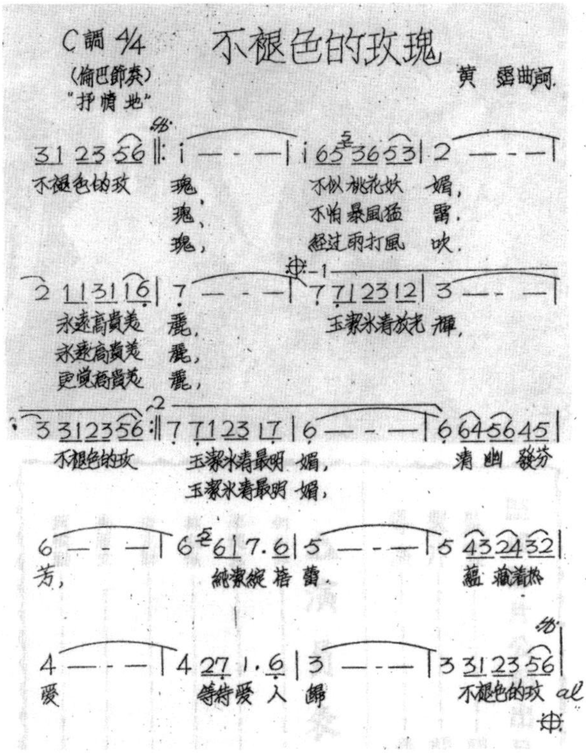

《青春玫瑰》電影特刊中的〈不褪色的玫瑰〉的歌譜。

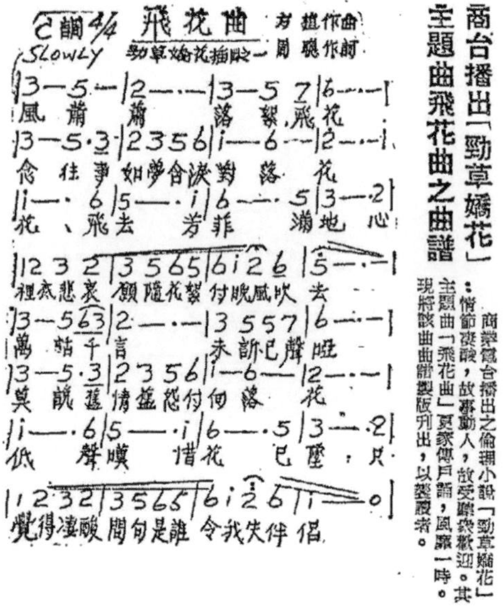
商台播出「勁草嬌花」主題曲飛花曲之曲譜
商業電台播出之倫理小說「勁草嬌花」，情節淒艷，故事動人，故受聽衆歡迎。其主題曲「飛花曲」更家傳戶誦，風靡一時。現將該曲曲譜製版刊出，以饗讀者。
飛花曲
SLOWLY

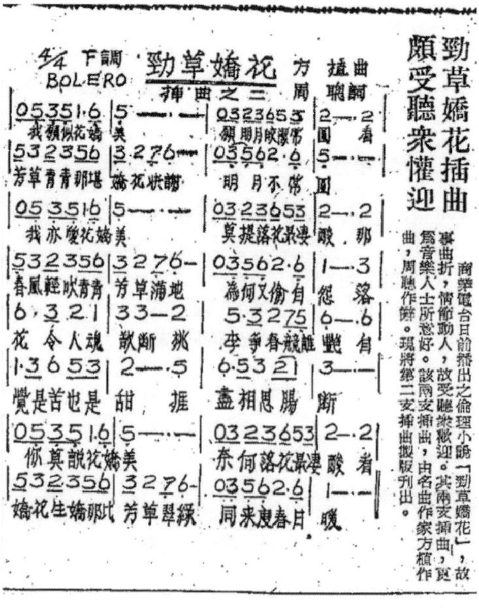
勁草嬌花插曲頗受聽衆懽迎
商業電台目前播出之倫理小說「勁草嬌花」，故事曲折，情節動人，故受聽衆歡迎。其兩支插曲，更為音樂人士所愛好。該兩支插曲，由名曲作家方植作曲，周聰作辭。現將第二支插曲製版刊出。
勁草嬌花
BOLERO
插曲之二

- 一九六二年五月二十八日刊於《華僑日報》文化版上的〈飛花曲〉曲譜，說明文字上稱它是廣播劇《勁草嬌花》的「主題曲」。
- 一九六二年六月二十五日刊於《華僑日報》文化版上的〈勁草嬌花〉曲譜，說明文字指它是廣播劇《勁草嬌花》的插曲之二。

商台繼「薔薇之戀」又推出「勁草嬌花」

香港商業電台在不斷提高節目質素及加强節目內容之體風下排進，務求節目新穎以達寓教育于娛樂之旨，故深得各方好評。查該台再接再厲繼「薔薇之戀」之後，又推出一個不惜人力物力之大製作歌唱戲劇倫理小說「勁草嬌花」，該節目劇本係方楨先生原著，由岑少文先生執筆改編，內容以一間戲劇藝術學院爲背境，描述一對少女白如花劉香萍與一位音樂教師陸音鳴所發生的一段三角戀愛事件。劇情曲折，哀艷動人，而且主題正確，極富人情味。最難的是，該劇有兩支主題曲「飛花曲」與「勁草嬌花」，係由原著人方楨先生作曲，周聰先生作詞，寫透了青春少女的心聲，此兩曲係由劇中主角用粵語唱出，懾人肺腑，誠爲成功之作，該劇由華體監製，岑少文導演，并且由馮展萍，尹芳玲，杜昌業分担男女主角，準于明（十四）日下午二時播出，愛好話劇及音樂的聽衆，不要放過收聽的好機會。

• 一九六二年五月十四日刊於《華僑日報》「本港新聞」版的商台消息，從中可以了解到廣播劇《勁草嬌花》故事梗概及其有關的歌曲的資訊。由於《華僑日報》慣於對各機構來稿有文照錄，所以「于明日」這樣的字眼都沒有改。

和聲歌林唱片公司從上世紀五十年代後期開始出版三十三轉的「粵語時代曲」唱片，圖中是一批隨這些唱片附送的歌詞歌譜冊子。

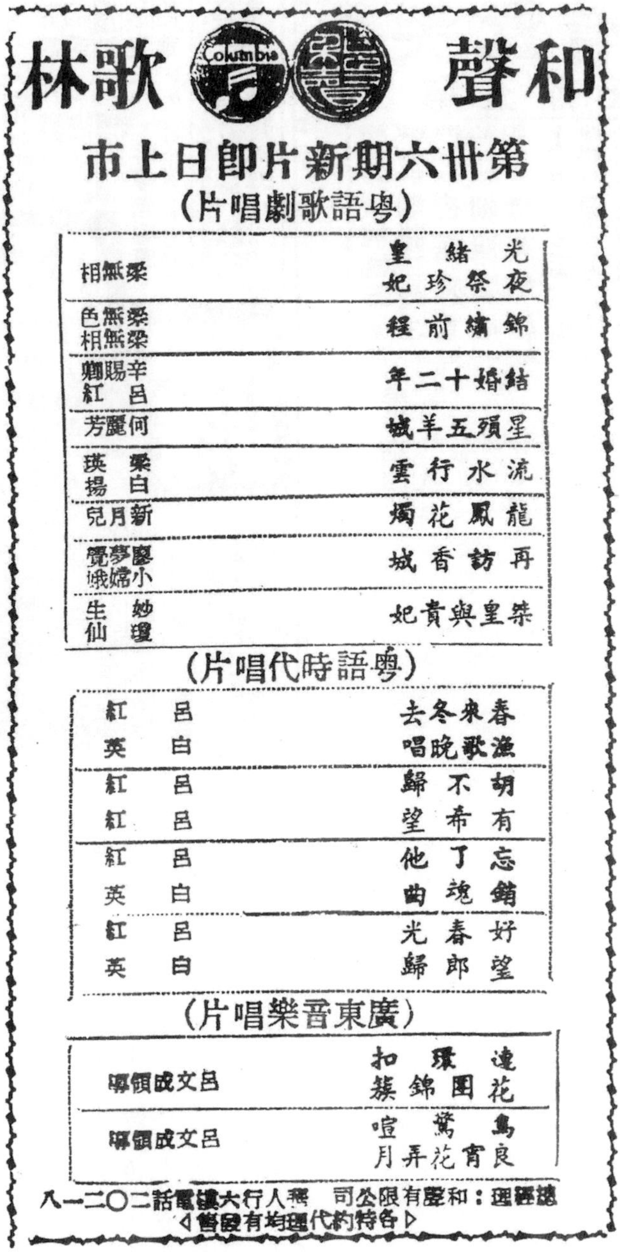

和聲歌林唱片公司於一九五二年八月二十六日在報上刊登的第一批標榜「粵語時代曲」唱片的廣告。

• 一九五一年十二月二十六日刊於《華僑日報》的電影《唔嫁》廣告，廣告內特別強調《唔嫁》的名曲有價。

• 刊於一九五四年六月二十二日《華僑日報》的美聲公司第五期七十八轉唱片出品的廣告。下半部分所列的「電影插曲」唱片片目，內裏的歌曲，有好些跟電影並無關係，實屬一般的粵語流行曲，只是唱片公司不大想用「粵語流行曲」之類的名稱而已。

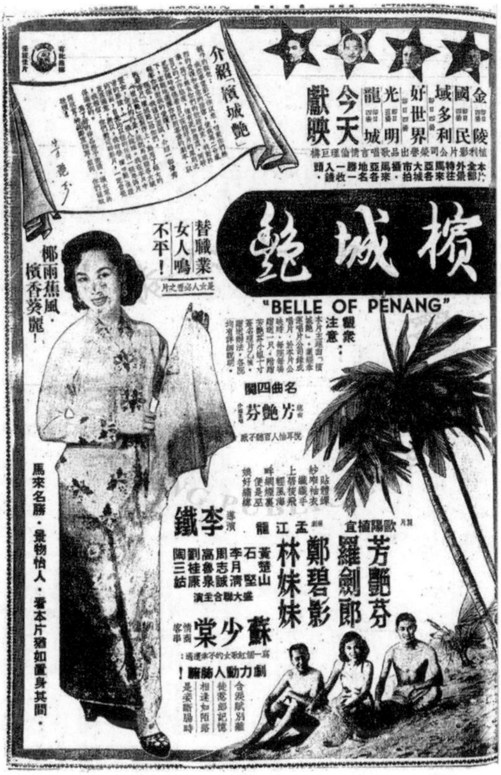

• 電影《檳城艷》首映日廣告，刊於一九五四年三月十一日《華僑日報》，廣告內強調有名曲四闋，更宣佈了看電影有唱片送的有獎遊戲辦法。

• 刊於一九五三年十一月十五日《華僑日報》的粵劇《蝴蝶夫人》演出廣告。

陞戲園

今晚●●准六點半開台 先演 六國大封相

●玉女凡心，早已戶誦家傳，藝壇普照● 凡腔紅藝

續演唐滌生先生本年度冬季代表作。南唐稗史宮幃香艷

搖紅燭化佛前燈●

●何非凡唱主題曲

紅線女唱主題曲

蠟炬成灰淚始乾。影燭紅搖似身

場放映一

銀花

李海泉 伊秋水

題詞

一世[illegible][illegible][illegible]了，再世又逢君。緣定前生。了在今生。底事搖紅燭化佛前燈，劍影釵光都是幻，恩愛幾難幻[illegible][illegible]，恐夢不知身是客，[illegible][illegible][illegible]披避[illegible]驚，一[illegible][illegible]夢醒。夢[illegible]離[illegible]。

檳城艷幸運獎

凡在各院看檳城艷帀獎之貴客請於本月廿五日下午二時持帀獎票尾到先施公司音樂

第三期唱片

幸運唱片

即日上市

註冊商標

無敵陣容

紅菱血 芳艷芬 任劍輝 合唱 貳張

紅樓二尤 小芳艷芬 小非凡 紅線女 合唱 貳張

新玉梨魂 新薛覺先唱 一張

三盜九龍杯 陳錦棠 白楊 合唱 貳張

佛前燈狀元紅 何非凡 紅線女 合唱 貳張

美艷親王芳艷芬小姐主唱電影插曲董小宛

第四期唱片

幸運唱片

即日上市

註冊商標

無敵陣容

金牌鉅製

紅娘遞柬 任劍輝 紅線女

清宮恨史 小[illegible][illegible] 天[illegible][illegible] 小紅線女

發財利是 梁醒波 鳳凰女

順治逃禪 梁[illegible]璞

程大嫂 芳艷芬

茶花女 何鴻略 新芳艷芬

刊於一九五一年十二月十日的《華僑日報》的粵劇《搖紅燭化佛前燈》廣告，廣告上所見的「紅線女唱主題曲〈身似搖紅燭影〉」，著名的小曲〈紅燭淚〉便是這首主題曲開始的一段。

刊於一九五四年三月二十四日《華僑日報》的幸運唱片公司廣告，其中宣佈了看電影獎唱片的領獎辦法。

刊於一九五四年十二月四日《華僑日報》的幸運唱片第四期七十八轉唱片的廣告。

• 刊於一九五九年十二月二十三日《華僑日報》的電影《榴槤飄香》廣告。

・（上右）填詞人胡文森

・（上左）填詞人吳一嘯

・填詞人周憲溥

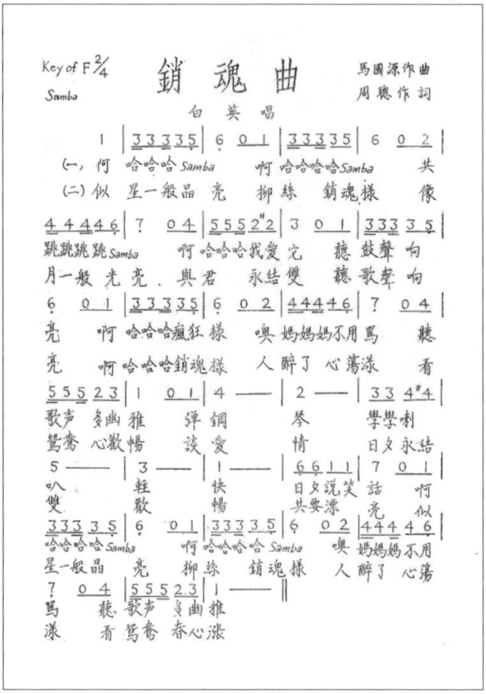

- 一九五二年八月和聲歌林唱片公司推出的第一批「粵語時代曲」唱片，當中有這首原創的《銷魂曲》，可說是全香港第一首以AABA曲式創作的粵語跳舞歌曲。
- 坊間在一九六〇年代初期出版的歌書，右邊一冊是周聰歌曲的專集。左邊的一冊，除了周聰，也特別強調林鳳和呂紅。

胡文森

期望

電影《血淚洗殘脂》插曲之二
詞：胡文森
唱：小燕飛

鳥有巢，身可棲，
人有衣裳身可蔽，
花有人庇護免陷春坭。
月有幾時光輝？人有幾時美麗？
甚麼風花雪月，視同煙幻霧迷迷。
你睇美人名將幾見白頭，古今同一例，
縱誇一時艷色，豈能飄泊無所歸，
又怕生是飄零人，死是飄零鬼，
呢隻黑海孤舟，
幾歷滄桑才得寄泊，避得前途風浪免孤危。

工尺譜原刊於胡文森手稿，電影《血淚洗殘脂》於一九五〇年六月十五日公映。

秋夜不悲秋

電影《怨婦情歌》插曲
詞：胡文森
唱：小燕飛

秋蟲聲唧唧，秋月影悠悠，
秋花落，秋水流，
秋宵銀笛奏，吹散人間萬里愁，
何用悲秋？我不悲秋，秋如可悲何事不生愁？
純潔誰如秋月色？瀟灑誰如秋山柳？
秋光如許，勝似桃花入翠樓，

今夜秋心還有待，正似銀河織女待牽牛。

摘自《怨婦情歌》電影特刊，特刊中曲譜並無叮板，也無創作者名字，但據電影資料館的資料，應是胡文森的作品。《怨婦情歌》電影於一九五一年十二月六日公映。

春到人間

電影《萍姬》主題曲

詞曲：胡文森

（雞啼聲）你咪叫，叫得咁招搖，嘈醒爸爸唔得了。俾揸米你食完不准叫，你是天之驕子，有人照料，休管悲歡離合人海波潮，春到人間呀，可歡笑時且歡笑。（鴨叫聲）

知道了，鴨兒餓到呱呱叫，（鴨叫聲）真好笑，人地要，你又要畀你食飽了，走去河邊玩又跳，記住咪將人家菜種當為食料，春到人間呀，可歡笑時且歡笑。

摘菜苗，行過花沼，小白兔無謂高低跳，近日的菜味殊美妙，咪共隻雞公鬥氣咁招搖，春到人間呀，可歡笑時且歡笑。

雞食米，意逍遙，小鴨清閒水上飄，兔兒快活林中跳，農村快樂樂逍遙，春到人間呀，可歡笑時且歡笑。

電影於一九五四年四月二十九日公映。

錦繡籠中鳥

電影《搖紅燭化佛前燈》插曲之三
詞曲：胡文森
唱：鄭碧影

食珍饈着輕呀裘，鳥在籠中不自由，
好鴛鴦難諧白首，真情義盡化虛浮，
心也不休，恨也不休，
萬惡金錢成壁壘，情怨隔斷恨悠悠，
誰憐我生埋恨海，有萬般愁？
死在牢籠，空堆錦繡。

摘自《搖紅燭化佛前燈》電影特刊，特刊中之曲譜曲詞無創作者名字，但據電影資料館的資料，應是胡文森的作品。電影於一九五四年十月九日公映。

秋月

詞曲：胡文森
編：李寶泉
唱：芳艷芬

秋月明人靜，秋月襯疎星。
寥落淒清相照，相對相依為命。
秋月明人靜，秋月襯秋聲。
蟲又叫聲嗚咽，不禁觸起了恨情。
寒鶴叫斷腸聲聲。腸斷嘆薄命。
郎在何方他飄踪無定妹空對月明。
秋月明人靜，秋月聽呼聲。
腸斷了聲悲切，哀痛傷心莫名。
秋月明人靜，秋月襯疎星。
寥落淒清相照，相對相依為命。
秋月明人靜，秋月襯秋聲。
蟲又叫聲嗚咽，不禁觸起了恨情。
寒夜怕斷腸簫聲。腸斷嘆薄命。

郎在何方妹相思成病他不記舊情。
秋月明人靜，秋月倍淒清。
人又怕鴛衾冷，花怕孤芳對月明。

唱片面世於一九五四年十二月四日。

多多福

詞：胡文森
原曲：〈旱天雷〉
唱：何大傻

邊個話我肥，哈哈哈，
請佢食雞髀喇，
哦乜你話我肥咩肥咩，
我鍾意係肥，論肥人肥福份，
真正係唔怕肥膩，
都樣樣都唔理嘅嗜……，
只要食雞髀嘅啫，
呢你大家試睇世間
肥嘅人無幾呀，
論，時時大擦，
天天睇戲享慣食慣
食得瞓得做得捱得，
又有心得你邊係個皮得㗎，
論着得好似去做戲，
綾羅綢縐樣樣都有
恨就恨慒你㗎，
肥人還有艷福極多，
有的靚女佢將我吼，
大家合心拍拖快樂無限滋味，
陣陣大風體溫好似
焗張棉被，
呢呢呢呢，
盡歡樂，忘憂愁，

共享樂，唔憂肥，
大笑嘻嘻
我包令你肥哈哈，
我包令你肥哈哈。
肥佬都好多夠運氣㗎，
肥婆肥佬入雙出對
恨就恨懵你嘅喇，
肥婆肥佬服裝又派
架子夠威美金夠多，
胃口又好，箇中美妙無限滋味，
就係遇啱中間失業亦都唔念記，
呢呢呢呢，
盡歡樂，忘憂愁，
共享樂，唔憂肥，
大笑嘻嘻
我包令你肥哈哈。

唱片面世於一九五五年六月十四日。

櫻花處處開

詞曲：胡文森
編：李寶璇
唱：鄭幗寶

富士山，富士山。

山嶺高處千仞，山徑錯落縱橫，
望遠景多高山，無盡處多山彎，山彎過復有山。

山裡峰巒幽邃，山內不辨東南，
瑞雪花積山中，雲共雨遮山峰，風吹過雲未散。

櫻花花開璀璨，櫻花花開燦爛，
櫻花吐盡芳華，無限無限。

花放巧襯春日，花落鳥未知還，
並蒂花一枝枝，情伴侶相偎依，花陰處人倦懶。
處處櫻花璀璨，處處花開燦爛，
處處吐盡鮮紅，無限無限。
都市車馬喧鬧，馬路曲直縱橫，
並蒂花一枝枝，情伴侶相偎依，貪歡愛忘夕旦。

唱片面世於一九五五年十二月十四日。

情侶配給難

電影《兩傻遊地獄》插曲
詞：胡文森
曲：徐朗
原曲：〈好春宵〉
唱：鄧寄塵、鄭君綿

（鄭）二對一梗多嘰咕，難題是分配結合，誰能讓畀對方結合，自己得連累兄希望失。
（鄧）大眾手足講真實，求其大家有配合，無如白欖有一個欖核，二拖一同樣分點樣得。
（鄭）呢趟多一位尤物，緣份配成又冇突。
（鄧）你配返一個冇乜餂同聰，何愁分配誤時日。
（鄭）玉女青春肯加入，良緣大家兩配合，猶如食酸梅得兩粒核，今時唔同往日。
（鄭）邊個娶邊個是為合，其實最難自抉擇。
（鄧）你想邊個你可以隨便，無庸多作狀

嘰咭。
（鄭）任你揀先早的抉擇，
（鄧）你唔能自私要老實，
（二人合）如何劃分各得配合，商量妙計終不得。

電影首映於一九五八年九月三日。

飛哥跌落坑渠

電影《兩傻遊地獄》插曲
詞：胡文森
原曲："Three Coins in the Fountain"
編曲：顧家煇*
唱：鄧寄塵、李寶瑩、鄭君綿

（鄭唱）飛哥跌落坑渠，飛女睇見流淚。
（李唱）似醬鴨臭腥攻鼻，飛女監硬扶住佢。
（鄧唱）飛哥跌落坑渠，飛女心痛流淚。
（李唱）臭夾嚜個的滋味，飛女索着唔順氣。
（鄭唱）索嘢索着 ammonia，
（鄧唱）跳舞好似隻蟛蜞。
（李唱）應該跌落坑渠，百厭終歸會跌跛。
（鄭唱）你嘅錯阿飛之累，
（鄧唱）一交攢直唔順氣。
（合唱）蝓蝶氣，難下氣，難下氣。

電影首映於一九五八年九月三日。

* （編者案）那時所用的名字是「顧家輝」。

扮靚仔

詞：胡文森
原曲："Love You Baby"
唱：鄭君綿

扮靚仔，摩囉街舊鞋唔係曳，美國製，領呔摩登花式真美麗。
扮靚仔，西裝豆泥唔係貴，咪當曳，人人話佢名貴。
起勢充硬闊少咬批，大疊老西，
鬼子佬屐夠威，查實鞋爛冇底，
來頭贈閉最架勢，闊手段，我學齊，實情我最豆泥。
扮靚仔，絲巾預防流鼻涕，摺到細，灑啲香水清香兼翳膩。
扮靚仔，恤衫什牌唔係貴熨到靚，人人話佢名貴。
起勢充硬闊少靚仔，大疊老西，
皆因為女仔，錢剩埋亦要駛，
由人話我石罅米，任你話，冇問題，為情最冇問題。

唱片估計面世於一九六一年。

扭六壬

電影《分期付款娶老婆》插曲
詞：胡文森
曲：張徹
原曲：〈阿里山的姑娘〉／〈高山青〉
唱：鄭君綿

六壬盡扭得五千，
扭極我都未曾掂，
開聲要二萬，

膽粗粗去辦，
求梅麗借好彩昆得佢掂，
但係現時只得五千，
想落確係唔掂，
出千用術卑污夾賤，
完全為過骨逼於博亂，
又防外母識穿，
嗰陣我攞嚟賤，
空心夾大話，婚姻梗無望，
回頭諗落確係牙又煙。

為求度橋通處捐，
捐極我都未曾掂，
開聲借鬧住，
手踭都托盡，
完全冇收心慌亂，
袋住港紙五千，
想落個心啍啍亂，
想賭博幸運輸咗更弊，
琉璜馬先斬開咗兩段。
又唔敢出老千，
車大炮一樣唔掂，
講得出要兌現，
聽朝點見面，
回頭諗落確係牙又煙。

唱片估計面世於一九六一年，電影中歌名為〈扭唔掂六壬〉，唱片則名〈扭六壬〉，影片於一九六一年四月二十七日首映。

李願聞

冷落春宵

同名電影主題曲
詞：李願聞
曲：陳　厚
唱：周坤玲

枕冷衾寒，夜闌人悄，
空說花燭良宵，只有影兒獨弔。
合歡花、比翼鳥、鳳凰簫，
儘多美麗名詞，不過供人譏笑。
莫問情愛是甜還是苦，已覺人生無味復無聊，
往日怕藍橋路渺，今日步藍橋，黯黯魂銷。

工尺譜原刊於電影《冷落春宵》特刊，原件詞與譜完全錯位，現據研究者推斷整理如上，影片於一九五一年四月六日公映。

採蓮曲

電影《玉梨魂》插曲
詞：李願聞
曲：盧家熾
唱：紅線女

南風生綠漪，蓮花開滿池，
亭亭如少女，濃淡總相宜。
紅粉臉，白羅衣，凌波仙子步生姿，
纖手採一枝，借花贈知己，憐才豈為寄

相思？
心靜如止水，恨呀長比藕絲。
孀居無蜜意，禮教有藩籬，
風細細，日遲遲，任教秋老節不移，
飄零只恨西風早，剩有蓮心苦自知。

工尺譜原刊於《玉梨魂》電影特刊，電影於一九五三年三月十一日公映，本譜曾以早年出版的VCD版本校訂。

電影《玉梨魂》主題曲

詞：李願聞
曲：盧家熾
唱：紅線女

梨花落，梨花開，一枝和月帶愁來。
年年抱冷偏能耐，風雨飄零淚滿腮。
自憐身世苦，命薄比塵埃。
慨自玉釵摧折後，茫茫苦海恨長埋。
剩有孤兒憑母愛，澆將心血教成材。
素幃鴛夢杳，旦夕望蓬萊，
花樹空猶在，花魂不復回，此生心事已成灰，
願教世上佳兒婦，青春莫折鳳頭釵。

工尺譜原刊於《玉梨魂》電影特刊，電影於一九五三年三月十一日公映，本譜曾以早年出版的VCD版本校訂。

中秋月

電影《慈母淚》主題曲
詞：李願聞
曲：盧家熾

人間秋半雲閑露重，涼夜圓月在半天，
照見桂花綴芳枝，照盡塵世無窮事，無窮事。
夜寒透單衣，藉歡樂時輕拋秋思，
借金風吹送俗慮，翠入簾櫳月入幃。
素月猶似芙蓉媚，淡妝初試。

唔……唔……夜涼到疏枝，葉凋落時任西風輕吹，
片片秋心珠碎玉墜，冷落梧桐夜半時。
桂月猶照殘荷淚，為惜芳翠。
銀蟾如鏡光輝，幾家歡笑幾家悲？
日暗逝，月暗馳，鬢雲又怕被雪欺，
橫空高架銀河未移，雲容淡，一片秋意。

摘自《慈母淚》電影特刊，原為簡譜，電影於一九五三年六月二十八日公映。

電影《明月冰心》主題曲

詞曲：李願聞
唱：紫羅蓮

盈盈十五芳華盛，
雪蕊瓊英含苞放，臨水態娉婷。
銀河靜，玉壺清，
一片冰心似月明，更如月下梨花影。
柔和寧靜，寒淡自無形，

天真性純潔，未沾情，
依巢小鳥棲紅樹，不慣枝頭巧弄聲，
靜待幽禽並雙飛，度翠櫺。

摘自電影《明月冰心》特刊，原為簡譜，特刊裏無標撰曲人名字，據電影資料館網上資料補上。電影於一九五三年十月十七日公映。

抱着琵琶帶淚彈

電影《人隔萬重山》主題曲
詞：李願聞、潘焯
曲：盧家熾
電影版紅線女唱、唱片版小燕飛唱

夜露寒，濃雲盡散，月色照畫欄，
掃落英風蕭蕭翠葉翻，
空嗟嘆，空嗟嘆，喜鵲未歸還，
誰憐麗姝變丫鬟，抱着琵琶帶淚彈，
千重山、萬重山，
山長又水遠，
遮卻迷離望眼，遮卻淮流野灘，過盡了征雁。
夜未闌，離愁未散，夜鴉去復還，
過二更孤清清翠袖單，
宵宵盼，朝朝盼，恐怕夢將殘，
悠悠綠水杳歸帆，抱着琵琶再復彈，
千重山、萬重山，
都難以阻隔海燕迴翔舊澗，海燕重尋故關，
脱盡了災難。
覓路還，何愁日晚，欲歸固未難，
奮越關飛千山過萬山。

電影於一九五四年四月二日公映。

進退兩為難

電影《一樓風雪夜歸人》插曲
詞：李願聞、潘焯
曲：盧家熾
唱：芳艷芬

恩重如山，恨重如山，
忍見佢低頭無語，熱淚汍瀾，
是孽債抑是緣慳？
有眼爭如無眼，紅顏自覺羞顏。
愁雲吹不散，大錯怕難翻，
留亦難，去亦難，
怕只怕逃不出虎口，跳不出難關。
心中存忌憚，他是活魔王，殺人不眨眼，
個郎性命枉摧殘，
空悲嘆，愁雲吹不散，大錯怕難翻。

工尺譜原刊於電影《一樓風雪夜歸人》特刊，電影於一九五七年七月四日公映。

何處是天堂

電影《一飛沖天》序幕曲
詞：李願聞
曲：盧家熾

何處是天堂？人人説香港。
香港，香港，美麗的香港，
崇樓大廈連霄漢，環山面水好風光。
東方之珠，商場興旺，政府領導真真有方。
香港，香港，美麗的香港，
水秀山清，一河兩岸，繁華熱鬧建設堂皇。

過海小輪頻來往，如梭車輛多匆忙，
淺水灣風涼水冷，香港仔帆影波光。
香港香港，美麗的香港，
是世外嘅桃源，是人間天堂。

工尺譜原刊於電影《一飛沖天》特刊，電影於一九六二年十月二十四日公映。

夜夜望娘歸

同名電影歌曲
曲：李願聞
唱：馮寶寶

風細細，雨迷迷，小樓夜夜望娘歸。
獨倚窗前誰撫慰？思量母愛淚頻揮。
悲切切，慘悽悽，親恩如海未忘遺，
燈下課兒感勉勵。床前伴睡賴提攜，
悔不該逐慈幃，一時誤會恨長遺，
不念劬勞忘孝悌，如今何處覓娘歸？
淚流盡，哭聲嘶，女兒自問太心虧，
到此方知無母苦，小樓夜夜望娘歸，夜夜望娘歸。

電影於一九六二年十二月二十五日首映。

吉祥數字

電影《鴻運當頭》插曲
詞：李願聞
曲：劉宏遠
唱：賀蘭、鄭君綿

(賀) 我說：三是吉祥數字，實在大有
意義。
三皇五帝是古代聖賢天子，
三元及第是名聞天下寵兒，
三多是多福多壽多男子，
我說三是吉祥數字，誰說不宜？
(賀白) 嗱，三星福祿壽、三才天地人、三
光日月星、三墳五典、三略六韜，
邊樣唔好呀？
(鄭) 我說：三是不祥數字，
(鄭白) 聽住嚟啦
(唱) 「三槐」是馬騮別字，
嗱「三代」是麻瘋代名詞，
三衰六旺、三翻四覆，逢三都不吉利。
(鄭白) 嗱！三隻手，會偷嘢；三腳凳、躀
死人；
三口兩絕，講是非；三文兩件，唔
值錢；三尖八角，唔齊整，有邊樣
好呀？
(賀) 三生有幸、三喜臨門，字字帶吉
利意，
(鄭) 三教九流、三姑六婆，句句是壞
名詞。
(賀) 你顛倒是非，
(鄭) 你強詞奪理，
(賀) 你就強詞奪理！
電影於一九六四年一月一日
首映。

青青河邊草

同名電影主題曲
詞：李願聞
曲：江　南

唱：吳君麗

青青河邊草，寂寂郊野路，鮮花開滿道，
朵朵沾雨露，明媚風光好散步。
喜得長相好，熱烈相愛慕，小鳥相唱和，
交響聲載道，隨着歌聲欣起舞。
愛惜春光好，大好年華休虛度，芳心希望
能偕老相偕老，美滿婚姻世上無。
珍惜時光好，蜜月將快度，風光真美麗，
手拖手散步，情話偷偷低聲訴。

開得情花好，踏入戀愛路，好花得庇護，
不驚沾風露，情若金堅不可侮。
兩心早傾倒，熱愛情人好風度，喜將心事
同傾吐，春風到，比肩欣賞隔岸桃。
青青河邊草，寂寂郊野路，一雙好鶼鰈，
心心相愛慕，惟願青春不老。願青春不老。

電影於一九六六年八月四日公映。

彩雲追月

詞：李願聞
原曲：任光〈彩雲追月〉（同名輕音樂）
唱：崔妙芝

明月究竟在哪方？
白晝自潛藏，夜晚露毫芒，光輝普照世
間上。
漫照着平陽，又照着橋樑，皓影千家人
共仰。

人立晚風月照中，獨散步長廊，月浸在池
塘，歡欣充滿了心上。
靜聽樂悠揚，愈覺樂洋洋，夜鳥高枝齊
和唱。

難逢今夕風光，一片歡欣氣象，
月照彩雲上，薰風輕掠，如入山陰心嚮往。

如立明月旁，如上天堂，身軀搖蕩，俯身
遙望世界上，
海翻浪，千點光，飄飄泛泛碧天在望，欣
見明月愈清朗。

唱片面世於一九六九年。

唐滌生

銀塘吐艷

電影《紅菱血》上集插曲

詞：唐滌生

曲：王粵生

唱：芳艷芬

荷花香，新月上，荷花愛着素衣裳。
花香引得情蝶浪，怎禁它芬芳吐艷滿
銀塘？
心如明月啊留天上，夜夜塘邊照檀郎。
情味是甜還是苦，郎情可似柳絲長？
輕輕偎向檀郎問，你可知情到深時怕斷腸？
花香那得千日艷？榴花結子便枯黃。
人對花兒輕薄後，莫道花殘仍可恣意嘗。
有情忍看花零落，花泣飄零淚滿塘。

電影於一九五一年十月五日公映。

梨花慘淡經風雨

電影《紅菱血》下集插曲

詞：唐滌生

曲：王粵生

唱：芳艷芬

獨憑窗，寂寞小樓深處，
半滅殘燈，冷香一炷，越顯出陰沉情緒。
枕邊點滴愁人淚。
窗前一片霧和雨，
煙霧迷濛，鎖壓梨花一樹，蟲鳴幾許。

盡是傷情結，
看點點落紅花絮慘淡經風雨，猶似得隨流
水去，
不似我夜夜淒涼，黃卷青燈黯然相對。
小孩提不解人憔悴，
悶坐花間垂淚，又怎知慈母心碎？
往事不堪回首記，不寫斷腸詩，不提傷
心句。
最堪憐，白髮蒼蒼，日夕杯中沉醉。
是人生應如此呀，抑或豪門多暴戾？
一世能有幾重冤？一身能當幾重罪？
歷劫滄桑呀誰所累？人生到此何樂趣？
怎得霧散煙消呀重在晨曦裡？

曲詞據多個粵曲曲本及影片訂正，影片於一九五一年十月十日公映。

紅燭淚

粵劇《搖紅燭化佛前燈》小曲
詞：唐滌生
曲：王粵生

身如柳絮隨風擺，歷劫滄桑無聊賴，
鴛鴦扣，宜結不宜解；
苦相思，能買不能賣。
悔不該，惹下冤孽債，
怎料到賒得易時還得快！
顧影自憐，不復似如花少艾，
恩愛烟消瓦解，
只剩得半殘紅燭在襟懷。

粵劇於一九五一年十二月十日首映。

憶亡兒

電影《程大嫂》主題曲
詞：唐滌生
曲：王粵生
唱：芳艷芬

風雨更添人情冷，巷尾街頭重叫喊，
過朱門，聲淒哽，
垂死的人兒睜倦眼，餓獅猶想把人眈，
誰願托砵沿門為討飯？誰願佇立街頭乞兩餐？
若不呀能乞取殘羹兩三啖，試問我病軀如何有力行？
行行行，無處不艱難，
那邊儘是狼和虎，那邊儘是險和奸。
垂死呀的人兒何處去？買些元寶拜兒山，
兒若在時都有十幾歲，左扶右插我駛乜發雞盲？
兒命苦時抑或娘苦？總之是先人賒債後人擔，
垂死呀的人兒狂叫喊，幾時至得狼虎不縱橫？

工尺譜原刊於《程大嫂》特刊，但全漏印叮板，電影於一九五四年十二月八日公映。

王粵生

唔嫁

同名電影主題曲
詞：王粵生
原曲：林浩然〈百鳥和鳴〉
原唱：芳艷芬、李海泉

（女）繁華，繁華，
奴心蘊情苗情芽，奴甘把青春放下，
奴不慕洋場繁華，早已決定我唔嫁。
朝朝共暮暮，我聽得多假説話，
朝朝共暮暮，我若聞嫁就會心驚怕。
（男）你咪話唔嫁咁話，真似紙紮下扒，
你咪話唔嫁咁話，收尾因住攝灶罅。
（女）唯靠我自力振作，靠我勵行自立，
我雙手自力更生，一樣有飽暖飯
和茶。
奴不慕洋場繁華，奴討厭虛假説話，
由得你言甜如糖，早已決定我唔嫁。
（男）青春係有限，光陰好似晚霞，
青春係有限，你定然要覓個癡心嫁。
（女）休多説話，休要將我問查，
一於係唔嫁咁話，恐怕他日會錯嫁。
唯靠我自力振作，靠我勵行自立，
算揾到百萬嘅身家，一樣係飽暖飯
和茶。
虛偽洋場繁華，紅燈照好比晚霞，
奴不慕洋場繁華，早已決定我唔嫁！

同名電影於一九五一年十二月十一日首映。

檳城艷

同名電影主題曲

詞曲：王粵生

唱：芳艷芬

馬來亞春色綠野景緻艷雅，椰樹影襯住那海角如畫。

花蔭徑風送葉聲夕陽斜掛，你看看那邊艷侶雙雙花蔭下。

馬來亞春色綠野景緻艷雅，撩眼底那綠柳花裡便掛。

芬芳吐花與樹香美艷如畫，我最愛那春日裡鮮花幻化。

情侶們互吐情話於椰樹下，若兩情深深相印，覩春光芳心更愛他，

馬來亞春色綠野景緻艷雅，椰樹影襯住那海角如畫。

春風送一片綠香野外林掛，春風鮮花，心內覺舒暢樂也。

若午夜互訴情話於椰樹下，情侶在芭蕉曲徑，一雙雙相偎怕看他，

馬來亞春色綠野景緻艷雅，椰樹影襯住那海角如畫。

心輕快只見艷花萬綠叢掛，春風吹花，心內覺舒暢樂也。

電影於一九五四年三月十一日公映。

懷舊

電影《檳城艷》插曲

詞曲：王粵生

唱：芳艷芬

嬉戲於沙灘，日影已漸殘，
淺水碧波染泳衫，一雙一對樂忘還。
輕快於心間，共君興未闌。
眼裡春光往事翻，低低聲唱愛郎顏。
纏綿恩愛，倆拋心煩。
綠柳花間，到黃昏未願返。
嬉戲於花間，互相掃滌煩，
嫁與君雖淡飯兩餐，一生一世慰紅顏。
拋擲莫花間，共一掃滌煩，
似燕雙雙愛未減，哥心妹意倆呢喃。
哥印妹心間，共肩漫步行。
眼裡春光往事翻，哥哥聲說愛紅顏。
倆心相印，笑開顏。
寺觀祝福，我郎心愛未減。
哥怕妹衣單，夜色已漸闌，
怎得一生愛付與君，犧牲一切也無憾。

電影於一九五四年三月十一日公映。

再生曲

電影《檳城艷》插曲

詞曲：王粵生

沉醉夢中一朝驚破，情愛弄出恩多怨多，
情天播弄，自嘆奈何，怎得救助？
還要莫將光陰虛過，陶冶身心諸君聽歌，

平添快樂，調韻又和，怨恨盡鋤。

一朝再復歌，四處漸漸播，歌曲要警世誤錯，

崎嶇世道艱，怕再次誤我，君不見熱情抱恨多。

唯靠自己新生改過，情愛總之恩多怨多，

從此後內心可慰，快樂若何！

何要自卑孤單一個，能創新生歡欣寄歌，

平添快樂，調韻又和，怨恨盡鋤。

青春美夢中，轉眼便渡過，好應趁光陰未過，

青春最易過，免我再誤錯，大地原是歧路多。

唯靠自己新生改過，情愛總之恩多怨多，

儂只願莫惹恨愁，快樂若何！

快樂若何！快樂若何！快樂若何！

電影於一九五四年三月十一日公映。

吳一嘯

意中人在眼前

電影《秋墳》插曲五
詞：吳一嘯
曲：麥少峰
唱：小燕飛

意中人在眼前，欲見難見，不想見時又見，
芳心兒軟軟，魂靈兒飛上半天，
鶯穿柳，燕穿簾，為誰忙？
怎不為我傳寄相思一片？
人道愛情酸，我道愛情甜，
甜甜甜，甜夢幾時圓？

工尺譜原刊於電影《秋墳》特刊，電影於一九五一年十二月十一日公映。

三對歌

詞：吳一嘯
曲：梳妝台
唱：白英（即鄧白英）

對影思人，往夜花陰踏月行，
扶柳分花相與共，今夜孤單念起暗斷魂。
對酒思人，往夜春深弄玉琴，
琴韻酒香相與共，今夜孤單念起帶淚痕。
對枕思人，往夜香衾美夢尋，
情暖春溫相與共，今夜孤單月影照恨人。

唱片面世於一九五三年八月五日。

蝴蝶之歌

詞：吳一嘯
曲：馮華
唱：紅線女

一朵朵櫻花紅透，一雙雙蝴蝶戀枝頭，
只恐怕春殘花落了，
情如流水向東流，問誰個肯替花愁。

迴舞袖，轉歌喉，
燈比琉璃清，人比黃花瘦，
試問惜花者印象留不留。

蝴蝶情誰寄，蝴蝶夢難求，
蝴蝶傷心蝴蝶愁，
蝴蝶之歌歌不盡，蝴蝶之舞永不休，
蝴蝶兒呀，何日成雙到白頭？

粵劇《蝴蝶夫人》中的原創歌曲，該劇首演於一九五三年十一月十六日。

甜心曲

電影《玉女香車》插曲
詞：吳一嘯
曲：林兆鎏
唱：任劍輝、白雪仙

（任）花香、酒香、脂香、粉香、香香香，
不似佳人玉體香。
（白）花又香、酒又香、脂又香、粉又香，
我不願檀郎讚我香，我只願把我心兒
放在郎心上。
（任）甜在郎心上，香在郎身上，香了又

甜，甜了又香，蕩氣又迴腸。

（白）我若是春花，君應是太陽，太陽愈照花愈香，花愈多情對太陽。

（合）一對對，一雙雙，唱罷甜心曲，心甜曲又香。

工尺譜原刊於電影《玉女香車》特刊，電影於一九五五年一月二十八日公映。

一個心兒兩個郎

電影《彩鳳入誰家》插曲

詞：吳一嘯

曲：林兆鎏

唱：白雪仙

情如蜜，夢如糖，一個心兒兩個郎。

愛上了粉金剛，愛上了玉羅漢，

夜夜燈前想，轉眼在牙床，

誰人與我做一對金蝴蝶？誰人與我做一對彩鳳凰？

想亂了神經，想窄了心房。

馬郎為我痴，高郎為我狂，

戀愛是甜還是苦？一個心兒兩個郎。

工尺譜原刊於電影《彩鳳入誰家》特刊，電影於一九五五年九月三日公映。

張羽狂歌喚瓊蓮

電影《瓊蓮公主》新曲二

詞：吳一嘯

曲：馮華

風聲、雨聲，四面雷聲波浪聲，
全都不怕我不怕，因為我張羽痴情。
妹妹呀，瓊蓮妹妹呀，我叫不呀停。
瓊蓮瓊蓮我叫不停，卿知否我岸邊迎接卻
未逢卿？
淒淒楚楚，冷冷清清，秋月嘆雲遮，叫卿
你胡不應？
冒死待瓊蓮，行雷閃電還相等，難得團圓
月再明。

工尺譜原刊於電影《瓊蓮公主》特刊，電影於一九五八年九月四日公映。

青春樂

同名電影片頭曲
詞：吳一嘯
曲：梁樂音
唱：麥基、林鳳

（麥）我係我係，我係東方嘅貓王，彈得輕
鬆，唱得瘋狂。
玩幾下搖擺 Rock，撚幾句牛仔腔。
搖又試搖真係爽，擺又試擺暈大浪。
（合）青春樂，我哋學貓王，青春樂，跳得
要瘋狂。
（麥）我係我係，我係東方嘅貓王，彈得輕
鬆，唱得瘋狂。
（林）我都愛搖擺 Rock，我都愛牛仔腔，
歌唱最快樂，跳舞不荒唐。

（合）青春樂，我哋學貓王，青春樂，跳得要瘋狂。

（林）青年人最愛青春樂，青春之樂味如糖，青春一去留不住，青年莫負好春光。

（合）青年莫負好春光。

電影於一九五九年二月十二日公映。

可憐的小天鵝

電影《青春樂》插曲

詞：吳一嘯

曲：梁樂音

唱：龍剛

天鵝湖有隻小天鵝，不懂高飛是甚麼？
春天懶學飛，嬉遊空度過，
夏天懶學飛，避暑湖邊卧，
秋天懶學飛，為把秋風躲，
冬天懶學飛，白雪葬天鵝（感嘆）。
小天鵝呀小天鵝，不學高飛可奈何。

摘自電影《青春樂》特刊，原為簡譜，電影於一九五九年二月十二日公映。

榴槤飄香

同名電影插曲

詞：吳一嘯

原曲："Impian Semalam"
曲：黃翔裕
唱：陳慧玲為林鳳幕後代唱

（眾女）飄來榴槤之香，曼歌聲震天。
（安娜）飄來榴槤之香，芬芳到嘴邊。
（眾女）飄來榴槤之香，（安娜）大家執個先。
（眾女）飄來榴槤之香，果汁似蜜餞。
（安娜）榴槤在我心中香，一吃夢溫暖，
榴槤落滿地上去，伸隻手去拈。
（眾女）飄來榴槤之香，（安娜）又執一個添，
（眾女）飄來榴槤之香，（全體）歡呼舞萬遍。

（眾女）香甜味兒飄飄，為它倒與顛。
（安娜）香甜味兒幽幽，家家愛果仙。
（眾女）香甜味兒清清，（安娜）入心香更添。
（眾女）香甜味兒醺醺，春心醉又軟。
（安娜）榴槤令我多相思，今次又相見。
榴槤熟了像玉女，一見心意牽。
（眾女）安娜艷如嬌花，（安娜）嬌花鮮鬥鮮，
（眾女）不忘榴槤之香，（全體）歡呼舞萬遍。

摘自《最新周聰、林鳳、呂紅粵語流行曲》，電影於一九五九年十二月二十二日公映。

碧血黃花

電影《風塵奇女子》插曲
詞：吳一嘯

曲：梁樂音
唱：林鳳

呀……
黃花碧血今尚鮮，錦繡江山美麗天，
支撐國家壯志骨，英勇之心像鐵堅，
生繼死志倒滿清，專制推翻慶寔現，
復我自由念先烈，不世功勳蓋大千。
黃花碧血今尚鮮，錦繡江山美麗天，
推翻滿清痛未息，苛政之多未變遷，
此割彼據軍對軍，不計蒼生厭內亂，
浴血但求滅軍閥，此責擔於志士心。

摘自《最新周聰、林鳳、呂紅粵語流行曲》，電影於一九六〇年七月十三日公映。

戀愛的真諦

電影《戀愛與貞操》插曲
詞：吳一嘯
曲：梁樂音
唱：林鳳

我地要入微妙戀愛路程，便要分明戀愛非慾，似水清更比明月清。
戀在心愛在靈，意志像冰雪，
巨潮共惡浪又何驚，自然夢美麗好溫馨。
我地切勿胡鬧，虛濫用情，
定要真誠戀愛之道，似詩清更比琴韻清。
一念差破壞情，說愛實非愛，
造成罪惡夢苦難勝，慾河若葬下如飄萍，
望猛醒。

摘自《最新周聰、林鳳、呂紅粵語流行曲》，電影於一九六〇年九月九日公映。*

*（編者案）此曲調也曾用於七十年代無綫電視劇《春暉》，估計歌書漏印了最後幾個小節。

周聰

漁歌晚唱

詞：周聰
曲：呂文成
編：馬國源
唱：白英（即鄧白英）

月色光輝普照在太蒼，海闊天空任鳥飛放，
醉人夜色幽美又明朗，酌酒高歌，對月皆
共唱，
浮雲月半掩，浮雲月半掩藏，
點點夜星，人月未能忘，青波令我心共往，
青波流蕩往他方，輕舟蕩遍，
輕舟蕩四方，四海皆遍蕩流浪，
聽歌聲歌聲破寂寥，綠波漲，綠波漲，
漁人共樂，捕魚要勤力，工作大眾歡樂
暢，願漁人心安，
月色光輝普照在太蒼，海濶天空任鳥飛放

唱片面世於一九五二年八月
二十六日。

春來冬去

詞：周聰
曲：竹岡信幸
唱：呂紅

春來冬去，春風應作花伴侶，
大眾唱歌慶共聚，不須傷春空自慮，
更呀莫棄春宵趁住春未去。啊……啊……
有花堪採須當折，不待無花空悲悴，春來

又去，
秋來春去，春光一去花落絮，
莫嘆百花快易墜，青春比花更易盡。
更呀莫要悲秋，向上不後退。啊……
啊……
勸君拋開苦惱，不負年青，寸陰空丟棄，
秋來又去。

唱片面世於一九五二年八月二十六日。

銷魂曲

詞：周聰
曲：馬國源
唱：白英（即鄧白英）

啊哈哈哈 Samba！啊哈哈哈 Samba！
共跳跳跳跳 Samba！啊哈哈哈我愛它。

聽鼓聲響亮，啊哈哈哈瘋狂樣，
噢媽媽不用罵，聽歌聲多優雅！

彈鋼琴學學喇叭，輕快日夕說笑話。

啊哈哈哈 Samba！啊哈哈哈 Samba！
噢媽媽媽不用罵，聽歌聲多優雅！

似星一般晶亮，柳絲銷魂樣，
像月一般光亮，與君永結雙。

聽歌聲響亮，啊哈哈哈銷魂樣，
人醉了心蕩漾，看鴛鴦心歡暢。

談愛情日夕永結雙，歡暢共要漂亮。
似星一般晶亮，柳絲銷魂樣，
人醉了心蕩漾，看鴛鴦春心漲！

唱片面世於一九五二年八月二十六日。

快樂伴侶

詞：周聰
曲：呂文成
唱：周聰、呂紅

（呂）尋伴侶大眾歡樂趣
（周）求淑女愛她癡心最
（合）日日快樂唱隨，做一對好佳侶，唏……
（呂）情味趣令我心亦醉
（周）尋樂趣，兩家歡心對
（合）漫步兩岸柳垂，春光照我心裡，唏……
（呂）與君愛戀沒顧慮
（周）每日與嬌卿暢聚
（呂）同是良伴有樂趣
（周）卿是我終生伴侶
（合）情味趣大眾心亦醉，尋樂趣兩家歡心對，
日日快樂唱隨，春光照我心裡，唏……
（周）求淑女為了增樂趣
（呂）尋伴侶兩家一雙對
（合）日日快樂唱隨，做一對好佳侶，唏……
（周）情味醉令我心亦醉

（呂）情味趣都愛他歡心對
（合）漫步兩岸柳垂，春光照我心裡，唏……
（呂）哥是我終生伴侶
（周）同是良伴有樂趣
（呂）每日與哥哥暢聚
（周）與卿愛戀沒顧慮
（合）求伴侶為了增樂趣，情味醉兩家歡心對，
日日快樂唱隨，春光照我心裡，唏……
（周）與卿愛戀沒顧慮
（呂）每日與哥哥暢聚
（周）同是良伴有樂趣
（呂）哥是我終生伴侶
（合）求伴侶為了增樂趣，情味醉兩家歡心對，
日日快樂唱隨，春光照我心裡，唏……

唱片面世於一九五三年八月五日。

愛的呼聲

詞：周聰
曲：呂文成
唱：呂紅

你，痴心一片太熱情，情緣兩字實神秘你未明，
情根不深，他總説你若冷冰，
情根一深，得苦痛你自招領，
你你你靜耳傾聽，我我道理真正，你必經，
嘗盡各樣情味你就明，無謂太痴心，容易

惹到單思症，
你，痴心一片太熱情，情緣兩字實神秘你未明，
投機相親雙戀愛盡化影，情深真心雙戀愛便久永。

你，痴心一片太熱情，情緣兩字莫神秘你便明，
情根不深，他總説你若冷冰，
情根一深，得苦痛你自招領，
你你你靜耳傾聽，我我道理真正，
你不應情字濫用隨便去用情，無謂太痴心，容易染得相思症，
你，痴心一片太熱情，情緣兩字莫神秘你便明，
投機相親雙戀愛盡化影，情深真心雙戀愛便久永。

唱片面世於一九五三年八月五日。

好家鄉

電影《日出》插曲
詞曲：周聰
唱：林靜（唱片版）

艷陽綠野好家鄉，春天映陌上，
蝴愛戀花一雙雙，春風戲綠楊，
我共君，似花兒，痴心向，
兩相牽，岸堤上，無限心歡暢。

別離別了好家鄉，春風吹鬢上，
蝶也戀花惜春光，春風笑綠楊，
我自己有志向，高高走上，
我今朝，要為着前路他方往。

該片首映於一九五三年九月二十日。

舊恨新愁

詞：周聰
曲：梅翁（即姚敏）
唱：白英（即鄧白英）

舊恨惹新愁，望盡春江恨悠悠。
使君一去，雁沉訊斷，任紅淚滿襟頭。
舊恨惹新愁，漏盡空倚樓。
使君一去，雁沉訊斷，離人良夜也難留。
從前情懷繾綣，共遊並依快樂韻事，
現在人自傷心處，悠悠綠水無盡時。
舊恨惹新愁，望盡春江恨悠悠。
使君一去，雁沉訊斷，離人淚暗流。

唱片面世於一九五四年七月七日。

九重天

詞：周聰
曲：梅翁（即姚敏）
唱：白英（即鄧白英）

茫茫雲天，高空處處晚陽艷，
朦朧幻境，心飄天外天，
茫茫重天，歡欣處處樂如願，
漫遊幻境，心飄飄輕若燕，
在這個天，看不見冷眼人面，
雲外天，沒有黑暗自在留連。
茫茫重天，歡欣處處樂如願，
願長在此，身飄飄輕若燕。

唱片面世於一九五四年七月七日。

中秋月

詞曲：周聰
唱：鄧慧珍

月兒到中秋，幾多歡與憂？
幾多住大廈？多少睡街頭？
月兒到中秋，幾多歡與憂？
幾多無米炊？幾多酒肉臭？
朋友你想一想，
飽暖不知飢寒味，富貴又哪知貧賤愁？
月兒到中秋，幾多歡與憂？
幾多無米炊？幾多酒肉臭？

唱片面世於一九五五年六月十四日。

一往情深

詞：周聰
曲：林兆鎏
唱：呂紅

明月掛在柳梢上，湖畔晚風涼，
為願永在你身旁，投入你懷裡輕唱。
明月掛在天空上，人在湖畔思量，
何日再在你身旁？難免我悲愴。
還記以往，湖畔我倆，
同坐輕舟你彈着結他伴我唱。
明月照在我心上，湖畔晚風涼，
為願永在你身旁，忘記了惆悵。

唱片面世於一九五五年六月十四日。

家和萬事興

同名電影主題曲

詞曲：周聰

一枝竹會易折彎，幾枝竹一扎斷折難，
孤單實太慘，團結方可免禍患。
唏！我你間冇恨與憎，與眾相安露笑顏，
蒼蒼萬眾生，和氣不可有傲慢。
唏！大眾合作不分散，千斤一擔亦當閒，
齊集群力冇憂患，一切都好易辦。
唏！一枝竹會易折彎，幾枝竹一扎斷折難，
孤單實太慘，團結一心冇禍患。
花雖好要葉滿枝，月雖皎潔有未滿時，
孤掌莫恃倚，團結方可幹大事。
唏！我你間要共靠依，更要將宿怨盡掃除，
安康過日子，和氣不可有妒忌。
唏！大眾合作好相處，千斤一擔亦不辭，
齊集群力冇猜忌，一切都好順利。
唏！花雖好有葉滿枝，月雖皎潔有未滿時，
孤掌莫恃倚，團結一心幹大事。

摘自電影《家和萬事興》特刊，原為簡譜，電影於一九五六年五月四日公映。*

*（編者案）這個版本的歌詞與旋律都跟唱片版本有差異。

苦海紅蓮

詞：周聰
作曲：服部良一
原曲：〈蘇州夜曲〉
唱：許艷秋

浮生飄蕩，浮萍隨處流浪，
逆旅不知岸，迷墜窮途無路往，
自覺失了依傍，前途淡暗無望，
令我怎不心傷神愴？

狂風掀浪，迷途何處是岸，
暴雨摧花落，由任殘紅和淚葬，
弱女迫進魔巷，懸崖絕處無望，
令我怎不驚慌魂喪？

隨風飄蕩，浮雲隨處流浪，
歷盡了滄桑，迷墜窮途無路往，
自覺失了依傍，前途淡暗無望，
令我怎不悲傷紅蓮萬劫苦海葬？

唱片不遲於一九五八年七月十六日面世。

心上的微笑

詞：周聰
曲：陳歌辛
原曲：〈永遠的微笑〉
唱：許艷秋

微笑的印象，在心上永存，
猶記共相見，相識在故苑，
從那天見後，望得共訂良緣，
求再共相見，誰為我牽一線，

我只有將心底情意向蒼天來低訴，
不知道那天得與你相親相愛戀，
微笑的印象，在心上永存，
人永在歡笑，求共你多一見。

唱片不遲於一九五九年四月七日面世。

快樂進行曲

詞：周聰
曲：Kenneth John Alford
原曲：《桂河橋》
唱：周聰、呂紅

快樂，人們青春最快樂，大眾莫將苦惱去尋，
成日也快樂，沒有煩惱大眾齊工作。
快樂，同來高聲唱快樂，大眾莫將朝氣降沉，
大振精神，應放下煩憂要大家合作。

快樂，人們應該要快樂，為了是春天已降臨，
成日也快樂，沒有煩惱大眾齊工作。
快樂，同來高聲唱快樂，大眾莫將灰冷志頹，
大振精神，應放下煩憂要大家合作。

唱片不遲於一九五九年四月七日面世。

一朵野花

詞：周聰
原曲：不詳
唱：呂紅

一朵野花，風吹雨打，誰憐憫她，寂寞呀
沒有家。
一朵野花，風吹雨灑，誰能學似她，沒有
牽掛，
毛毛雨輕撫慰她，陣陣春風吻着她，
還有青草做伴，霧水罩面紗，
一朵野花，風吹雨灑，誰能學似她，沒有
牽掛。

一朵野花，風吹雨打，誰憐憫她，寂寞呀
沒有家。
一朵野花，風吹雨灑，誰能學似她，沒有
牽掛，
原野輕擁抱她，露珠滋養着她，
還有皎潔的月亮，是多麼的愛着她，
一朵野花，風吹雨灑，誰能學似她，沒有
牽掛。

唱片不遲於一九六一年面世。

飛花曲

廣播劇《勁草嬌花》插曲一
詞：周聰
曲：方植
唱：梁美嫻

風蕭蕭，落絮飛花，念往事如夢，含淚對
落花。
花飛去，芳菲滿地，心裡底悲哀，願隨花

絮付晚風吹去。

萬語千言，未訴已聲啞，莫説舊情舊怨付向落花。
低聲嘆，惜花已墜，只覺得淒酸，問句是誰令我失伴侶。

萬語千言，未訴已聲啞，莫説舊情舊怨付向落花。
低聲嘆，惜花已墜，只覺得淒酸，問句是誰令我失伴侶。

廣播劇於一九六二年五月十四日首播，歌詞據一九六二年五月二十八日《華僑日報》文化版刊載的詞與譜。

勁草嬌花

同名廣播劇插曲二

詞：周聰

曲：方植

唱：莫佩文

我願似花嬌美，願明月皎潔常圓，
看芳草青青，那堪嬌花快謝，明月不常圓。

我亦愛花嬌美，莫提落花最淒酸，
那春風輕吹，青青芳草滿地，為何又偷自怨？

落花令人魂欲斷，桃李爭春競誰艷。
自覺是苦也是甜，捱盡相思腸斷。

你莫説花嬌美，奈何落花最淒酸，
看嬌花生嬌，那比芳草翠綠，同來度春

日暖。

隨同名廣播劇面世於一九六二年六月。

曲終殘夜

商台廣播劇歌曲
詞：周聰
曲：謝君儀
唱：尹芳玲

難忘有情人，奈何舊愛經似浮雲，
落花飛絮長恨，嗟一聲愁自困。
難忘有情人，奈何舊愛經似浮雲，
落花飛絮長恨，相思情未泯。

抱怨花易謝，望斷關山歡笑夢幻，
殘夜冷清倍孤單，曲終心只恨人散。
難忘有情人，奈何舊愛經似浮雲，
落花飛絮長恨，相思情未泯。

抱怨花易謝，望斷關山歡笑夢幻，
殘夜冷清倍孤單，曲終心只恨人散。
難忘有情人，奈何舊愛經似浮雲，
落花飛絮長恨。
相思情未泯，相思情未泯，相思情未泯。

歌詞據唱片《商台歌集第一輯》（一九六九）。

痴情淚

商台廣播劇歌曲
詞：周聰
曲：謝君儀
唱：翠碧

當初與君相識，一見便要永莫離，
又誰料到，一朝風雨，共君相會何期。
當初與君相戀，相見共歡樂何如，
又誰料到，花飛飄絮，盡付春歸去。
何日再歡樂相對，繡枕濕透癡情淚，
人憔悴，朝朝暮暮，盼君歸結伴侶。
當初與君相戀，相愛共歡樂何如，
又誰料到，鴛鴦分散，夜夜相思芳心碎。
何日再歡樂相對，繡枕濕透癡情淚，
人憔悴，朝朝暮暮，盼君歸結伴侶。
當初與君相戀，相愛共歡樂何如，
又誰料到，鴛鴦分散，夜已相思芳心碎。

歌詞據唱片《商台歌集第一輯》（一九六九）。

情如夢

商台廣播劇歌曲
詞：周聰
曲：謝君儀
唱：尹芳玲

漫漫長夜此恨無窮，情懷蜜意又如夢，

隔關山千里，相見無從，自怨相思債重重。
漫漫長夜此恨無窮，情懷蜜意又如夢。
隔關山千里，相見無從，恨我身世飄蓬。
無限悲痛，一切都是夢，暗自嘆夜迷濛。
唯有偷怨訴，心只怨春風，偏偏將愛根亂種。
漫漫長夜此恨無窮，情懷蜜意又如夢，
隔關山千里，相見無從，恨我身世飄蓬。
唯有偷怨訴，心只怨春風，偏偏將愛根亂種。
無限悲痛，一切都是夢，暗自嘆夜迷濛。
漫漫長夜此恨無窮，情懷蜜意又如夢，
隔關山千里，相見無從，恨我身世飄蓬。

歌詞據唱片《商台歌集第一輯》（一九六九）。

羅寶生

大聲公涼茶第一

電影《爸爸萬歲》插曲
詞曲：羅寶生
唱：梁醒波

（開場白）：大聲公涼茶，幫襯吓啦老友
第一！第一！我地認第一！邊個敢認
第一！
呢一檔涼茶，唔幫襯係你損失！
朋友若問好在乜？
嗱嗱嗱嗱清內熱兼去濕，有乜熱咳燥咳風
咳寒咳行埋嚟飲杯包止咳！
你有手兎腳倦頭刺骨痛口慶鼻慶飲杯啦，
好過去按摩鬆骨！
每碗一毫溶過蔗汁，嗒落有味包你百病
甩，雷公劈都醫得都醫得！
呢一檔涼茶，第一！第一第一第一！

工尺譜原刊於《紅伶紅星電影粵曲精選》（胡鵬編），電影於一九五四年四月十三日公映。

莫負少年頭

電影《多計姑娘》插曲三
詞曲：羅寶生
唱：鄧碧雲、胡楓

（女）前程如錦繡，莫負少年頭。
人生重意義，事業永垂後，
扶危和警世，輔助眾窺*愁，

*（編者案）原件是「窺」字，但不大可解。

仍須盡努力，莫負少年頭。

（第一次男唱、第二次女唱）並肩齊邁進，
為大眾分憂，
立心除暴惡，
莫負少年頭。

（男）你慧心人獨秀，傲月更花羞。
願成密友，日夕唱復酬。

（女）謝哥情萬縷，盛譽倍嬌羞，
共哥成密友，但願兩並頭

（合）情人成偶重義兩情投，同心為社會，
共樂到白頭。

電影於一九六二年十二月十三日公映。

工廠妹萬歲

電影《郎如春日風》插曲
詞：羅寶生（電影資料館指是呂永）
曲：佚名
唱：陳寶珠

工廠妹萬歲，嗨，工廠妹萬歲，工廠內邊，多多叻女。
嗨，靠雙手自立，最啱賺 Money，姊妹相對甚多風趣。
大眾玩笑，甚富朝氣，呢班工廠少女，噢，高歌起舞，盡歡快樂怡怡。
大眾玩笑，甚富朝氣，呢班工廠少女，噢，高歌起舞，盡歡快樂怡怡。
工廠女活潑兼寫意，自稱社會女健兒，大把工廠女，賺錢養屋企，勤勞去工作，正式好女兒。

工廠妹萬歲，嗨工廠妹萬歲，工廠內邊，
多多叻女。
嗨，靠雙手自立，最啱賺Money，姊妹相
對甚多風趣。
奉勸飛女，盡快改過，學吓工廠少女，工
廠妹真快活，所有麻煩盡除。
奉勸飛女，盡快改過，學吓工廠少女，工
廠妹真快活，所有麻煩盡除。
啲飛女學懶兼貪靚，食宿靠滚去維持。
學下工廠女，食足更豐衣，自立靠雙手，
社會好女兒。

工廠妹萬歲，嗨，工廠妹萬歲。

電影於一九六九年十二月十九日公映。據電影特刊，歌名是〈工廠女萬歲〉。

梁漁舫

舊燕重臨

詞曲：梁漁舫
唱：薇音

涼夜沉沉，月老將路引，情未老，色更艷，迎舊燕復來臨。
我郎像天旱的霓雲，鮮花一朵盼雨露淋。

無限柔情，願博君護蔭，同命鳥雙振翼，情浪裡共浮沉。
我如玉女，君你比牛郎，今世今生痴心相印。
愛君嘅態度，更愛君性慧敏，猶瀟灑兼風韻，

得君愛真有幸，今宵喜歡欣，把芳心送給君，
唉我像愛火燒心酒美妙兩家飲，

郎量如鯨，勿畏酒烈猛，情共愛酒裡混，忙遞送有情人，
放杯盡醉，應舉杯共飲，美夢同諧越振奮。

唱片面世於一九五四年六月二十二日。

光明何處

詞曲：梁漁舫
唱：露敏、小何非凡（即黎文所）

（女）自娛，自娛，歌唱以自娛。

（男）歡趣，歡趣，多麼的歡趣。
（女）最愛個小鋼琴，清脆特殊，
（男）彈出的金玉聲，繞向屋樑去。
（女）琴音叮叮噹叮噹，情心給他挑引起。
（男）愛情真偉大，輕訴在曲詞。
（女）絲絲，一縷縷情絲，繫縛住我兩顆
心兒，
（男）靈魂已向半天飛，坐不安，夜難睡，
茶飯也不思。
（女）絲絲，一縷縷情絲，利刃與鋼刀，斬
也斬不碎，父母縱不同情，無能將他
制止。
（男）為情為愛，雖死也不辭。
（女）愛情無階級，貴賤也無虞。
（男）愛情無慾念，真愛世間稀。難得淑女
（女）情心暗許，
（合）相對多歡愉。

唱片面世於一九五四年六月二十二日。

睇到化

詞曲：梁漁舫
唱：薇音、小何非凡（即黎文所）

（女）哈……哈……哈……哈……
（女）往事似烟，我好應忘卻了他。
愛翻成恨，鬼都怕，休要再話，盡將
心緒要放下，
情字最假！哈……哈……哈……
（男）歲月似梭，人易老容貌似火。
決心維護，不必怕，毀散地下，快些
要享盡繁華，

情字最假！哈……哈……哈……

（女）大醉今宵，乜都睇到化。

（男）大眾開心，今晚笑到罷。

（女）拿住了金杯，燒酒當是茶。

（男）場內有邊位，想跳舞嚟啦。

（合）同玩吓耍，哈……哈……哈……

唱片面世於一九五四年六月二十三日。

冷月照寒襟

詞：梁漁舫

唱：崔妙芝

蘭閨苦寂寞，明月透畫簾。

孤衾抱影心絮亂，重重恨史訴月前，

烽烟四起遭慘變，田園盡毀劫禍連，

探親過別村，母遭惡病纏，

到路邊，母竟喪黃泉，憑誰施棺收殮？

他鄉隻影親友斷，唯求賣身救目前，

今生幸福已無存，紅顏自古多命賤，

賣身到妓院，顧影倍自憐，

仰望天恨花債未完，人前強歡舒笑面。

紳商當子戀美艷，尋求絕色不吝錢，

揮金博取美人憐，嫦娥奪得方了願，

熱戀似霧烟，瞬息愛便完，

萬念灰恨海已難填，情緣愛根終割斷。

歌曲不會早於一九五九年面世。

韓棟

仲夏夜之月

詞曲：韓棟
唱：鄧慧珍

長空晴夜雲俏，
月兒照，月兒彎，月兒多嬌小。
銀河群星齊耀，
閃閃見，隱隱現，或向月兒追繞。
情如少女，柔媚熱烈，苗條蠻腰，美艷更嬌。
凝眸答答，含情脈脈，懷人思戀，盈淚自笑。
露華濃，夜闌靜，夏荷香，風縹緲。

唱片面世於一九五四年六月二十三日。

馬票夢*

詞曲：韓棟
唱：黎文所、鍾麗蓉
唱片上歌者名字：小何非凡、新紅線女

（男）中咗馬票，
（女）中咗馬票，
（男）得到彩銀將近百萬，
（女）問你點辦？
（男）任你點辦？
（女）我話用嚟食晏，

*（編者案）又名：中馬票。

（男）不如遊埠周圍嘆，
（女）周圍流浪有乜好行？不如開檔攤，
（男）買賣行我唔做慣，
（女）中咗馬票，
（男）中咗馬票，
（女）不知點好真惡辦，
（男）問你點辦？
（女）任你點辦，
（男）種植樹林賣杉。
（合）哈哈！哈哈！心願盡還。

唱片面世於一九五五年五月十四日。

馮志剛

電影《梨花一枝春帶雨》插曲一

詞：馮志剛
曲：盧雨岐
唱：上官筠慧

風淅淅，雨濛濛，風雨送春紅。
眼前飛絮，別也太匆匆。
早覺得愁多樂少呀，終曉好夢成空。
多少恨，盡在琵琶幽怨中，
寧願梨花帶雨哭，莫教桃李嫁東風。

工尺譜原刊於《梨花一枝春帶雨》電影特刊。電影於一九五四年十二月三日公映。

朱頂鶴

情侶山歌

詞曲：朱頂鶴
合唱：鍾志雄、鄭幗寶

（先奏引）（男）今晚中秋喜將佳節賀，
（女）共唱山歌慶祝嫦娥，
（男）拍手掌唱山歌人人笑我冇老婆
（女）發奮去賺錢娶番個。好青春，容易過，只因我家貧無奈何
（過序）拍手掌，唱山歌，人人笑我冇情哥，決意要自行搵番個，
講真心，來待我，非為愛金錢允和。
（男）好嬌姿，喜唱和，是否有意想求凰自執柯
（女）解相思，憑在你，願效作鴛鴦一對渡愛河
（男）愛妹妹
（女）愛哥哥
（男）你來來來
（女）拍貼坐
（男）談情愛
（女）手相拖
（男）呀嗳唷，呀嗳唷
（合唱）良緣結在，唱山歌呀吔唷
（男唱短音）唱唱唱
（女唱短音）和和和
（合唱短音）天公鑄定兩家不分疏。
（女）永遠唱
（男）永遠和
（女）切莫虧心惹起風波，呀吔唷，
（男）我將心情對天表過，若有虧心使我受折磨
（女）新家庭組織妥，合力要興家生計自暢和

（男）好命三年抱兩個
（合唱）呵呵笑咯笑呵呵
（男短音）好愛妹
（女短音）好情哥，嗳吔育，嗳吔唷
（合唱）情如鐵堅鴛侶諧和。

唱片面世不遲於一九五八年一月十日。

哥仔靚

詞：朱老丁（即朱頂鶴）
原曲：〈餓馬搖鈴〉
唱：許艷秋

哥仔靚靚得妙，哥仔靚咯，引動我思潮，
我含情帶笑把眼角做介紹，還望哥你把我來瞧。
哥仔靚靚得妙，潘安見了都要讓你擔標，豐雅別饒，
搵通世界咁靚嘅男人，確係少。
我為你病染單思愛戀險送命一條，思君心更焦，三魂都被你勾了咯，
個種癡心執筆亦難描，一見咗見咗你亦情醉心動搖，
願作同林鳥，長慰我寂寥。
我要哥仔你把我願消，不忍我身葬於愛河潮，
我認你係我心肝你都未曉。
叫一句我地有情哥仔，尋歡樂最緊要咯，你唱共彈琴，我吹簫。
今生永久兩家快樂逍遙，真係其樂不少恩義情同鴛鳥。
只要多歡笑，跳舞重妙，
又睇吓影畫戲咯，中國調真夠俏，
情詞彈來妾嬌郎更嬌，天下有情人求祈

心照咯。

唱片估計面世於一九五九年。

何大傻

口花花

詞：何大傻

唱：何大傻、馮玉玲

（引子）（男唱小曲）今朝冇乜餸，塗茶茶
又凍，餓到我肚空空，
山票又冇得中，橫財
難碰，定必一世窮，

（過門）（男白）好，做番生意咋，好靚白
玉蘭，含笑，米仔蘭花喇，

（女白）花喇，
（女唱）今朝想買白蘭，又妨佢花冧不放，
素馨香氣甚濃，又平又開得好看，
（男唱）有鮮花，你不買，花花花花世界，
頂呱呱，鮮花你不買，花花花花世
界，買花喇，

（過門）（男白）好，等我賣吓花罷囉，花
喇，白玉蘭，含笑，玫瑰
花喇，

（女白）花喇
（笑介）（男白）蝦，呢個大姐仔呀，
等我唱番幾句鹹水歌嚟驚
動吓你大嬸姑娘大少，

（男女齊白）蝦，
（男白）蝦，真唔怕醜咯，想做大少喎，都
唔駛來，等我嚟撚化你至得，
（唱）送朵大紅朱錦喇，等你妹襟頭帶喇
姑，姑妹，
但得你知頭知路，共哥你傾講得埋
喇喇，
（過門）（女曰）咪，你個死花仔你話，曳
得咁交關呀嗎，喺庶撈便
宜呀，第日唔幫襯至得
（唱）你個花靚把口咁曳，你無為詐顛

詐諦，
最衰朱錦大紅，又無味不香冤嗅，
（過門）（男白）蝦，大姐仔，原來佢嘴丟
丟添，等我問佢幾時至得，
（唱）問聲姑娘你幾時嫁，幾時嫁，幾時
嫁，三盒茶，八斤煎堆你都怕願嫁，
料你肯願嫁，幾時嫁，幾時呀，
（過門）（女白）蝦，你個死靚青，重嚓
庶笑呀嗎，重攞便宜係唔
係呀，你理我幾時嫁唔好
呀，我唔通嫁你咩，
（男白）係唔係㗎，
（大笑介）（女白）蝦，衰鬼，乜你衰得咁
哪烈啫，我真係節過你
（介）節過你㗎
（介）重笑呀哪，
（三四次）（男大笑白）喂，唔好，喂蘭姐，
好肉酸㗎，
（笑）唔好喇，鬼咁肉酸，

（笑）（女白）你重嚟呀哪，節過你添咋，
（介）（男大笑）喂，（笑介）

唱片面世估計不遲於一九五八年七月十六日。

凌　龍

大江東去

詞：凌龍
曲：Lionel Newman
原曲："The River of No Return"
唱：呂紅

月落浸江上，天際曉風拂過綠楊。
微曙大江畔，有海燕三兩雙。
薄霧裡展望，千里煙波鎖隔重洋，
人到大江去，只見水天一片頓懷曠。
歡樂歌，三幾知音對和唱，心底積困要
盡放，
興未已，念到興替事如幻夢黃粱。

十數載歷盡了風浪，霜雪飽餐嗟志未償，
憔悴若春老，不禁惋惜春去自惆悵。
佇看，哪日憂恨似輕煙消復明朗？

唱片估計面世於一九六二年。

王季友

七弦琴

電影《蘇小小》插曲
詞：崔然（即王季友）
曲：于粦

瑤琴一曲淚先飄，紅顏知己恩難報。

記相逢，岳王墳畔多秋草。
我窮途志氣欲全消，你憐才肝膽偏相照。
今日我金印懸腰，玉帶圍腰，
此去蒼生霖雨萬家調，
合歡帶斷同心杳，一湖烟水六條橋，
門掩斜陽，鏡閣留殘照。
門掩斜陽，鏡閣留殘照。

滿江紅

電影《蘇小小》插曲
詞：酩酊兵丁（即王季友）
曲：于粦

長劍倚天心事湧，瑤琴聲咽。
供悵望，遠雲近樹，江山虛設。
南渡君臣輕社稷，中原父老心如結。
抱孤懷，壯志幾時伸？空悲切。

恨奸佞，滿朝列；家國恨，何時雪？
嘆文章負我，一腔熱血。

摘自電影《蘇小小》特刊，電影於一九六二年四月十七日公映。

有日蛟龍終得水，安民報國殲餘孽。
那時間，四海慶昇平，光日月。

電影於一九六二年四月十七日公映。

泉水彎彎清又涼

電影《薄命紅顏》插曲
詞：王季友
曲：于粦

（女聲獨唱）泉水彎彎呀，清又涼呀哩，
姊姊妹妹，洗衣囉裳，
洗罷衣裳就去曬晾囉，趁着天上有好太陽
呀哩。
天上太陽明又亮哩，人影波光，同蕩漾囉，
咁好姑娘又冇愛郎呀哩，咁好清泉又冇
鴛鴦。
泉水彎彎呀，清又涼呀哩，
心上愛郎佢，在哪方囉，
年年月月我空盼望，誰人共我把山歌唱
囉。啊……

電影於一九六三年九月十一日首映。

盧迅

良宵真可愛

詞：盧迅
曲：新丁
唱：許艷秋

良宵真可愛景色，步園中心歡欣看，
看那新月上晶晶光輝罩綠楊。
婆娑絲絲柳添嬌，望籬中花爭開放，
縷縷飄幽香芬芳馥郁遠溢揚。

良宵真可愛景色，步園中心歡欣看，
看那新月上晶晶光輝罩銀塘。
池中鴛鴦戲波光，畫圖般今宵景況，
更聽風吹送惜青春輕快調唱。
倍惹情動，芳心若醉，暗裏想和唱輕鬆歌
一闋〈會郎〉，
良宵真可愛景色，令儂春心花般放，
更愛好歌音休教一刻輕溜往。

意暢神蕩，歌音靜聽，那禁得技癢低聲歌
一闋〈會郎〉，
良宵真可愛景色，月兒多嬌花爭放，最愛
好春宵不教一刻輕溜往。

唱片估計面世於一九六二或一九六三年。

左几

無盡的愛

電影《艷鬼緣》插曲
詞：左几
曲：于粦

天空飄着白雲，清溪流着綠水，
林中鳥兒歌唱，你在我的襟懷，
此刻我的靈魂，已經完全融解。

無限愁思痴念，在我心中澎湃，
多少女兒心事，我不能向你說解，
只因為在明天，你我可能分開。

願你我緊貼心兒，那靈犀自然融會，
願你我無語相看，權把死生度外，
願你我忘記明天，同享受眼前歡愛。

摘自電影《艷鬼緣》特刊，影片於一九六四年六月三日公映。

一水隔天涯

同名電影主題曲
詞：左几
曲：于粦
唱：苗金鳳

妹愛哥情重，哥愛妹丰姿，
為了心頭願，連理結雙枝。
只是一水隔天涯，不知相會在何時？

綣戀驚迴夢，醒覺夢依稀，
獨語痴情話，聊以寄相思。
只為一水隔天涯，不知相會在何時？

小別相逢多韻味，長別無期那不悲。
往日歡笑難忘記，你不歸來我不依。

預計歸來日，哥卻未知歸。
舊約烟雲逝，勞燕各分飛。
只恨一水隔天涯，不知相會在何時？不知相會在何時？

摘自電影《一水隔天涯》特刊，電影於一九六六年一月一日公映。

海之戀

電影《紫色風雨夜》插曲，四季戀歌之夏的戀歌
詞：何愉（左几）
曲：陳自更生
唱：蕭芳芳

（女）隨綠漪，冉冉鑽到海底去；
綠水中，沙礁碧藻真幽美；
抬望眼，看看錦繡好天地；塵俗氣胸廓盡舒。
（蚌）綠波清，我要脱殼去歌舞；
（龜）石罅陰，沙光水影好嬉戲；
（墨魚）乘浪花，舞起八爪試身段；
（魚群）同熱舞腰肢輕軟。
（女）翩翩起舞碧波中，恍惚鸚洲仙子，一番開心樂事。
（合）多采多姿風光，多采多姿歌聲，輕鬆

歡樂無既。

（女）從此海底春光關不住，

令我心依依不捨歸家去，情願變化作

小小魚一尾，

（合）浮沉在海裡深處。

摘自電影《紫色風雨夜》特刊，電影於一九六八年四月十日公映。

潘焯

迴腸百結恨千重

又名〈火羽箭〉，電影《六指琴魔》第三集插曲

詞曲：潘焯

唱：陳寶珠、女聲合唱

白雲飄天際，人在雪山中，迴腸百結恨千重。

（恨千重，恨千重，迴腸百結恨千重。）＊

因求火羽箭，不辭艱險訪魔宮。

（訪魔宮，訪魔宮，不辭艱險訪魔宮呀。）

（六指琴魔毒夾兇，欲稱雄天下，迫各派順從，幾許豪俠身喪命，殘生斷送八弦中呀。）

求寶殺琴魔，責任千鈞重，忍飢餓、捱寒凍，可奈鐵鞋踏破，無影又無踪呀。

（正義盡遭殃，邪道氣如虹，自豪自大逞威風呀。血肉為牆壁，白骨為樑棟，建築武林至尊宮、至尊宮呀。）

風蕭蕭，雪濛濛，筋疲力呀倦志不呀窮。

（筋疲力倦志不呀窮。）

救武林，消浩劫，千磨百劫，亦要得寶箭懲兇呀。

（要得寶箭懲兇。）

電影於一九六五年七月二十二日公映。

＊（編者案）括號內曲詞由女聲合唱隊演唱，餘同。

電影《彩色青春》主題曲

詞曲：潘焯

唱：蕭芳芳、陳寶珠

（芳）核子世界，日新月異，定然要做一個
時代女兒。
入水能游，多采多姿，
三點式泳衣夠肉感、夠標青，
沙灘嬉戲滿心歡喜。
賽跑競步，例冇執輸，幾大都要第
一，咪個第二。
有陣時，開派對，重要哼番幾句，
A lot of chocolate for me to eat，確
趨時。
往日最通行〈I Love you B B〉、〈玫
瑰玫瑰我愛你〉。
梳頭恤髮講心思，務求新穎與新奇。
時裝要日日新，重要標奇立異，
能做到時代女兒，書讀唔讀也罷，知
識都重係其次。

（珠）坐享閒游，絕不會做事，未能算係一
個時代女兒。
入水能游，要學亦容易，
三點式泳衣太肉酸、太羞家，
當真失禮與羞恥。
賽跑運動，立錯宗旨，仆倒與及跌傷
更累事。
照日常講起説話，尚帶鬼聲鬼氣，夠
膽當眾嚟亂唱嘢，尺幾厚面皮。
猛咁出風頭有乜為，你唔怕噓聲我都
憎吵耳。
梳頭恤髮駛乜費心機，扮成鬼一樣笑
死隔籬。
服裝注重稱身，絕對不用太奢侈，

人生彩色青春總易逝，應該珍惜莫閒棄。

電影於一九六六年八月十七日公映。

龐秋華

女殺手

同名電影主題曲
詞曲：龐秋華
唱：陳寶珠

女殺手，女殺手。

女殺手，女殺手，天生一副好身手。
智勇雙全膽又壯，生平嫉惡更如仇，
專與強梁相爭鬥，專跟惡霸作對頭，
俠骨柔腸人讚頌，個個稱我女殺手。

女殺手，女殺手，單拳獨臂鬥群醜，
除暴安良真義氣，鋤強扶弱解人愁。
害群之馬絕不恕，社會敗類殺不留，
牛鬼蛇神皆懾服，個個稱我女殺手。

女殺手，女殺手，神出鬼沒四處走，
好打不平心耿直，愛管閒事為人謀。
掃蕩豺狼誅虎豹，只憑一對鐵拳頭，
決心消滅惡勢力，個個稱我女殺手。

電影於一九六六年八月一日公映。

周憲溥

鳥兒兩樣情

詞：周憲溥
曲：呂文成
唱：呂紅

林內有鵲鳥，天亮到處叫，每天裡歡樂相伴唱隨，聲韻俱妙。
籠內有鵲鳥，飢餓會索叫，那想到錦繡玉籠得居了，
休管它早晚蹦蹦跳，身卻受人羈絆，不要驕傲，不要誇耀。
何如飛向天外，悠然振翼逍遙，自有春風照料，前面光輝在望了。
籠內有鵲鳥，枝上有鵲鳥，兩相較應作自由高飛鳥。

收於一九六七年發行的唱片《喜相逢》第二面之三。

梅天柱

財神到

詞曲：梅天柱
唱：鄭君綿

（白）財神到。
財神到，財神到，先生小姐太太聽住財神到。
今年生意聽到難計數。
馬票頭二三獎都輪到。
快的開門迎接我呢個財神到。
財神保祐你地夫妻和順同偕老。
細佬哥呢，讀書考試頭名報，
又快高，聽教聽話從父母，一團和氣兄弟姊妹同歌舞。
財神到，你地快的開門接我呢個財神到。

（白）財神到。

唱片估計面世於一九六七年。

陳直康

玉女的秘密

同名電影插曲
詞曲：陳直康

（男）小姐你咁密實，請恕我唐突，問聲貴姓芳名，禮貌我不疏忽。
（女）玉女的秘密。
（男）噢秘密的小姐你答得真縮骨。你除了嚟觀光重有為咗乜？
（女）玉女的秘密。
（男）吓！玉女的秘密。可以靜靜講吓我聽，我口密忠實。唔會洩露秘密。
（女）玉女的秘密，時時要保密，你同我三唔識七，你係乜嘢人物？
（男）我叫羅拔，
（女）（啐）哎吔夠核突。
（男）吓我個名你話核突，你個名又咁秘密，咁傷感情令我心實。
（女）有乜感情，咪響處混吉！
（男）而家雙方都咁親密，你我正好一對一。
（女）你呢種人，
（男）夠風流喇，
（女）真抵罸，
（男）點罸？
（女）罸你唔准，
（男）唔准乜？
（女）唔准問玉女的秘密，
（男）又係玉女的秘密。

摘自電影《玉女的秘密》特刊，電影於一九六七年十一月一日公映。

黃霑

不褪色的玫瑰

電影《青春玫瑰》主題曲

詞曲：黃霑

不褪色的玫瑰，不似桃花妖媚，
永遠高貴美麗，玉潔冰清放光輝。
不褪色的玫瑰，不怕暴風猛雷，
永遠高貴美麗，玉潔冰清最明媚。
清幽發芬芳，純潔綻蓓蕾，
蘊藏着熱愛，等待愛人歸。
不褪色的玫瑰，經過雨打風吹，
更覺高貴美麗，玉潔冰清最明媚。

摘自電影《青春玫瑰》特刊，電影於一九六八年二月三日公映。

鄒方里

香港之歌

詞：鄒方里
曲：鄺天培
唱：商台聽眾合唱團

維多利亞海港，爐峰輕眺盡遠望。
萬千氣象，樂滿華堂，繁盛自由更安康。
維多利亞海港，民主可貴得眾望，
外銷工業，遐邇名揚，無限貿易流暢。
處處景緻秀麗，大眾喜氣洋洋，
和平共處，名聞四方，讚賞東方之珠香港。
維多利亞海港，民風謙遜重禮讓，
共享歡樂，大眾安康，愛東方之珠香港。
南北中西安逸歡暢，同聲頌讚香港。
勁秀好山城，地老天長，民主之光照香港。
名昌千秋，聲譽不降，同舟共濟永自強。
美滿又安寧，是個好天堂，成就是大眾共創。

歌詞據唱片《商台歌集第一輯》（一九六九）。

花月

媽媽要我嫁

詞：花月
原曲：〈翠裙腰〉（福建民間音樂）
唱：冼劍麗

春色殘，逢炎夏，但見流水送落花，
玉女已動情，香閨未出嫁，
縱使有惜玉人，無奈我心不屬他。
但是，爹盼望、媽盼望，
朝朝暮暮望女兒快嫁，驚我寂寞終身嘆孤寡。
說真心話，說真心話，
他身家，數十萬，有新車、有大廈，
說十分熱戀我願拜裙下。
爹媽讚他，曉講說話，天天催我快嫁他。
為怕那冤家，
心虛偽，口花花，愛慕我全屬假話。
故此我，心似亂麻，唯有躲避他。
現在考慮底下，覺婚姻二字令人怕怕，
一世受罪怎可嫁給他。

唱片面世於一九六九年。

公羽

嘆三聲

詞：公羽
原曲：胡文森〈燕歸來〉（又名〈三疊愁〉）
唱：冼劍麗

一聲長嘆，望見搖籃，
想念自己幼弱時，媽媽撫養任勞汗滿衫，
無論早晨或晚間，總在籃邊來餵飯，
盡心養育兒，艱辛已受慣，
世上唯有媽媽深恩似海重如山。

兩聲長嘆，念我慈顏，
憶自十幾歲時，家中一切盡由佢負擔，
晨做家常晚做衫，霽月和風懷懿範，
盡心教導兒，一天到晚，
過盡窮困堅心刻苦到底任巨艱。

三聲長嘆，悼我慈顏，
我方在廿三歲時，春風秋雨悼人間，
誰喚親娘去道山，只恨人生原有限，
欲一見亦難，傷心嘆復嘆，
養育慈教深恩怎報涕泣淚滿衫。

唱片面世於一九六九年。

蘇翁

寒衣曲

詞：蘇翁
原曲：王粵生〈雪中燕〉
唱：冼劍麗

燈昏昏，月淡淡。
挑燈午夜借月色，辛勤做寒衣不疏懶，
一針一線交織了熱愛情無限，
風霜遠道恐他怕衣單，
怕他受了風霜冷，
更深了倦了人遲慢，
心急卻未敢人遲慢，
午夜力倦強拈針，
那復管神困無能辦，
絲絲熱淚染了衫，
叮嚀着還家歸休晚，
一針一線交織了熱愛情無限，
手中線，身裏衣，
靠它為你驅去風霜冷，
朝朝裏望斷衡陽雁，
深宵裏獨看雲容淡，
盼望記着寸草心，
永念憶慈母情無限。

唱片面世於一九六九年。

佚名

風飄飄

詞：佚名
原曲：〈悲秋〉（曲調即後來的〈悲秋風〉）
唱：羅施（有說即羅寶生）

風飄飄，寄哀調，孤身慘比血雁飄，
滿身淚涕泣深宵，愁懷悲酸恨迢迢。
花雖嬌，月不耀，嬌花飛翻雨中飄，
嘆好夢驚煙消，倍覺悲傷淚如潮。
山河多嬌，四野烽煙飄搖，
江流遠眺，桃源望斷路遙遙。

風飄飄，送悲調，悲傷今生我負嬌，
兩餐莫繼非一朝，更有娃娃要照料。
嗟今宵，更不妙，病魔相侵更令我心焦，
似鬼召我身飄飄，月暗星昏倍寂寥。
水盡山峭，似對孤身譏誚，
今生難望得歡笑，我棄子拋妻寄狂潮。

唱片面世於一九五三年四月二十二日。

朝朝來了

詞曲：佚名
唱：小芳艷芬（即李寶瑩）

支支招招支支招，
可愛嘅小鳥，站在那枝頭叫，
好似教人唱歌調，好似話歌曲真奧妙，
可以惹人愁，又可以引人笑，

任你是鐵石心腸，被歌音來迷惑了。
文君之愛司馬，陶醉在求凰調，歌音飛播
種情苗。

支支招招支支招，
可愛嘅小鳥，佢又話時乎不復來，勿辜負
翩翩年少，
應該要學新歌彈古調，啼聲初試，咪怕被
人家笑，
清早便起來，先把歌喉叫，
狂叫，狂叫，叫句：「朝朝來了！」

唱片面世於一九五三年四月二十二日。

毋負青春

詞曲：佚名
唱：雲裳

斜倚樹，對黃昏，
田園炊煙起，處處萬家燈。
翠兒本是蓬門女，養在寒寮草閣，
經年累月對着一個愁悶老年人，
三餐不愁無米煮，一宿不愁無暖衾，
只愁是辜負如此青春，
夜夜綠楊下，空伴殘雲。
斜倚樹，對黃昏，
梢頭新月上，轉眼又清晨，
年復年，流水行雲飄然玉女身。

唱片面世於一九五三年十月二十二日。

海國夕陽西

詞曲：佚名
唱：霍雲鶯

浮雲懸天際，夕照西山麗，
殘陽月華爭輝，彩虹落霞並蒂。

野霧迷迷，環山隱掛羅幃，
騁浪澎湃，滿江宛圍玉帶。

翠燕振翅遍天繞，白鷺掠翼逐波浪，
烏聚林樹陣陣噪晚歸。
遠眺峭嶺似翡翠，落日浴岸像金鍊，
半現紅樓萬丈綠葉蔽。

漁光舟影，潮聲灘應。

浮雲懸天際，夕照西山麗，
殘陽月華爭輝，清涼風繼。

唱片面世於一九五四年二月二十一日。

愁溯

詞曲：佚名
唱：露敏

蟲聲呼應，萬籟共鳴，
憑欄細聽，子規淚血聲。
頻惹觸往事，亂我心緒，夢不成，
溯憶初戀，湖濱唱詠，
柔情似水，芳心傾，樓頭歡晏敘別情。
漫步江堤夜夜，寒盟心證雙星，
戰笳驟傳曇花影，

此夜蘭閨虛寂，隻影孤燈淚凝，傷悲獨永。

唱片面世於一九五四年二月二十一日。

買麵包

詞：佚名
原曲：〈帝女花·香夭〉
唱：鄭君綿

落街冇錢買麵包，靠賒我又怕被人鬧，
肚飢似餓貓，受了飢寒我開聲喊，
皆因肚中飢餓，我裡便似係戰鼓敲，
最衰平日結交埋，一班損友任性來胡鬧，
亞爹勸極我完全唔受教，皆因懶，趕出校，
我嘅頭毛電到似花棚，整得周身衰格，扮
到唔似個男人貌，
錢一多周身咬，總之係猛使，
若冇錢個陣，返家中即刻抄，
搵衫當，拈毡賣，更糾黨惹事去打交，
更兼專車大炮，平素學到品質撈咁撴，
我信用已失，又怕我難容在世，必要自少
應當管教，
奉勸人人萬大要關防，免使子女學我咁
胡鬧。

唱片估計面世於一九六五年。

作詞人簡介

胡文森（一九一一—一九六三）

順德大良人。音樂高手，粵曲撰曲家，有「曲帝」之美譽，亦是粵語流行曲創作人。曾在英文書院念書，年輕時當過教師。三十年代是陶餘音樂社的活躍人物，早於一九三五年，為小明星撰寫的〈夜半歌聲〉便已非常馳名。愛看西片，不時把西片故事移植到粵曲去，如《魂斷藍橋》。一九四八年，由吳一嘯寫詞，胡文森譜曲的電影《蝴蝶夫人》插曲〈載歌載舞〉，後來填上惡搞式的歌詞〈賭仔自嘆（伶淋六）〉，其曲調因而流傳極廣。五十年代，胡氏曾以包辦詞曲的方式寫了幾首粵語流行曲，流傳較廣的有〈秋月〉。胡氏能雅能俗，他的一些鬼馬諧謔歌詞，如〈飛哥跌落坑渠〉、〈扮靚仔〉等，也是深入人心之作。

李願聞（一九一二—？）

文采、公羽、江南都可能是他的筆名，廣東新會人。電影製片及編劇、粵曲撰曲家、唱片公司創辦人、粵語流行曲曲詞創作人。早年主要在廣州活動，一九四九年到香港任策劃製片。五十年代起他和音樂家盧家熾緊密合作，創作了不少電影歌曲，其中以〈中秋月〉最為馳名。同期他也開始寫電影劇本。一九六六年，他和鍾錦沛一起創辦了「風行唱片公司」。六十年代後期，相信是由他包辦曲與詞的電影歌曲〈青青河邊草〉，成為粵語流行曲的一首經典之作。他在七十年代中期仍有參與一些電視歌的創作，如無綫電視劇《梁天來》的主題曲，是由他作曲；《紫釵記》的主題曲〈紫釵恨〉則由他包辦曲詞。

唐滌生（一九一七——一九五九）

廣東中山人。粵劇編劇家，電影編劇、導演。中山縣翠亨村紀念中學畢業生，後遠赴上海進入上海美術專門學校。抗戰期間到香港發展，先是撰曲，後任編劇，曾師事南海十三郎。一生編撰的粵劇劇本逾百部，當中頗多享負盛名之作，如《帝女花》、《紫釵記》等。他曾執導《董小宛》、《紅菱血》（上下集）等電影，影片中的插曲，俱由他作詞，由其他音樂家為他譜曲。

王粵生（一九一九——一九八九）

原籍四川重慶。粵樂名家，詞曲作家，粵曲導師。十六歲便有良好樂藝，常參與音樂社團活動。一九四九年已是頭架師傅，曾加入薛覺先組織的「覺先聲劇團」。五十年代開始為粵劇、電影創作小曲、歌曲，其中如〈唔嫁〉（填詞）、〈紅燭淚〉（譜曲）、〈銀塘吐艷〉（又名〈荷花香〉）（譜曲）、〈檳城艷〉（詞曲）、〈懷舊〉（詞曲）等俱膾炙人口。一九七六年起，先後獲聘為香港中文大學音樂系及香港八和粵劇學院的粵曲導師。

吳一嘯（一九〇六——一九六四）

廣東鶴山人。粵曲撰曲家，有「曲王」之譽，亦是電影編劇、粵語流行曲寫詞人。三、四十年代，為不少女伶撰寫過很多知名的粵曲曲詞，如〈再折長亭柳〉、〈多情燕子歸〉等。戰前已開始參加電影編劇工作，戰後，他第一部參與編劇的電影是一九四九年的《黃飛鴻傳》，「黃飛鴻」粵語片長壽系列，正是由他參與開創的。五十年代開始，他寫了不少粵語流行曲歌詞。五十年代後期至六十年代初，邵氏粵語片組為林鳳拍了多部青春歌舞片，吳氏適逢其會，常跟梁樂音、李厚襄等國語時代曲作曲家合作，創作片中的電影歌曲，其中不少作品是以先詞後曲方式寫成的，這期間最為人熟知的詞作乃是〈榴槤飄香〉。

周　聰（一九二五——一九九三）

原籍廣東開平。粵語流行曲歌手、作詞人、作曲人，電台播音員、監製，後期更掌管商台一台。由香港的唱片公司於一九五二年推出的首批「粵語時代曲」唱片，即有他的填詞作品。一九五三年，由他填詞並與呂紅合唱的〈快樂伴侶〉，十分流行。一九五六年，他為電影《家和萬事興》包辦曲詞的同名插曲，流傳甚廣，後來又名〈一支竹仔〉，常獲視為童謠，家喻戶曉。一九六二年，由他填詞的粵語廣播劇歌曲〈勁草嬌花〉，轟動一時。七十年代至八十年代初，他仍不時有粵語歌詞作品發表，包括兒歌、廣告歌。比如佳視電視劇集《仙鶴神針》的主題曲，乃由他填詞，而位元堂養陰丸的廣告歌，則是由他包辦詞曲的。他曾獲黃霑等後輩尊稱為「粵語流行曲之父」。

羅寶生（？——？）

著名粵劇作曲家，粵劇界尊稱「寶爺」，任白名作〈唐伯虎點秋香〉乃由他撰曲。五十年代曾任職麗的呼聲電台，其中共二十四輯，每輯半小時的粵曲節目「二十四孝説唱故事」由他兼任撰曲、編劇和音樂領導。曾以藝名「羅施」灌錄唱片，包括美聲唱片的「電影插曲」，調寄〈旱天雷〉的〈賣欖歌〉（一九五三）。創作粵語電影歌曲數以百計，亦能兼寫曲詞，電影《爸爸萬歲》（一九五四）插曲〈大聲公涼茶第一〉就是他一手包辦。

梁漁舫（？—？）

粵樂名家，粵曲唱家，詞曲作者。曾受業於何大傻創辦的復興音樂學院。三四十年代獲譽為薛覺先的「私伙作曲人」，灌唱過十多張粵曲唱片。五十年代創作過一批粵語流行曲，包括本卷選入的〈舊燕重臨〉、〈光明何處〉、〈睇到化〉、〈冷月照寒襟〉。

韓　棟

生平資料不詳。歌曲作品僅見有三首，分別是面世於一九五四年的〈仲夏夜之月〉及面世於翌年的〈追求〉和〈馬票夢〉，俱是由他包辦詞曲的原創粵語流行曲。

馮志剛（一九一一—一九八八）

曾在廣州政治新聞學校攻讀，既能編導也能撰寫粵曲，進入電影圈後先在南星影片公司和文化影業公司擔任副導演，一九三七年首次執導電影《焦土抗戰》，曾把薛覺先名劇《胡不歸》故事背景改為時裝搬上銀幕（一九四〇），並親自寫了一闋用於「哭墳」一節，由梁漁舫譜曲的曲詞。六十年代香港十大著名導演「十兄弟」之一，電影產量超過一百九十部，後期名作有《樊梨花》（一九六八），其間更曾創辦多間電影公司。

朱頂鶴（一八九九—一九六九）

原名衛鶴頤，另有藝名朱老丁，是二三十年代粵劇、電影及歌唱明星，擅演諧角丑生，亦曾在演出〈客途秋恨〉時邊打洋琴邊唱南音，多才多藝，亦曾為著名電影《光棍姻緣》（一九五三）

編劇、演員及配樂。不但創作粵曲曲詞，也寫過不少粵語流行曲曲詞，至少曾寫過五首百分百原創作品〈春曉〉、〈生意興隆〉、〈滾滾熟〉、〈風流艇〉及〈守秘密〉，除〈春曉〉外更親自參與合唱，可說是五十年代鼎鼎有名的「創作歌手」。

何大傻（一八九六——一九五七）

原名何福如，又名何澤民，十歲旅居香港，三十至五十年代香港電影幕後配樂及演員，第一齣負責配樂的電影是《摩登新娘續集》（一九三五）。曾習廣東音樂和粵曲，與呂文成等為大中華等唱片公司錄製廣東音樂唱片，一九五五年加入演唱粵語時代曲的行列，唱彈撰演皆能，擅唱諧趣歌曲，乃廣東音樂界四大天王之一。王家衛名作《一代宗師》也可聽到何大傻和呂紅合唱的諧趣粵語時代曲〈天之嬌女〉。

凌　龍（？——？）

業餘音樂家、粵曲撰曲人、填詞人。擅拉小提琴，是九龍金飾業從業員，工餘愛寫曲詞，並獲電台節目採用，部分更獲呂紅推介給和聲歌林唱片公司，是以在五六十年代，他也參與一些粵語流行曲的歌詞創作，如本卷選入的〈大江東去〉。

王季友（一九一〇——一九七九）

幼名桂友，筆名崔然、酩酊兵丁，早年在廣州創辦大同新聞社、環海通訊社及華聯通訊社，一九三八年來港後續任《探海燈》主稿，後在《新晚報》翻譯及撰寫雜稿，國學根柢深厚，曾以「酩酊兵丁」的筆名在副刊寫打油詩，著有述介中國古代詞家的《芝園詞話》。電影《蘇小小》

（一九六二）歌曲由他先作歌詞，再交于粦譜曲。曾編《戲迷日報》及出版《新武俠》，也以「宋玉」筆名寫小說，最著名的是曾在《商報》刊登的〈塘西金粉〉。

盧　迅

生平資料不詳。本是粵曲撰曲人，五六十年代也參與一些粵語流行曲創作，如本卷選入的〈良宵真可愛〉。

左　几（一九一六—一九九六）

原名黃左基，在廣東南海長大，一九三七年來港，香港粵語片著名導演和編劇，又曾為電影插曲填詞。導演名作包括《魂歸離恨天》（一九五七），「世界宮闈四部曲」《璇宮艷史》及其續集（一九五七、一九五八）、《歷盡滄桑一美人》（一九五八）和《月宮寶盒》（一九五八），《落霞孤鶩》（一九六一），《珍珠淚》（一九六五）及《一水隔天涯》（一九六六）等。七十年代加入麗的電視，曾參與製作如《天蠶變》、《鱷魚淚》、《人在江湖》等膾炙人口的電視劇集。

潘　焯（一九二一—二〇〇三）

廣東順德人。廣東省立順德農校高中畢業。粵劇編劇家、撰曲家，電影歌曲創作者。在六十年代，為不少粵語電影創作過歌曲，包括《六指琴魔》、《碧血金釵》、《雪花神劍》、《彩色青春》、《紅衣少女》等。

龐秋華（一九二八——一九九一）

年少時就讀於廣州八桂中學，一九五二年投身粵劇界，首部作品為與師傅陳天縱合編的《韓湘子雪夜過情關》。後來進軍電影界，首部負責撰曲的作品是〈倫文敘與李春花〉（一九五五），《呆佬遇鬼》（一九五七）為其唯一導演作品。六十年代曾為百代唱片撰曲填詞，亦曾出任風行唱片製作主任，為陳寶珠電影《女殺手》（一九六六）譜寫的歌曲融合粵曲和流行音樂特色，堪稱其代表作之一。七十年代加入麗的電視，曾為不少外購劇主題曲填上粵語新詞。

周憲溥（？——？）

記者，撰稿人，中學教師，音樂家，粵曲撰曲家唱家。一九二二年，尚屬稚年，已開始為《香江晚報》執筆，二三十年代港粵及南洋各大報章都有其著作。曾任中學教師，音樂造詣深厚，三十年代與胞兄周景伊領導南國音樂社，成績斐然。一九三九年曾在《華僑日報》發表「粵曲譔法研究」連載，同期曾為粵語片《大俠甘鳳池》譜寫主題曲，乃是據岳飛的《滿江紅》詞譜成的。他也曾任電影配樂及編劇，作品包括一九五一年的《恩重情深》。一九五八年十一月開始和胞兄在九龍城龍子夜總會主持下午音樂茶座，為推動香港日間歌壇的先行者。

梅天柱

生平資料不詳。本是粵曲撰曲人，六十年代也參與一些粵語流行曲創作，如本卷選入的〈財神到〉。

陳直康

生平資料不詳。電影人，曾任配樂、演員、副導演、製片等職位。偶然有參與電影歌曲的創作，最馳名的是〈情花開〉（電影《神探智破艷屍案》插曲）。

黃霑（一九四一——二〇〇四）

原名黃湛森，跨媒體創作人，身兼作曲家、填詞人，廣告人、藝人、導演等多種身份，被傳媒稱為「香港四大才子」之一。一九四九年移居香港，早年於深水涉居住，曾隨口琴家梁日昭學藝，十五歲開始跟師傅為電影和電台節目吹奏配樂。一九六〇年開始替呂紅、陳君能等歌手填寫國語歌詞，第一首成功出版的歌詞乃調寄"Auld Lang Syne"的〈友誼萬歲〉。一九六七年開始為粵語電影配樂、兼寫插曲和填詞。七十年代正式大量創作粵語歌詞，可說是粵語流行曲勃興後的重要功臣之一。

鄒方里

生平資料不詳。歌詞作品亦僅見有本卷選入的〈香港之歌〉，收錄於一九六九年發行的唱片《商台歌集第一輯》。

花　月

生平資料不詳。歌詞作品亦不多見。

公羽

生平資料不詳，可能是李願聞的筆名。

蘇翁（一九二九—二〇〇四）

原名蘇炳鴻，一九五四年移居香港。早年於廣州拜何非凡為師，亦曾師承梁夢正式學習編劇，後來活躍於粵劇圈，曾任粵劇編劇，並為小曲及粵語流行曲執筆填詞，編寫過大量膾炙人口的粵劇劇本及粵曲作品。六十年代曾於電台擔任主持介紹戲曲唱段，後期亦為不少粵語電影歌曲撰寫曲詞，一九六九年更因香港個別華資唱片公司開始嘗試為歌手推出粵語流行曲大碟，蘇翁的粵語歌詞有機會寫得更加講究。無綫電視劇集第一首粵語主題曲，一九七三年的〈煙雨濛濛〉，填詞的正是蘇翁。

國語歌詞部分

導言

吳月華　盧惠嫻

一、國語流行曲的歷史背景

流行曲源自紐約曼哈頓區的叮砰巷（Tin Pan Alley），是由一群音樂商人和創作人帶起的一種音樂形式。上海作為華洋雜處的地區，特別容易接受外來的事物，國語流行曲（又稱國語時代曲）的浪潮便由這裏開始。二十世紀初，清政府推行開辦新式學校，並設音樂課，以歐美日和中國傳統的旋律填上貼近時代的詞，來創作學堂樂歌，讓接受學校教育的學童從小便習唱新式的歌曲和接受貼近西方現代思潮的維新理念。[1] 二十年代末至三十年代初，學堂樂歌伴隨成長的黎錦暉開始以學堂樂歌的模式，大量創作他的兒童音樂，後更成立明月歌舞團，成為帶起國語流行曲熱潮的重要標記。黎錦暉沿用學堂樂歌的歌曲形式：採用接近傳統的民歌或小調的演唱和撰詞方式，博取中外旋律，以西方流行曲的節奏和樂器伴奏，內容方面隨着維持歌舞團的經濟壓力、時代的需要和更多競爭者的加入，便不能只有學堂樂歌富教育意義的題材。當國語流行曲成為商業生產

1　王勇、鮑靜編著《海上留聲：上海老歌縱橫談》（上海：上海音樂出版社，二〇〇九），頁三—六。

（包括唱片和有聲電影）和舞場文化的重要項目時，國語流行曲的創作更多觸及都市生活和戀愛新思維的作品，逐漸由「單聲部的樂音建制」（即官方宣傳教育）走向「多聲部的消費文化」[2]，使黎錦暉和同業的作品更趨多元化。

隨着創作歌曲的技巧更臻成熟，再加上唱片製作、電台廣播和有聲電影幾項技術和都市化的生活在摩登的上海得到發展，造就了國語流行曲在孤島和日佔時期最輝煌的年代，創製了不少難忘的經典歌曲。這些經典的旋律比以往更悅耳動聽和多元化，歌曲內容既有抒發鬱悶難伸的心境，亦有隱喻抗日意識的情歌。這些國語流行曲透過唱片和電影流傳到海外，但戰後的政局混亂和其後政權變更，促使國語流行曲人才和製作基地從上海轉移到香港。

香港國語流行曲由盛至衰逾二十載，緊隨着社會的發展和價值觀的轉變，我們亦可從歌曲中窺見香港人文風景的迭變。戰後的悲苦逐漸在歌曲中消失，取而代之的是展現新一代青春活力的歌舞和都市文化新的價值觀。原有不少歌曲描寫鄉村和勞動生活，藉以勸勉人民勤懇和宣揚傳統的道德觀，到後來漸被崇拜享樂的歌曲蓋過。歌曲亦從抒發旅港的南來人懷緬故鄉之情，發展至將香港本土民風帶到新一代表演者的舞台上。早期以中國傳統倫理關係為要的歌曲，亦慢慢讓位

2 「單聲部的樂音建制」和「多聲部的消費文化」概念可參見安德魯・瓊斯（Andrew F. Jones）著；宋偉航譯《留聲中國：摩登音樂文化的形成》（*Yellow music: Media culture and colonial modernity in the Chinese jazz ages*）（台北：台灣商務印書館，二〇〇四），頁三五—四〇。

給釋放自我、節拍強勁的歌曲。

雖然香港國語流行曲見證了從傳統純樸的道德倫理價值，發展至與現代化大都會接軌的世界思潮，但與上海時代曲相同的是香港國語流行曲仍是由電影業、唱片業和廣播業主導。縱使香港舞場和夜總會文化，以及廣播業也是國語流行曲的推手，但因香港國語電影和唱片業一直備受跨國資本的影響，主導了香港國語流行曲的生產，故是次研究亦以國語電影和唱片歌曲為主，不少電影歌曲會被錄製成唱片，就質和量而論，皆是唱片生產的重要部分，兩個工業緊密的生產關係亦影響了歌曲創作的方向。五十年代末，國語電影業出現黃梅調熱潮。雖然這些歌曲以流行曲的方式演唱，但歌曲的敍事形式較接近戲曲。因此，本文並不包括黃梅調和其他戲曲電影的電影歌曲，但隨後興起的山歌電影的歌曲則納入研究範圍之內。選曲方面，以多元化為目標，盡量納入不同類型、不同年代和不同填詞人的歌曲，但同時顧及歌曲的流行程度。

黃奇智在香港第一本詳述國語流行曲的書籍《時代曲的流光歲月》的編後記中，曾道出：「時代曲的數據資料始終是零散不全，當年的大作曲家和詞人，又大部分辭世了」[3]，十八年後的今天，唱片和電影歌曲依然沒有一個完整的曲目，資料散落在不同的資料來源中，特別是唱片歌曲方面，年代久遠，只能集中在幾間較大規模的唱片公司，而部分唱片公司又已結業，令有系統的

3　黃奇智編著《時代曲的流光歲月 1930-1970》（香港：三聯書店（香港）有限公司，二〇〇〇），頁二四五。

搜集工作較難進行，需要從不同的資料源頭尋找零落的資料，並互相印證。至於電影歌曲方面，雖則香港電影資料館已有較完整的香港電影片目，但卻沒有完整的電影歌曲資料，只能從現有的影片、電影雜誌和電影特刊中尋找歌詞，並優先選取能在影片、唱片或網絡找到的歌曲。另當年著名的填詞人大部分已謝世，再加上不少填詞人是業餘或兼任其他電影工作崗位，又或因產量過多，會用筆名，且不只一個筆名，連作者自己也記不起創作過哪些歌曲，用過哪些筆名[4]，故查找和核證填詞人的真正身份也遇上不少困難，因此部分填詞人的生平資料只能從缺。

二、香港與國語流行曲

香港早於戰前已是粵語流行曲的生產基地，但香港有模規地持續生產國語流行曲則始於戰後。五、六十年代唱片業方面，國語流行曲主要由三間唱片公司發行。一九四九年，因國內政權易手，原由上海供應香港和海外的國語唱片受到阻礙，大長城唱片公司便在這一年成立，填補了這市場空隙。與另外兩間唱片公司不同，這是一間華資的唱片公司，創作和製作由上海時代曲作

4 黃愛玲編〈朱克〉，《理想年代：長城、鳳凰的日子》（香港：香港電影資料館，二〇〇一），頁一七二—一九五。

曲家李厚襄主理，其弟李中民則負責公司的運作。[5] 戰後香港產製的國語歌唱片曾盛極一時，周璇、白光、龔秋霞、李麗華等上海紅極一時的歌影雙棲紅星成為這些電影的主角，不少她們在影片中演唱的歌曲便是由大長城出版唱片，如《蕩婦心》（一九四九）的〈嘆十聲〉（白光唱）、《血染海棠紅》（一九四九）的〈祝福〉（龔秋霞唱）、《花街》（一九五〇）的〈母女倆〉（周璇唱）等，同時大長城亦誠邀姚莉、逸敏、張露、黃飛然等南來名歌星灌唱片。除李厚襄外，陳歌辛、姚敏、李雋青等在上海紅極一時的時代曲創作人，南來香港後亦成為大長城唱片的創作班底。陳歌辛回國後和一直留在上海的黎錦光亦為大長城越洋作曲和填詞。可是大長城獨享市場的局面，不久即被資本和人才雄厚的百代打破，終於在一九五六年結業。

政權易手未幾，上海的東方百代因被併入中國唱片公司，遂於一九五二年在香港設立辦公室。百代遷港後，禮聘姚敏主持作曲部，其時報人陳蝶衣成為他最緊密合作的作詞人。百代與大長城的運作相似，但此時部分紅星如周璇和創作人如陳歌辛已回國，唯其資本和海外發行網比大長城更具規模。百代於是一方面禮聘在香港的李厚襄和梁樂音、上海的黎錦光和嚴折西等上海時代曲名創作人作曲填詞，另一方面則邀請葉純之、綦湘棠、林聲翕等學院出身的作曲家參與流行曲的創作。[6] 為解決人才不足的問題，百代亦出版不少中詞西曲的歌曲，如張露主唱的〈愛的四

5 黃奇智《時代曲的流光歲月 1930-1970》，頁七八。
6 黃奇智《時代曲的流光歲月 1930-1970》，頁八二。

部曲〉便改編自美國西部民歌"Oh My Darling Clementine"。歌星方面，當然少不了與姚敏合作無間的姚莉、逸敏，還有四十年代尾在上海已冒起的新星雲雲、梁萍、張伊雯和柔雲等加盟，同時又培育方靜音、鄧白英、董佩佩等新人成為新一代的歌手。除以百代的商標出版唱片外，亦採用狗標、天使、高亭、麗歌等副牌出版唱片。百代唱片同樣亦少不了電影歌曲，但幕後代唱的興起，令歌而優則演的情況逐漸減少，反而新一代的演員如林黛、尤敏、李湄、葉楓、林翠、丁皓等演而優則歌的趨勢更普遍，下文再加詳談。

大長城結束的同年，一間外資的唱片公司飛利浦在香港成立，主持製作部的正是大長城的主創人員李厚襄[7]，歌星有復出的白光，她自編自導的電影《鮮牡丹》（一九五六）中的歌曲亦由飛利浦出版。[8]飛利浦亦為樂壇培育新人作出貢獻，從事作曲的王福齡和顧嘉煇，以及歌星顧媚、崔萍、韋秀嫻等不少名作也是由飛利浦出版，如王福齡作曲、崔萍演唱的名曲〈今宵多珍重〉便是一例。另飛利浦的創作主腦李厚襄亦鼓勵旗下歌手參與填詞工作，如顧媚便曾以賈瀰的筆名替白光主唱的〈醉在你的懷中〉和〈今晚且流連〉填詞。[9]可惜飛利浦跟大長城命運相同，不敵流行曲老字號百代，於一九五九年結業，此後香港國語流行曲便成了百代的天下。

7 黃奇智《時代曲的流光歲月 1930-1970》，頁一六四。
8 倪有純《影壇一代妖姬：白光傳奇》（台北：新銳文創，二〇一五），頁一五三、二一二。
9 顧媚《繁華如夢》（香港：大山文化出版社有限公司，二〇一五），頁五六—五九。

縱使香港國語時代曲的年代曾出現過三間唱片公司，但彼此之間同期的歌曲風格接近，沒有強烈的品牌風格，特別是五十年代初，歌星和創作人可同時為兩間唱片公司效力，反而香港國語時代曲的題材和風格與電影更息息相關。

三、香港國語流行曲的題材和風格

香港國語流行曲的題材和風格可大致分為四大類，同時剛好與時代有緊密的關係。戰後至五十年代初，因着政局的變遷，一批又一批的北方移民因着不同原因被迫南遷香港，他們對戰前或戰時的生活十分留戀，上海時代曲和電影既包含最令人懷念的紙醉金迷夜生活，亦有左翼電影中基層市民的苦與樂，充滿上海遺風的香港國語流行曲自然成為離家遊子抒發鄉愁或聊以慰藉的據點。可是長居海外不能一直懷緬故鄉，重新生活才是更積極走下去的態度，於是寓教於樂的歌曲成為另一類經常出現的國語流行曲。五十年代中，戰後重整令人民生活逐漸得到提升，年輕一代亦在安定的環境下成長，同時星馬資金相繼進駐香港的電影業，或接收或興建大型的製片廠，開始大量製作國語電影，新一代影星由此冒起，就國語電影歌曲而言，帶出了兩種製作路線。一是為保持電影歌曲達到一定的水平而採用幕後代唱，《桃花江》（一九五六）一片的成功令幕後代唱成為一種製作的潮流，讓樣子標致但不擅唱歌的影星可順利地當歌唱片的主角，而此片亦帶出城鄉互動的電影潮流，這主題正好切合香港（甚或其他東南亞地區的城市）從漁農業轉營到工商業社會的轉變。另一條以《曼波女郎》（一九五七）為標記的製作路線，則是透過歌舞展現新一代青春和朝氣，這一類的電影和歌曲特別吸引中產和青少年。可是面對六十年代中西風漸盛、免費電視的出現和香港社會不安等各方面的轉變，這兩類電影和歌曲已不能滿足觀眾，於是必須尋找新的製作方向。以都市為背景的現代歌舞片《香江花月夜》（一九六七）突破傳統電影敍事和歌曲內容的窠臼，讓香港和年輕人成為主角，帶出大型歌舞片和以一眾青年演員為主的青春電影兩類製作，但此兩類電影亦成為以歌曲為要的國語電影的終站。

（一）上海遺風

從三十年代開始，作為殖民地的香港成為不少藝人避開戰禍之地，但國語流行曲在香港得到發展卻要到戰後。國語流行曲被指為「靡靡之音」，又或是「黃色歌曲」[10]，戰時留在上海的藝人不少與日本人過從甚密，被指為附逆藝人，又或是經濟誘因，戰後一批曾紅極一時的明星和創作人紛紛移居香港，繼續他們的事業和創作生涯。歌而優則影的歌影雙棲明星周璇、白光、李麗華、龔秋霞等仍是電影和唱片界的紅人。在上海紅極一時的夜總會歌星如姚莉、張露等亦是唱片界的主將。作曲的有姚敏、李厚襄、梁樂音等，作詞人則有李雋青、陳蝶衣等。縱然不少人才匯

10 安德魯．瓊斯《留聲中國：摩登音樂文化的形成》，頁一九。

聚香港，但仍不及上海時期的人才鼎盛，面對「無歌不成片的年代」[11]，創作人才不足以應付製作需要，時有將上海時期的歌曲或翻唱或重新編寫，用於電影內，而從事編導的陶秦、易文、林歡、朱克等亦參與填詞的工作。由於這個時期創作人和演繹者大部分皆為南來的上海藝人，因此風格跟孤島和日佔時期的國語時代曲有不少相似之處。

既為招徠，亦可節省創作資源，因此時有歌星翻唱上海時代曲，如陳娟娟便曾翻唱李香蘭的名曲〈夜來香〉，錄製成大長城的唱片，但更多的便是舊曲新詞，電影《龍翔鳳舞》（一九五九）便是個很好的例子。音樂具有超越時間的神秘力量，懷舊的音樂更具有回到以往美好時光，安撫不完美現狀的能力。[12]《龍翔鳳舞》正是透過連場歌舞以上海時代曲的旋律，來為觀眾重尋回憶中的烏托邦，〈毛毛雨〉、〈漁光曲〉、〈何日君再來〉、〈妹妹我愛你〉、〈玫瑰玫瑰我愛你〉等歌曲全都採用上海時代曲或電影歌曲命名，但全部由影片的編導陶秦以沈華的筆名重新撰詞，而影片以四季為題的大型歌舞的歌曲〈春之歌〉、〈夏之歌〉、〈秋之歌〉和〈冬之歌〉的名稱雖沒有採用時代曲的曲名，但四支曲的旋律皆為上海時代曲，以〈春之歌〉為例，便採用了〈可愛的早晨〉和

11 黃奇智指自三十年代有聲電影出現，國語電影便經常加入大量歌曲，造成「無歌不成片」的現象，高峰期是五十年代的香港國語電影（見黃奇智〈「無歌不成片」的來龍去脈〉，《戰後香港電影回顧：1946-1968》，香港：市政局，一九七九，頁二六——二八）。

12 Flinn, C. (1992). *Strains of utopia: Gender, nostalgia, and Hollywood film music*. Princeton, N.J.: Princeton University Press, pp. 8-12.

〈三輪車上的小姐〉兩首著名的上海時代曲旋律，但卻撰寫了以春天為題的詞。不只影片歌曲以上海時代曲命名，更有影片採用上海時代曲的名稱，如《那個不多情》（一九五六），而片中亦有同名主題曲，但卻是重新撰詞。然而，有時即使影片採用了上海時代曲作片名，卻跟原來的歌曲沒有關係，如林翠主演的《夜來香》（一九五七）的主題曲便是新創作的，並沒有採用黎錦光創作的〈夜來香〉旋律。

1. **擅用對比與突出主題的陶秦**

陶秦的文學和外語底子厚，在大學讀書時已開始為電影翻譯對白和說明書，並為電影公司創作劇本，不少他的詞作是他編導的作品，手法多樣化，跟影片內容很配合，亦別有風格。其中由他編劇的《說謊世界》（一九五〇）中，便藉哄孩子睡的〈催眠曲〉，一邊以「好官僚　官僚做得好」假意讚美官僚，又一邊以「刮民脂　騙民膏　真是一個好官僚」、「好官僚　官僚做得好　啊　你把百姓統統的都忘掉」來道出官僚的惡行，這種三重架式的諷刺手法在流行曲極少見，這種「反寫」手法也呼應了影片「說謊」的題旨。《說謊世界》的〈催眠曲〉如前述表面上是一首哄孩子睡的催眠曲，實則卻是諷刺貪官弄至民不聊生，無疑是戰後社會的寫照。

《藍與黑》（一九六六）同樣有光明與黑暗面的對比，與片名的相同主題曲，便運用了藍和黑來比喻世界的兩個對立面，而藍與黑的曲詞也見他充分運用流行曲常見的重複特色，從重複圍繞主題藍與黑，光明與黑暗的描寫，到「藍呀藍」、「黑呀黑」、「藍藍」、「黑黑」的疊字。這種運用疊字入詞，亦見於上述《龍翔鳳舞》的〈夏之歌〉和〈冬之歌〉。疊字的好處是讓聽眾容易記住歌詞，而這種主題和用字重複的手法也見於他其他的名作。

《不了情》（一九六一）同名主題曲是運用重複恰到好處之作。〈不了情〉是AABA曲式，在短短三句的A唱段，每段也出了六次「忘不了」，來描寫忘不了情人的種種。至B唱段，首兩句先以景寫情來表現歌者離開戀人落寞之情，結句先以「它重複你的叮嚀　一聲聲　忘了　忘了」來寫歌者曾一再考慮放下這段情，但接着卻以「它低訴我的衷曲　一聲聲　難了　難了」，來描寫歌者對戀人欲斷難斷之情。最後一段A段重回「忘不了」的主題，便因而有增強主題的效果。

《明日之歌》（一九六七）的〈昨天〉跟〈不了情〉相似，同樣是AABA曲式，且亦運用了重複和對比的手法，但兩者卻略有不同。〈昨天〉的A唱段是由兩句相同的唱句組成，每句唱句的前半句便出現了三次歌曲名稱「昨天」，每段的首句是有種放下昨天的舒暢，如「昨天是一陣輕煙」，但第二句則先是輕鬆，最後卻又回到放不下的沉重，如「昨天是一段幻夢　幻夢　啊……遺留在枕邊」，因此A段的前後唱句已造成對比。除了重複「昨天」，每句唱句的第一句與第二句之間，則運用了頂真手法，即第一句末與第二句起首的「幻夢」，來重複輕鬆的基調，好讓唱段的結句更顯沉重。頂真手法亦見於《花街》的〈逃亡〉。

陶秦不只寫社會諷刺和難捨之情出色獨到，他寫活潑輕鬆的詞也很有趣。他在《彩虹曲》（一九五三）的〈廚房歌〉中，主要由A和B唱段組成，每段A唱段皆以不斷重複的擬聲字作為第一句，接着第二句是聲音的來源，最後一句是「不哭也不笑」、「不聲也不響」認真地煮菜的人，與前兩句剛好一動一靜的設計；B唱段則是煮菜的狀況。兩段的詞皆生動有趣，特別是開首不斷重複的擬聲字。A和B唱段合起來，便構成一幅有聲有色的廚房全景圖。《同林鳥》（一九五五）的〈媽媽要我早出嫁〉的三段詩節式曲式，第一段是媽媽要少女出嫁，第二段是媽媽已有少女不合的人選，女兒因而不欲嫁，第三段則是少女認為找到合適人選，她媽要她不嫁也不行，是一幅圍繞少女論嫁的全景圖。

2. 詩節式結構

上海時代曲的結構通常較簡單，其中一個原因是上海時代曲不時採用民歌的旋律，而民歌是藉口耳相傳來流傳，故多為重複同一旋律的詩節式曲式（strophic form），如上海時期的電影《馬路天使》（一九三七）中，改編自蘇州民歌的〈四季歌〉便屬詩節式的平行結構。不少五十年代初的香港國語時代曲也採用詩節式的結構，這令歌詞可運用每一個唱段以不同面向圍繞相同主題來發展，如《雨夜歌聲》（一九五〇）的〈嘆四季〉仿照〈四季歌〉的結構，以一段一個季節為主，慨嘆流落異鄉的悲慘身世。又如《月兒彎彎照九州》（一九五二）的同名主題曲，同樣是四段式的詩節式結構[13]，每一段唱段道出漁民一種景況的辛酸，一段以「月兒彎彎照九州　船租漁稅最躭憂　賺錢還不了閻王債呀　可憐夜夜淚雙流」唱出人為的壓迫，另一段則唱出「月兒彎彎照九州

13 陳雲裳在電影中唱的是四段式結構，靜婷唱的唱片版本則是五段唱段。

翻天的風浪使人愁　要穿要吃那顧得險呀　打漁人的性命不如牛」，來帶出冒性命危險來換取生活的苦況。生活的艱苦亦是戰後國語流行曲其中一個重要命題，跟在戰火中成長的上海時代曲的題材一脈相承。

3. 懷緬故鄉

戰亂令不少人到處流徙，異鄉客深深體會到生活朝不保夕的忐忑，這也是南來的音樂創作人和離鄉謀生的海外華人的深切體會，因此他們萌生了強烈的懷鄉之情，這亦反映於國語流行曲的歌詞。《花街》中的母女，因戰亂離鄉，靠賣唱維生，〈母女倆〉便泣訴她們悲苦的賣唱生涯，最終以「一把眼淚一聲唱　何時回到本地方　瓦片哪終有哇翻身日　哎呀　母女倆哪一天回家鄉」想念家鄉之情作結。

〈母女倆〉以眼前苦澀的方式懷鄉，但隨着時間的流逝，懷緬故鄉之情彷彿愈趨正面。五十年代初，《一家春》（一九五二）的〈故鄉〉的內容重點放在記憶中的美麗故鄉。至五十年代中，由百代六大歌星主唱的〈航行向家鄉〉（一九五五），雖有「只有在兩地遠遠地相望　幾時能重逢在一堂」來描述海峽兩岸的現實，但「因為船兒的方向　自然會回到我家鄉　但願看着我孩子們團圓　融融地重逢在一堂」，只要「把那船兒的方向　向着家鄉呀家鄉」，便有重會的願景。

（二）寓教於樂

雖然娛樂至上的國語流行曲市場佔有率頗高，但寓教於樂一直是中國文化的傳統，國語流行曲歌詞不少出自南來文人的手筆，因此香港國語流行曲亦不乏此類的歌曲，其中又以左派電影公司的此類電影歌曲質量較高。一九四九年國內政權易手後，中共在香港也開始建立他們的據點，據《理想年代：長城、鳳凰的日子》，抗戰後不少上海的電影人才來港，當中的左翼人士建立了有進步傾向的電影公司，一起實踐抱負，長城電影製片有限公司（下文簡稱「長城」）是其中一個例子。鳳凰影業公司（下文簡稱「鳳凰」）也順應在這時代誕生，與長城不一樣，鳳凰是一家合資組建的「兄弟」公司。受到一九五二年香港政府將左派影人驅逐出境之事的影響，長城和鳳凰沒有以過度激進的意識形態作為製作方針，而是採取主題健康和高藝術水平為製作路線，替中共於香港維繫着一個據點，與外界作有限度的溝通。[14] 一九五八年，國家投資建造的清水灣電影製片廠落成，成為他們新的製作基地[15]，令左派電影公司可有效地持續生產有別於商業生產的電影，而這些電影中的歌曲也有一種清新健康的風格，在香港國語流行曲史上有很獨特的位置。

14 吳月華〈繁花盛放：五〇年代香港電影業製作模式〉，《中國「十七年」電影研究（下）》（北京：中國文史出版社，二〇一六），頁八五五。

15 黃愛玲撰錄〈陸元亮〉，《理想年代：長城、鳳凰的日子》（香港：香港電影資料館，二〇〇一），頁一一二。

長城重點培養的新一代明星「長城二公主」之石慧便以唱歌聞名，《寸草心》（一九五三）是她成功的作品之一，片中的〈讀書郎〉便十分流行。其他歌影雙棲的明星還有龔秋霞、江樺和陳娟娟，而較活躍的作曲人有草田、于粦，林歡、朱克等編劇亦有參與填詞的工作。草田原名黎草田，從一九五三年起開始創作電影歌曲，當中大部分為長城和鳳凰的著名影片，如《大兒女經》（一九五五）的〈唱歌樂〉。于粦也是長城、鳳凰喜歡使用的作曲家，他自一九五二年起為電影作曲，《鳴鳳》（一九五七）的〈上轎歌〉便是他的作品。林歡即是著名小說家金庸，曾為長城、鳳凰編寫過不少劇本，也為草田、于粦的歌曲填詞。他們重視影片主題和意識健康進步的同時，對音樂的要求亦跟商業生產的國語流行曲有別，歌詞相對淺白易明之餘，亦有較多合唱的群眾歌曲、不同聲部的運用和要求演唱技巧較高的藝術歌曲。當然寓教於樂的國語流行曲並非全來自左派影片，但左派影片對當時的國語流行曲影響甚深。

1. 歌頌倫理之情

中國傳統重視家庭，五十年代，不少的國語歌曲以家庭倫理作主題，歌詞樸素寫實，容易令人產生共鳴。〈家庭樂〉是電影《彩鳳還巢》（一九五二）內一首男女合唱的歌曲。影片主旨是揭露都市生活的罪惡，並反映都市和鄉村人的對比，〈家庭樂〉的歌詞道出當時創作人理想中的簡樸生活。歌詞提及「舊衫最合意，布衣最整齊」、「青菜好滋味，蘿蔔好開胃」。這些歌曲雖然字詞簡單易明，但歌詞句式工整，字數相近，甚至講求押韻，頗受詩詞的影響，同時又帶出提倡節儉和健康飲食的信息。

〈家庭樂〉是建立良好家庭環境的「正寫」，由姚敏作曲、李雋青填詞的《桃花運》（一九五九）電影歌曲〈家家有本難念的經〉則從好家庭難維繫的「反寫」切入。歌名「家家有本難念的經」指出家庭「有的是沒金錢呀　有的是沒感情」的難處，歌詞提及「無錢有感情　窮有窮開心」，但「難得有錢又有情　有的是飽暖又思淫　把好好的家庭　攪得不太平」，巧妙地道出金錢和幸福的夫婦關係沒有必然關係，最後更語重深長地提醒各位「做人不能不正經」才是維持良好家庭關係的上策。作曲的姚敏不只作曲了得，還擅唱歌，表演經驗豐富，故創作的旋律悅耳且易上口，讓觀眾可邊聽邊唱，令這首歌容易傳唱。

于粦為《望夫山下》（一九五七）創作的歌曲〈大家笑哈哈〉是少數專為兒童創作的兒歌，內容描繪母親與孩子一同彈奏樂器的家庭樂，歌詞注重音律押韻，如「媽」、「他」、「嗒」、「啦」，並透過母子的不同的輪唱和合唱編排，突顯了母與子的親密關係，可是並非每位孩子都能得到母愛，不少孩子自小便失去母親。

〈想親娘〉和〈媽媽好〉皆是關於想念母親的歌曲。《一家春》的〈想親娘〉是母逝後，父續弦，恐被後母虐待時想念母親的歌曲。李雋青填詞的〈媽媽好〉又名〈世上只有媽媽好〉是《苦兒流浪記》（一九五八）的主題曲，直到現在，此曲在華人社會仍然家喻戶曉，曾被多位明星翻唱，三十年後仍被台灣電影《媽媽再愛我一次》（一九八八）再引用。短短幾句的歌詞，既對稱工整，又運用對比寓意，引起廣大聽眾的共鳴：

世上只有媽媽好　有媽的孩子像個寶　投進媽媽的懷抱　幸福享不了
世上只有媽媽好　沒媽的孩子像根草　離開媽媽的懷抱　幸福那裏找

2. 勸勉歌曲

香港的國語流行曲不乏勸勉教化的歌曲，如林黛和嚴俊在《春天不是讀書天》（一九五三）合唱的〈讀書樂〉，歌詞既像對話，又能推展情節。歌詞提到「女：既然樣樣不及格　趕緊回家做功課　男：聽見功課就討厭　看見書本不想讀」，可是男的為了追求女的便答應女的「從此來把好人做　從此努力做功課」！除了讀書，歌曲也是教導年輕人個人行為的重要媒介，《小鴿子姑娘》（一九五七）的〈清潔整齊歌〉，勸導群眾要整潔，歌詞工整，饒有教化的意味：「四面八方是灰塵　亂七八糟嚇壞人　抹了桌子掃了地　整整齊齊好開心」。

3. 勞動歌曲

五十年代的香港，二戰結束，百廢待興，新中國成立，三年零八個月的日軍統治結束。香港民眾生活艱苦，不少電影和歌曲反映勞動階層和貧苦大眾的生活。早年香港不少小販沿街叫賣，有的推車騎車，有的提籃步行，叫賣聲自成一格，因此出現了如〈叉燒包〉、〈賣橄欖〉、〈賣餛飩〉等經典的叫賣歌。〈賣餛飩〉是由梁樂音作曲、易文填詞、李湄主唱的《桃李爭春》（一九六二）電影歌曲。梁在四十年代已經是著名的作曲家，在一九四八年開始為香港的電影創作歌曲，並曾兩次在亞洲影展獲最佳音樂，而李湄則因參演歌舞片獲禮聘到日本寶塚劇場參演歌舞劇《香港》[16]，而她為百代灌錄的〈賣餛飩〉唱片更有日文唱段。

《馬路小天使》的〈賣橄欖〉正好見證香港時代的變遷，歌詞提及「橄欖香　橄欖大　一個毫子買一孖　六個毫子買一打」，但現在橄欖已經不再是香港普及的零食，以前賣欖人能把橄欖拋上幾層樓，既賣東西，又賣藝，這種唱賣的功夫已成絕響。此外，毫子在現今的香港已買不到東西，一孖也不是常見的量詞。

《三姊妹》（一九五七）的〈叉燒包〉則是中詞西曲，原曲是"Mambo Italiano"，但歌詞與原曲歌詞相距甚遠，而是以廣東包點為題，隨旋律填上新詞，與以往嚴謹、對稱的歌詞格式不同。〈叉燒包〉後來亦獲歌星徐小鳳演唱，令這首歌再次街知巷聞。除了小販，從歌曲中我們也看到不少現已式微的行業。

當中擦鞋匠是香港獨特的文化，二戰後大量達官貴人及美國軍官來港，他們重視儀容，男士必穿皮鞋，因此手工精湛的擦鞋匠很受歡迎，吸引了很多成年人和失學兒童入行。〈擦鞋歌〉由姚敏作曲，是《桃花江》電影的歌曲，影星鍾情飾演在鄉下逃往大城市的「野貓」，為幫補家計，又怕引起不必要的麻煩，於是扮起男生在街旁替人擦鞋，因為作為一名女孩想出這種方法為家庭而付出，故歌詞顯露對工作的熱誠和歡愉，如「皮鞋踏上擦鞋箱　擦鞋童子喜洋洋」。

16　黃愛玲編《國泰故事》（香港：香港電影資料館，二〇〇二），頁三四四。

除擦鞋外，早年香港還有不同的勞動工種，如同由李雋青為《薔薇處處開》（一九五六）填詞的〈田家樂〉歌頌農耕工作，又或是《馬路小天使》（一九五七）的〈打石子〉描寫的打石工作，這些勞動歌曲歌詞滿有生氣，節奏亦十分明快，予人憧憬勞動帶來的喜悅。〈田家樂〉的歌詞便提到「一天不做田喲　一天不快活喲」，而〈打石子〉則有「拿了工錢好租床　免得晚上睡路旁」，在工作難尋的社會景況下，突顯了有工作便有希望，對勞動者起了一定的鼓舞作用，但這只是勞動者維持基本生活條件的希望而已，他們的生活仍是窘迫。

4. 勞苦大眾的悲苦

戰後至今，香港人居住環境擠迫是人所共知，《葡萄仙子》（一九五六）的〈一家八口一張床〉和《夜來香》的〈蜜蜂箱〉便是描寫這實況的歌曲例子。〈一家八口一張床〉中，便描述一家人如何擠在一起：「洗臉盆就是沖涼缸　房門背後做廚房　寸金地那裏有曬台　玻璃窗外曬衣裳」；〈蜜蜂箱〉則帶出了房東如何「善用」空間：「又把騎樓一分兩　欄杆裝上玻璃窗　左邊是三姑做工廠　右邊的肥佬管貨倉」。雖則兩者皆以寫實筆觸呈現居住景況，但描寫的角度卻有所不同，前者以家庭的角出發，認為因戰後仍能「三代同堂」已感興幸，後者則以種種人物匯聚一屋內的角度，以以小見大的手法來瞰視社會百態。

5. 輕描淡寫的林歡和朱克

左派電影公司的寫實影片不落俗套，感覺清新，林歡和朱克兩位既是編劇，亦兼寫歌詞，他們的詞作自成一格。林歡從事電影工作只是副業，他主要工作是報刊編輯，並兼寫連載武俠小說，因此他的詞作亦帶有小說的特點，有鋪排，有情節，且擅捕捉人物心理狀態，而最能體現林歡的特色的便是《鳴鳳》（一九五七）中最後一首歌〈上轎歌〉。《鳴鳳》改編自巴金小說《家》中鳴鳳的故事，〈上轎歌〉是三段詩節式曲式，歌詞第一唱段是描寫姑娘哭哭鬧鬧不願嫁的情景；第二唱段是描寫姑娘暗地裏偷望新郎的情景；最後的唱段是姑娘回娘家對夫婿的讚美。獨立來看，這是寫一位出嫁姑娘私密又帶點甜蜜的心情，但放在影片的鳴鳳身上，卻是一種映襯手法。鳴鳳心儀三少爺，但卻被迫嫁給馮老爺，歌曲便變成以喜寫悲，再加上由一群無知的孩童唱出，令無助的鳴鳳的窘境更添淒然。《少女的煩惱》（一九五五）的〈女兒心〉亦有異曲同工之妙，歌曲的前半部分，東拉西扯都是主角許竹君（李嬙飾）的生活片段，表現了許表面上過着無憂無慮的生活；後半段的歌詞始道出自幼喪父[17]，苦了母親的心情，以前後兩部分不同的描寫映襯，來加強許對喪父的不快和對母親的同情，有種淡淡的鬱悶難抒的感覺。

《不要離開我》（一九五五）的〈門邊一樹碧桃花〉同樣是寫少女心態，但卻是寫少女擇偶心態。〈門邊一樹碧桃花〉可分為四個唱段，第一唱段是描寫歌者是名受歡迎的少女，第二唱段是逐

17 影片中，許竹君的父親並沒有去世，只是父親拋妻棄女，母親對女兒隱瞞真相的說法。

一描述三名追求者，第三唱段是媽媽問她的選擇，她羞而不答，最後的唱段少女才道出己心有所屬。四段剛好是起承轉合，有鋪排，有情節，且活現了人物的心理狀態。〈門邊一樹碧桃花〉是從第三身角度描寫少女含羞答答之情，《三戀》（一九五六）的〈孩子的委屈〉則以孩子第一身的角度來道出他們的委屈，曲詞：「小鳥兒到處玩耍　沒有人說他不乖　小花兒開在野外　從來就不會挨罵　我玩得不想回家　卻說我好不聽話」，將成人管束與大自然相比，以顯出成人的無理，確實有趣絕妙，最後更以「大人最愛騙孩子　但我就不知道嗎」作結來表達孩子的心聲。〈孩子的委屈〉有點看透大人世界的世故，而朱克寫的兒歌則較天真直白。

相比〈孩子的委屈〉，朱克寫的《我是一個女人》（一九五五）的〈天鵝與白鵝〉和《望夫山下》的〈大家笑哈哈〉便歡樂愉快得多。前者運用動物天鵝與白鵝，作為對比來構成戲劇節奏，而後者則透過母子的對唱和擬聲字建立音樂的節奏，但兩首歌曲皆內容簡單，且押韻易上口，完全符合兒歌的特色。

（三）新一代冒起

隨着生活環境改善，戰後來港的年輕一代逐漸成長，星馬資金注入香港影壇，國際電影懋業有限公司（下文簡稱「電懋」）接收永華的製片廠，而邵氏兄弟（香港）有限公司（下文簡稱「邵氏」）則在港興建片廠，增產國語電影以迎合戰後急速增長的東南亞華語電影市場，紅色資本入主長城後，亦興建片廠，作流水式的生產。[18]由於「無歌不成片」和百代南遷造成唱片業的競爭，影片和唱片業需要大量新歌曲，電影公司積極地從不同渠道發掘作曲人，如受過音樂訓練的綦湘棠、師承姚敏的王福齡、來自台灣的周藍萍，還有日本著名作曲家服部良一。新一代的詞人則有司徒明和姚炎等。他們各有所長，但為表現年輕人的活力和潮流新事物，加上作曲人才不足，引入外國流行曲的風格明顯是其中一個重要的趨勢，出現不少中詞西曲或中詞日曲的歌曲。[19]與南來的歌而優則演的上海歌影雙棲紅星不同，在香港冒起的新星林黛、林翠、尤敏、葉楓、丁皓等都是演而優則歌。以戰後最大規模的電影公司永華的作品《翠翠》（一九五三）為例，女主角林黛因此片走紅，影片有多首插曲，影片原由女高音王若詩和男高音田鳴恩幕後代唱，但當百代為影片出版唱片時，卻由影片的男女主角林黛和嚴俊主唱。[20]

1. **幕後代唱**

原本幕後代唱是電影公司諱莫如深的製作習慣，銀幕上演唱名曲〈不了情〉的林黛逝世時，

---

18 吳月華〈繁花盛放：五〇年代香港電影業製作模式〉，《中國「十七年」電影研究（下）》，頁八五一—八五二。

19 黃奇智口述〈時代歌曲二、三事〉，《國語片與時代曲（四十至六十年代）》（香港：市政局，一九九三），頁一七。

20 黃奇智《時代曲的流光歲月 1930-1970》，頁九〇。

她主演的同名電影重映，以「《不了情》已成絕唱」作廣告宣傳句，幕後代唱的顧媚便因此到邵氏宣傳部理論，但不獲受理，直至她離開邵氏後，才能以她的名字由百代重新發行此曲的唱片，之前影片大受歡迎的電影原聲大碟的版稅，她未獲分文。[21]可是，以拍攝歌唱片著名的香港新華影業公司（下文簡稱「新華」）卻打破這慣例。一九五六年，新華拍攝歌唱片《桃花江》，欲起用很有魅力的鍾情當女主角，但她的歌唱技巧未達專業水準，於是邀請姚莉替她幕後代唱，並將姚莉和幕後代唱者的名字列於片頭（見圖），甚至電影小冊子亦以姚莉作封面。〈桃花江〉是黎錦暉於一九二九年創作的「新型愛情歌曲」的曲名，歌曲由黎莉莉和王人美首唱，當年大受歡迎，三十年代周璇和嚴華也以此曲灌唱片。[22]姚敏將這首二十年代的流行曲重新編曲，由影片的編劇方忭（即陳蝶衣），以筆名狄薏替歌曲撰詞，姚莉幕後代唱。影片大受歡迎，幕後代唱亦由此成為一個新趨勢，而鍾情主演、姚莉幕後代唱、姚敏作曲、陳蝶衣填詞的幕前幕後歌唱組合亦成為新

21 顧媚《繁華如夢》，頁三〇—三三。

22 陳鋼《上海老歌名典》（上海：上海辭書出版社，二〇〇二），頁三五五。

華出品的特色，此後繼續拍攝了同以黎錦暉明月歌舞團的名曲為名的《葡萄仙子》、《特別快車》（一九五七），還有這四人組合的《採西瓜的姑娘》（一九五六）、《一見鍾情》（一九五八）、《百花公主》（一九五九）等新華影片。

《桃花江》讓幕後代唱者曝光，演員懂唱歌成為不必要的條件，一方面提升了電影歌曲演唱的水準，又讓國語流行曲歌手如方靜音、張伊雯、鄧白英等既可替電影公司幕後代唱的同時，又可出版唱片。有些演員在影片親自演繹電影歌曲，但出版唱片時卻由專業歌手演唱，如在《月兒彎彎照九州》影片中同名歌曲是由主角陳雲裳演唱，但及後出版的唱片則由靜婷演唱。靜婷是少數由幕後代唱進軍唱片界的歌星。這種製作策略並非單向，有時影片是幕後代唱，錄製唱片時卻由演員演唱，如前述的《翠翠》。

除幕後代唱，《桃花江》亦帶起了鄉村歌唱片的潮流，不僅從歌詞和編曲上翻新上海時代曲，更改變了前述懷鄉之情的情感基調。《桃花江》的故事是男主角黎明（羅維飾）回鄉採集民歌，認識了村姑「野貓」，戰亂卻讓「野貓」逃難到香港，在黎明的協助下登台演唱而成名，建立城鄉之間的交流，而不再是一面倒地認為鄉村是美好，城市是萬惡的。香港亦出現在影片中，而不是以往城市只是一處不知名之地。影片中的錄音器材和唱片成為影片的重要標記，讓歌者的身體和聲音分開，回應了影片幕後代唱的重要。從歌曲而言，〈月下對口〉窗裏窗外的男女歌者，以歌作為傳情的媒介打開愛情之窗，「野貓」縱使對來自城市的追求者黎明（羅維飾）有意，但最終仍以「我是個農家女呀　缺少那好風采　你讚美我慚愧　烏鴉難與鳳凰配　我只好鄉村待呀永遠不離開」，暫時婉拒追求者。雖然片中城鄉已有較深入的交流，但仍然有城市比鄉村優越的價值觀。

2. 情意綿綿的陳蝶衣

陳蝶衣家學淵源，父為前清秀才，家中藏書甚豐，課餘活動便是看書，從小便浸淫在舊文學海洋，後又隨父加入報界，因此對新文學又知之甚豐，使他既為詩人又能作流行曲的詞人。他既被指為鴛鴦蝴蝶派式文人，卻又因欣賞李雋青在日治時期以〈不變的心〉一首情歌表達愛國之情不變，而加入國語流行曲填詞的工作。陳蝶衣的作品中，以綿綿情意的情歌最出色，如由李香蘭唱的中詞西曲〈心曲〉便是一個好的例子。歌曲基本上只有兩段，首段描寫動作行為為主，第二段則圍繞言說來發揮。每段首兩句皆直接道出歌者對愛人的心情，而最後一句則以「蝴蝶」「比翼雙飛」和「黃鶯」「歌頌雙棲」來比喻歌者與戀人相愛的行為和對愛的頌讚，每段的第三句皆以春色美景來帶出沐浴愛河的心情，賦比興俱全，詩意盎然，加上李香蘭優美的歌聲，確是一首令人難忘的心曲。電影《碧水紅蓮》（一九六〇）的同名歌曲同樣是一首充滿詩意的作品。由韋秀嫻主唱的〈碧水紅蓮〉以紅蓮為題，紅蓮比喻影片的女主角戴華（林翠飾），劇團兩位高層垂涎其美色，幸得「護花使者」方震（金峰飾）幫忙免難，並發掘她的才華。歌曲是AABA曲式，首兩段A段，一段是碧水中的紅蓮盛開，引來採花人，另一段則是勸止採花，以比喻的方式簡述了故事內容，並以一句「蓮花不能沒有水　人們也不能沒有愛」，將水為愛的喻體作結。B段加入了新的喻體——魚，用水中蓮和魚來描寫男女主角真愛之情。最後重回A段，以紅蓮明喻美人腮，將紅蓮和美人連繫起來。曲詞優美，韋秀嫻如水般的歌聲，柔情萬分，為影片增添不少美意。

沒有電影故事作背景，〈南屏晚鐘〉強調的是景物帶出的意境和情調，這也是陳蝶衣擅長之處。曲詞先以森林樹影之象，來帶聽眾進入歌者的一片沒有出路、找不到她的那個「他」之心象，然後接以隨風飄的晚鐘之聲「敲」醒迷於情之惘然，最後走出森林，見夕陽紅，予聽眾步出困局，豁然開朗之感。陳蝶衣充分運用了聲、色、象和進出境的方法營造一個意境和一份情調，與抒情的旋律十分相配。

作為流行曲詞人陳蝶衣，不只擅用大自然景物作喻體，也活用其他的日常生活見到的事物融入創作內。《桃花江》的〈月下對口〉是一首男女雙方互揣情意的歌曲，窗是歌曲前半部分的主題，寓意「野貓」芳心的心扉，各自以「窗外獨徘徊」和「窗不開」來比喻黎明的追求和「野貓」有意卻又婉拒之情。「野貓」不肯「開窗」，黎明便展開進一步的追求。歌曲的下半部分，黎明既以「好風采」、「人嬌美　歌輕脆」直賦其讚美，又以「像仙女下凡來」和「野貓」的歌聲「彷彿鶯聲囀花外」比喻的方式來讚美「野貓」。「野貓」只好以「我是個農家女呀　缺少那好風采」直賦其難以接受黎明追求的心理障礙，又以「烏鴉難與鳳凰配」的比喻來婉拒黎明的好意。這種運用比喻的曲寫方式也充分地用在《百花公主》的〈我要告訴你〉，高月英（鍾情飾）以「門要當　戶要對呀　掃帚只能配畚箕」、「鑼對鼓　鼓對鑼呀　蟑螂只能陪灶雞」和「她是青山高呀　你是綠水低　怎能夠合在一起」來勸方煥文（金峰飾）勿迷戀歌星丁愛玲（同由鍾情飾）。

3. 春風送情的司徒明

司徒明與陳蝶衣同為報界中人，他以寫專欄維生，因此他的曲詞特色是筆觸生動有趣，貼近生活。《桃花江》的〈擦鞋歌〉是寫主角「野貓」走進城市，女扮男裝，以擦鞋維生。歌曲是AABA曲式，詞先描寫景，接着是等候顧客光顧時的情景，然後才描寫擦鞋的狀況，最後才落在此曲的重點：能以擦鞋維生的喜悦，如前述勞動帶來生活的希望是勞動歌曲的特點。曲詞描寫細緻，具生活感。同片的〈採花歌〉亦有異曲同工之妙。司徒明寫勞動歡快以細節取勝，《化身姑娘》（一九五六）的〈春風游龍〉寫跳舞則以疊字和用字活潑建立節奏感和動感。除了「我要學男兒姿態多麼威風」這句點題（主角女扮男裝），曲詞中差不多每句都有「瘋瘋狂狂」、「搖搖擺擺」、「左左右右」、「進進退退」等疊字，這些疊字有其獨特的節奏感，「游龍」、「春風」、「擺動」則充滿動感。司徒明在舞曲中着力於建立外在的動感，而在寫情方面則着重內在跳脱的感覺。

《杏花溪之戀》（一九五六）的三段詩節式〈陌上花開〉，歌曲以花打開「話題」，是如花的少女，引來看「花」的少年，少年採花有意，卻又不敢展開追求，只懂「打哈哈」，卻又不說「良心話」。曲詞語帶雙關之餘，又用字有趣，且善用重複曲詞，如「看花的少年」、「歇一歇呀談一談呀」等，令歌曲容易被記住。另每段的最後一句又跟下一段首句相似或相同，如第一段尾句的「我的家」和第二段首句「我們的家」，以及第二段尾句和第三段首句重複唱出「打哈哈」，不只曲詞易記且令歌曲更有連貫性。《特別快車》的〈總算你有福氣〉的「我眼前若有你　我那敢解羅衣」和「我眼前沒有你　我才敢解羅衣」則以動作作為相似的曲詞建立某程度的重複和連貫性，但歌曲重點卻在於其隱藏着的大膽「誘惑」意識。第一段表面上，「那敢解羅衣」和「不要誘惑你」是描寫女性矜持。第二段先唱「我眼前沒有你」來「解羅衣」，重點卻是下一句「假如你偷看　我也不遺憾　總算你有福氣」，真是「風送花香太旖旎」！

（四）歌舞青春

「桃花江」小調式曲風方興未艾之際，不到一年電影界又出現了另一片新歌唱片的潮流，電懋為加強影片生產的能力供應不斷擴充的星馬市場，以擅唱的葛蘭主演歌唱片《曼波女郎》，片中她載歌載舞，打開了年輕人的市場。葛蘭、林翠、葉楓等能演能唱能跳舞的年輕女星迅即成為閃耀的新星，為國語流行曲注入青春活力和新的歌曲風格。由於電影業的急速發展，大量生產電影，而影片又需要大量的電影歌曲，能像葛蘭能唱又能演的新星不可多得，她帶有藝術歌曲又兼有明快爽朗的歌曲演繹方式，跟過往如李香蘭抒情的藝術風格不同，動聽之餘亦兼具青春和現代感，使她成為電懋以歌聲帶出現代感的重要歌影雙棲紅星。

不像五十年代初，長城出品《日出》（一九五三）的〈醉舞曲〉，演出放置在夜總會的場景，跳舞是交際應酬的活動，歌曲內容與酒色等連結起來，《化身姑娘》的〈春風游龍〉、《曼波女郎》的〈我愛恰恰〉和《四千金》（一九五七）的〈你跟我來〉三首舞曲都是在家或學校演唱，是展現青春的有益身心活動，節奏不及六十年代的歌曲強勁，但節奏輕快，聽後會聞歌起舞，而歌詞不斷重複曼波（Mambo）或恰恰（Cha Cha）的名稱，容易上口，很適合年輕人的口味。除了舞曲，這些影片還有展現青春的歌曲，如《曼波女郎》的〈青春兒女〉、《四千金》以西洋劍為題的〈劍舞〉、《香車美人》（一九五九）追求速度的〈飛車歌〉等。戰後不少女性得到接受教育的機會，新一代的現代女性不再像過往以出嫁為主要出路，能走進職場是她們的志願，社會上更出現了一些新興行業，航空業便是其中一項，電懋以窺探空中小姐訓練和職場為題，拍攝了《空中小姐》（一九五九），其中主角林可蘋（葛蘭飾）在化裝舞會演唱的〈我要飛上青天〉，最能表現出對空中小姐正式上任的期待，歌詞極度簡單直接。配合節奏明快的旋律、現代化和情感開放的態度，歌詞重複、簡約和直接成為這一類歌曲的特色，並持續發展至六十年代中的現代歌舞片。

1. **多面手李雋青**

李雋青早於三十年代已是上海時代曲著名的填詞人，一九四九年移居香港後，繼續他的填詞事業。跟前述填詞人不同，填詞是他的專業，無論在質和量方面，在香港國語流行曲界，他都能稱王。除了前述家庭倫理的歌曲（〈家家有本難念的經〉、〈媽媽好〉）、勞動歌曲（〈田家樂〉、〈打石子〉）、叫賣歌（〈叉燒包〉、〈賣橄欖〉）和描寫戰後環境擠迫的〈蜜蜂箱〉外，他的作品還包括了描寫傳統和現代女性不同面貌的歌曲。承接上海時代曲歌女被欺壓的傳統和平行結構，《雪裏紅》（一九五六）中的雪裏紅（李麗華飾）正是被惡霸操控的歌女，〈雪裏紅〉（電影版）是她表演花鼓舞時唱的六段每段四句詩節式曲式的歌，每段首句以「雪裏紅」起首來述說雪裏紅身世的故事，後兩句則是配合花鼓舞的擬聲詞。歌曲首兩段是講述她可憐無依和被虐的身世，中間兩段是她遇到有情人，分手後又再重遇，最後兩段則是她與乾女兒小紅的故事，是一首結構嚴整的自傳式歌曲。

跟〈雪裏紅〉相似，《金蓮花》（一九五七）的〈相思苦〉是歌女金蓮花（林黛飾）表演時唱的，是描寫她與富家子程慶有（雷震飾）的愛情故事，是首以五更時段組成的五段詩節式曲式歌曲。與〈雪裏紅〉三段順時序式敘事不同，此曲以相思為題，是影片中段慶有向金蓮花表白後，慶有被家人軟禁家中，並被迫與賢淑的沈淑文（同由林黛飾）結婚，慶有和金蓮花二人無法相見時，金蓮花泣訴相思之苦的歌曲。〈相思苦〉每段唱段皆以時間和月亮照到不同物件起首，接着的唱句則是歌者的動作，在一句內定了故事的時、景和人，第二三句唱句則描寫歌者的心情，達到以景寫情之效。首唱段是金蓮花初嚐相思苦，第二至四段是她憶起慶有在她窗下等他、向她表白和他另娶的故事，是回憶片段，尾段則回歸主題，終於知道「相思」「苦裏還帶酸」，達到首尾呼應之效。

與《蕩婦心》同樣改編自托爾斯泰《復活》的《一夜風流》（一九五八），李香蘭飾演的婢女苦候少爺，與少爺一夜風流後，少爺又再離去。雖然片中的〈三年〉與〈相思苦〉同是苦候情郎相思苦的歌曲，但結構相對簡潔，是AABA曲式。首三段皆圍繞三年的主題，首段是已等三年之苦，第二段是見面不久又面對分離，唯恐又要再等情郎三年，然後李雋青運用B段旋律的變奏來帶出歌曲的轉折處，慨嘆相見難不如不見，才進入歌曲的結尾，「明明不能留戀」，「為甚麼放不下這條心」的苦戀心態。同樣主題清晰的《神秘美人》（一九五七）歌曲〈梅花〉，結構更精簡，以梅花傲寒的特性來暗喻從事間諜工作的伊明珠（李香蘭飾）品格高尚，只有作俠盜的杜君孟才相知，達到意簡情深的效果。

若論運用比喻，《紅娃》（一九五八）的〈十七八的姑娘〉是個相當有趣的例子。〈十七八的姑娘〉是四段詩節式曲式，每段的第一句的前半句皆以「十五六的月亮」，然後每段換上不同的圓形的東西作為比喻的喻體，可惜這半句跟後面的內容關係不大，後半句的「十七八的姑娘」才是描寫的重點，以「桃花」、「蜜糖」、「春風」和「青蛇」為喻體，然後配上生動的比喻。如第二段以「蜜糖」「粘住」的特性來引出姑娘粘住「少年郎」的比喻，又或尾段以「青蛇」「纏住」的特性來比喻姑娘會使你「不能溜」，有比喻，有行為，再加上輕快的旋律和嚴俊調皮的唱腔，使歌曲活潑生動。

同樣是寫輕快逗趣的歌曲，《歌迷小姐》（一九五九）的〈偷偷摸摸〉直白得多，李雋青以姐妹倆互相輕責對方偷偷摸摸去拍拖的問答方式，來帶出拍拖其實沒甚麼大不了，曲詞易上口，語氣生動又不傷和氣。李雋青的另一首中詞西曲作品《野玫瑰之戀》（一九六〇）歌曲〈卡門〉的歌詞配合演繹方式才真正具挑逗性。

〈卡門〉改編自比才（Georges Bizet）的《卡門》（*Carmen*），「野玫瑰」（葛蘭飾）的性格也參照了該劇主角卡門，李雋青以歌曲開首短短兩句「愛情　不過是一種普通的玩意兒　一點也不稀奇」「男人　不過是一件消遣的東西　有甚麼了不起」，便點出「野玫瑰」野性、愛玩弄男性的特性，而歌曲最後一句：「我要是愛上了你　你就死在我手裏」，道出她看中的男人必定會弄到手，以顯出她好勝之心。〈卡門〉直寫「野玫瑰」放浪的性格，同片另一首更廣泛流行的歌曲〈說不出的快活〉則是側寫。從〈說不出的快活〉曲詞的內容而言，其實很空泛，只不斷重複「Ja Jam Bo」，有趣的是李雋青要寫的正是「野玫瑰」很快活，但為何快活她自己也說不上，這也是「野玫瑰」的性格，生活沒有方向、目標，只喜歡追尋刺激。至於由頭唱到尾的「Ja Jam Bo」有甚麼意思，就如「野玫瑰」那樣，無法定論。[23]若從描寫「野玫瑰」的性格而言，這反而變得很有意思。在一九六〇年的華語電影中，李雋青以這樣的手法去建立人物形象，是很前衛和創新的做法。

2. 抒情煥發的易文

易文是帶起青春片《曼波女郎》的編導，也是該片電影歌曲的填詞人，大部分他導演的作品都由他編劇和填詞，如上述的〈我要飛上青天〉，還有《教我如何不想她》（一九六三）的〈春風吹開我的心〉。〈春風吹開我的心〉（唱片版）跟他大部分詞作一樣，有種開心愉快，充滿希望的感覺，並且簡單淺白和易上口。易文先以首兩段唱段唱出對春天的冀盼，之後的一段則以花草、小鳥、蝴蝶和蜜蜂建立春天充滿希望的景象，最後才正式揭開春風吹開我的心的主題，這兩段的每

23 有說「Ja Jam Bo」是東非 Swahili 語的「Hello」，也有說是其他語文，但至今仍沒有定論（見沈旭暉〈《說不出的快活》葛蘭〉（〈Glocal Pop〉專欄），《Now 新聞》(https://news.now.com/home/life/player?newsId=172539)）。

一句皆以主題「吹開了　我的心」作首，當中第一段先以景作興，最後一段才帶出情作結。四段詩節式的《桃李爭春》叫賣歌〈賣餛飩〉（電影版）也輕鬆愉快，並不斷地重複唱「賣餛飩」來推銷餛飩。歌曲首兩段推銷餛飩的方式是以不吃她的餛飩，便不知餛飩的味道香噴噴和暖，然後再來一招吃了她的餛飩便快活不昏沉，最後一招使出遲了便買不到作結。這首銷售餛飩三部曲看似簡單，但當中既有銷售手法策略，中間又穿插着不斷邊敲竹片邊唱「賣餛飩」叫賣，巧妙地將現實中的叫賣特色和銷售技巧融入到歌詞中。

《空谷蘭》的〈九個郎〉跟〈門邊一樹碧桃花〉的敍事策略相似，但〈九個郎〉敍述的人物是民間故事的九位男性而非〈門邊一樹碧桃花〉的追求者。歌曲分五段，首段跟尾段是故事的開端和結尾，旋律是相同。開端是歌者替情郎繡九郎於衣裳上，中間三段介紹完各有特色的九個郎後，結尾則回歸到歌者心中其實只有夜夜共處的情郎。〈九個郎〉描寫的是情有獨鍾的婦女，《滿庭芳》（一九五七）的〈老古董〉中的主角卻是妙齡少女。〈老古董〉是AABA曲式，以「你家有一個老古董」起首的A段全是描寫「老古董」的種種行為，直敍被「老古董」祖母嚴加約束待字閨中的少女；B段則以「為甚麼你甘心要聽從　為甚麼你對她要敬重　為甚麼你這樣不中用」質疑少女為甚麼甘心聽從「老古董」，可見當時的少女很溫馴，不會積極反抗，抱着逆來順受的心態，只會透過唱歌抒發一下不滿的心情。敍事方法平實，但形容「老古董」的行為卻生動活潑，如「雞皮鶴髮　老態龍鍾　走起路來　冬冬冬」，有形，有聲，也有動作。

3. 歸原本位

六十年代中，香港、國語電影、世界影壇正醞釀一股變革的力量對原有運作的制度作出衝擊。一九六四年，電懋包括創辦人陸運濤在內幾名重要的管理層於一次空難中喪生，對電懋造成極大打擊，令邵氏成為影壇皇者。同年，披頭四訪港，在年輕人中掀起崇尚歐西流行曲的浪潮。世界影壇方面，法國新浪潮冒起，於一九六六年開始，荷里活大片連番遭滑鐵盧，反而小型製作的青春電影時有斬獲。[24] 一九六七年，香港電視廣播有限公司開始免費電視的廣播，逐漸搶去電影院的觀眾。同時，戰後嬰兒潮已是青少年，可是香港社會各方面的措施卻未能配合，造成大量年輕人失業，令他們成為躁動不安的一群，造成社會事件。五十年代末，國語電影出現黃梅調熱潮，但至六十年代中已顯疲態，正待新的影片類型出現，歌舞片最能安撫社會不穩的氣候[25]，而當時粵語青春歌舞片正好為粵語電影界打開缺口，為步向衰亡的粵語電影續命。[26] 粵語青春歌舞片的成功促成了新一浪的國語青春歌舞片的誕生，可是國語青春歌舞片參照的不是粵語青春歌舞片，也不是荷里活歌舞片，而是日本現代歌舞片。

---

24 Schatz, T. (1993). "The New Hollywood", in J. Collins, H. Radner and A. P. Collins (eds.). *Film theory goes to the movies.* New York and London: Routledge, pp. 14-17.

25 焦雄屏《舞電影縱橫談》（台北：遠流出版事業股份有限公司，一九九三），頁一四五—一五三。

26 吳月華〈粵語青春歌舞片的盛衰〉，《HKinema》第三號，二〇〇七，頁十八—二〇。（http://www.filmcritics.org.hk/hkinema/hkinema03.pdf）

六十年代中，邵氏已控制了星馬的電影市場，大量生產是其目標，於是從日本延請井上梅次來港為邵氏效力。井上梅次的特色是拍片快，能拍攝不同的類型片，且影片也十分賣座，而歌舞片亦是他擅長拍攝的其中一個電影類型。[27]為國語歌舞片掀開新一頁的是井上梅次導演的《香江花月夜》，此片的原型是他的日本電影《想跳舞的夜晚》（踊りたい夜，一九六三），但論氣派和視聽景觀，井上梅次更滿意《香江花月夜》。[28]影片由邵氏力捧的年輕演員主演，是一齣以都市為背景的歌舞片，當中不乏近似百老匯式歌舞的華麗歌舞場面，音樂由服部良一主理，歌曲節奏明快，與大型歌舞場面十分配合。雖然此片的導演和作曲家皆是日本人，但香港卻是歌舞場面的主題，在一九六七年動盪的香港電影出現，別有一番意義。影片開始和結尾都唱出的歌曲〈太陽．月亮．星星〉以讚美香港夜景為題[29]，而這個夜景是一個城市的夜景，跟過往歌舞片以四季、世界各地為題或虛構場面截然不同。劇終的演出以具香港特色的帆船為舞台設計，而曲詞則以太陽、月亮和星星的特性來描寫三位女主角和她們於影片中的故事，並將她們置於香港的「舞台」

27 葉月瑜、戴樂為〈青春の泉：井上梅次的邵氏電影〉，《邵氏電影初探》（香港：香港電影資料館，二〇〇三），頁二一一。

28 邱淑婷〈邵氏電影的日本因素〉，《邵氏影視帝國：文化中國的想像》（台北：麥田出版，二〇〇三），頁九九—一〇〇。

29 《三姊妹》（一九五七）也有〈香港好〉和〈天堂樣的香港〉以香港為題的歌，但未能找到相關的影像資料與此片作比較。

內。影片的另一首歌曲〈娛樂至上〉亦以「以前是只有外國月亮最明朗　野花總比家花格外香　現在情形不一樣　我們自己也會舞蹈也會歌唱」的詞來肯定香港本位，主角們可憑自己的力量創造未來。同由井上梅次導演和服部良一作曲、蕭篁填詞的《青春鼓王》（一九六七）電影歌曲〈我是個爵士鼓手〉也對自己喜愛的表演充滿熱情，歌詞「我是個爵士鼓手　一個發了瘋的鼓手　暴雨似的聲音　能使我忘卻了憂愁」、「忘卻了一切怨仇　爭取我生存與自由」充分表現他在音樂中的忘我精神，這是華語片較少有的對音樂全情投入的描寫。從這首歌也可看到這個年代的歌曲，比五十年代中的青春片更短和節奏更明快，歌詞較直接、簡約和重複，正好切合黃奇智在《時代曲綜論》「標準」時代曲的標準。[30]

四、從詩到潮

從三十年代起，國語電影已有「無歌不成片」的趨勢，歌星踏上銀壇成為影星是歌影雙棲的從藝路線，故而即使是電影也重視歌曲多於戲，唱片技術所限，三分鐘的長度限制成為流行曲的創作習慣，五十年代初沿用此流行曲的習慣，再加上民歌的傳統和重複旋律加深聽眾的印象，歌

30　黃奇智認為「標準」時代曲的特徵包括內容簡單且短、節拍簡單和重複（見黃奇智編著《時代曲綜論》，香港：中文大學校外進修部，一九七八，頁十四—十五）。

曲結構整齊，較多使用詩節式和AABA的結構，因懷舊和抒情較多，詞亦較有詩意和典雅。

隨着電影的發展和西方文化的影響，電影歌曲不能只為加插歌曲而獨立於故事之外，電影歌曲亦走向融合於故事情節中。明星接受的是戲劇訓練，歌可以幕後代唱，因此電影歌曲需要為配合戲劇需要而出現，歌曲結構比較多元化，即使電影歌曲灌唱片時仍大多是AABA結構，在影片也可以是簡約為ABA或延長如AABABA來配合情節或表演。五十年代中開始，青春歌舞片的興起後，歌曲節奏亦加快，但AABA結構和抒情的特色仍保留於文藝片的言情歌曲中，如瓊瑤式的文藝片《船》（一九六七）的同名歌曲，但無疑五十代中興起的舞曲或六十年代中井上梅次的現代青春片節奏強勁的歌曲更具時代的標誌性，讓我們看到潮流的演進，而歌詞亦緊隨着潮流，轉向精簡和重複，逐漸解開傳統道德的枷鎖，走向新世界，擁抱未來。

鳴謝

特此感謝幫忙是次研究的研究助理（按參與次序）彭可穎、陳淑雯、梁麗芬、陳曾寧和屈廷謙。

• 大長城唱片公司是香港國語歌第一個搖籃，在港初創時，網羅不少南來的上海歌影雙棲的紅星，圖為白光為電影《蕩婦心》（一九四九）演唱的插曲〈山歌〉和〈嘆十聲〉唱片的曲譜封面。

● 來自上海的著名作曲家李厚襄是大長城唱片公司的主理人，大長城結束後，入飛利浦唱片公司任製作部主管。

● 龔秋霞（右一）在《血染海棠紅》（一九四九）中既演且唱，片中的插曲〈祝福〉是她為祝福友人海棠紅付託的養女而唱，此曲唱畢，養女便長大成人。

• 姚敏是香港國語流行曲和電影歌曲重要的作曲人，也是百代作曲部的主持人。

• 飛利浦鼓勵新人參與國語歌的創作，歌星顧媚（圖）便曾以賈瀰的筆名，替白光主唱的〈醉在你的懷中〉和〈今晚且流連〉填詞。

● 陶秦（圖）以〈毛毛雨〉、〈何日君再來〉、〈玫瑰玫瑰我愛你〉等著名上海時代曲，重新填詞作為其導演作品《龍翔鳳舞》（一九五九）中的電影歌曲。

● 電影《說謊世界》（一九五〇）透過哄孩子睡的〈催眠曲〉來諷刺貪官弄至民不聊生的惡行。

● 陶秦替周璇在港最後演出的《彩虹曲》（一九五三）的〈廚房歌〉填詞，生動有趣地描寫周璇認真地煮菜的情景。

● 最具苦難孤女形象的上海紅星莫過於周璇，她（右一）在《花街》（一九五〇）演唱的〈母女倆〉正是與母親（右二，羅蘭飾）在戰亂時賣唱的歌曲，以此訴説二人懷緬故鄉之情，是當時不少居港南來者的心聲。

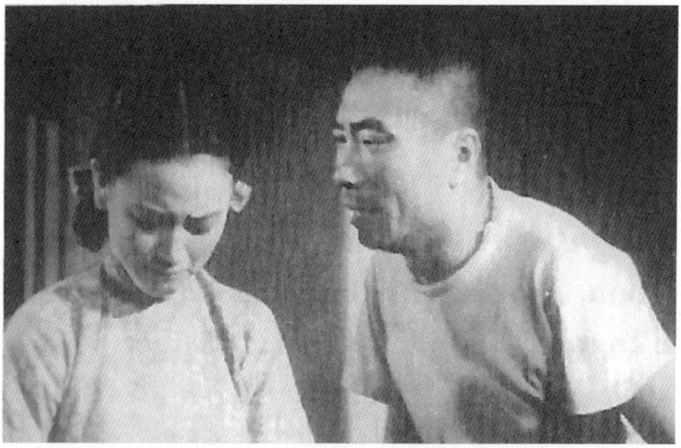

• 《大兒女經》（一九五五）片中由草田作曲、袁仰安填詞的〈相親相愛〉、〈唱歌樂〉和〈其實都悶在心裏〉歌曲都圍繞着家、青春和情竇初開等青少年情懷，曲詞簡單易明，很適合廣大群眾。

• 長城電影製片有限公司的影片有不少寓教於樂的國語歌，他們培養的「長城二公主」之石慧（左）便以唱歌聞名，她在《寸草心》（一九五三）演唱的〈讀書郎〉便充滿教育意味。

- 《苦兒流浪記》（一九五八）的主題曲〈媽媽好〉（又名〈世上只有媽媽好〉）至今仍是歌頌母愛的重要作品之一。
- 朱克替《我是一個女人》（一九五五）創作的〈催眠曲〉和〈天鵝與白鵝〉內容簡單，且押韻易上口，完全符合兒歌的特色。

• 香港的國語流行曲不乏勸勉教化的歌曲，林黛和嚴俊在《春天不是讀書天》（一九五三）合唱的〈讀書樂〉便是一個很好的例子。

• 林黛是戰後國語片的新星，早年她演而優則唱，但部分她主演的電影亦會由幕後代唱。圖為由她和嚴俊親自演繹他們主演的《金鳳》（一九五六）電影歌曲特輯的唱片封面。

● 〈桃花江〉是黎錦暉於一九二九年創作的上海時代曲，一九五六年姚敏採用此作為香港新華影業公司出品同名影片的主題目，他為此目重新編曲，並邀陳蝶衣替歌曲撰詞和姚莉替新人鍾情（右一）幕後代唱。影片大受歡迎，從此幕後代唱蔚為風氣，姚敏作曲、陳蝶衣填詞、姚莉幕後代唱、鍾情主演成為一代幕前幕後的著名組合。

• 姚莉十三歲已與哥哥姚敏在上海一起開始其歌唱生涯。戰後來港，成為香港國語流行曲的重要歌星，其後開展其幕後代唱的生涯，鍾情是她幕前的最佳拍檔。姚敏猝逝後，姚莉曾一度退出歌壇，後應百代力邀，任唱片監製。

• 靜婷是少數由幕後代唱進軍唱片界的歌星，這是她演唱的唱片封套。

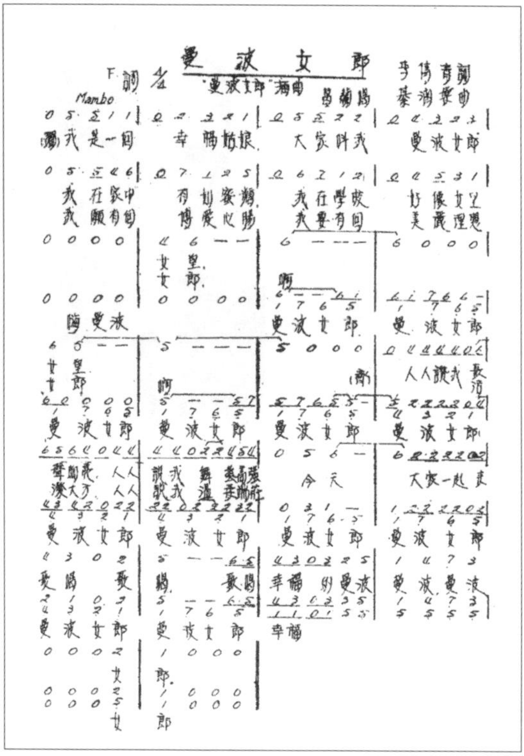

- 《曼波女郎》（一九五七）是掀起國語青春片熱潮的重要作品，此為這齣電影以曼波（Mambo）舞蹈為是的影片主題曲。
- 葛蘭是國語青春歌舞片歌曲最重要的演唱者。

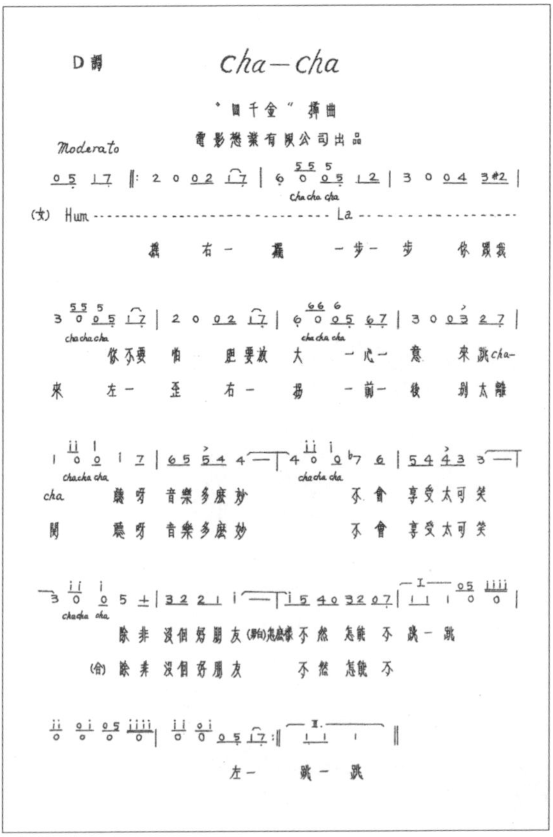
D調
Cha—Cha
"四千金"插曲
電影懋業有限公司出品
Moderato
(女) Hum La
右一 一步一步 你跟我
你不要怕 大 一心一意 來跳cha-
來 左一 右一 一前一後 別太離
cha 聽呀 音樂多麼妙 不會 享受太可笑
聽呀 音樂多麼妙 不會 享受太可笑
除非沒個好朋友 不然 怎能 不跳一跳
(合) 除非沒個好朋友 不然 怎能 不
左一 跳一跳

- 李雋青創作了不少電影歌曲歌詞，如《野玫瑰之戀》（一九六〇）的〈說不出的快活〉和《苦兒流浪記》（一九六〇）的〈媽媽好〉等。
- 除曼波舞外，恰恰（Cha Cha）是另一種流行於五十年代年輕人間的舞蹈，《四千金》（一九五七）的〈我愛恰恰〉便重覆「恰恰」作為歌詞的重要部分。

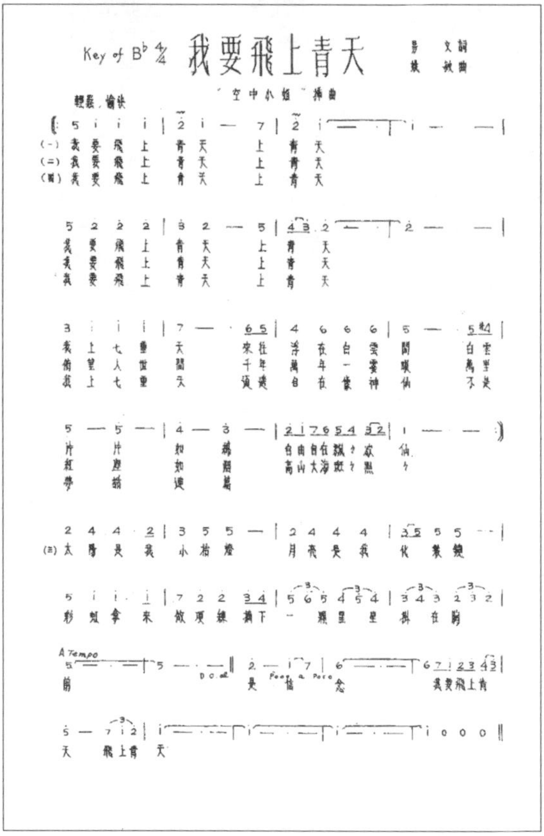

• 易文一九四八年開始任電影編劇，後當導演，並替其導演作品（如《曼波女郎》的部分歌曲）填詞，一九六七年更成為百代唱片公司的合約詞人。

• 電影《空中小姐》（一九五九）的〈我要飛上青天〉是一首表現主角期待正式上任空中小姐的歌曲，歌詞重覆、簡約和直接，是進入現代化時代的一大特色。

●報人陳蝶衣一九四三年在上海開始其作詞的生涯，作品逾三千。其後來港，開始兼職電影編劇，並為這些作品兼寫電影歌曲如〈桃花江〉。

黃壽齡（壽齡）

禿子溺炕

詞：黃壽齡
曲：民歌
唱：白光

扁豆花開麥梢子黃啊　哎呀
手指著那媒人來罵一場啊　哎呀
只說那女婿他比奴強　嗨咿喲嘿
誰知道他又是禿子又溺炕　嗨咿呼呀呼嘿

頭一道溺在那紅綾被呀　哎呀
二一道溺在那象牙床噢　哎喲
天天那溺炕奴生氣　嗨咿喲嘿
生了氣來順手就是兩巴掌　嗨咿呼呀呼嘿

打得那女婿他沒處藏啊　哎呀
先叫那姐姐後叫娘噢　哎喲
叫聲那親娘您甭生氣　嗨咿喲嘿
二晚上我光吃麵來不喝湯　嗨咿呼呀呼嘿

不是你姐姐來不是你娘啊　哎呀
奴家我打你是為了溺炕噢　哎喲
自小你財主就沒有教養　嗨咿喲嘿
就是給你吃了石頭你也溺炕　嗨咿呼呀呼嘿

《一代妖姬》電影插曲，影片於一九五〇年一月七日首映。

八個娃娃

詞：壽齡（即黃壽齡）
曲：梅翁（即姚敏）

唱：姚莉、逸敏

我問大姐幾歲了　她說剛好一十八
問她可曾配親家　她說還沒有做媽媽
十三那年正月裏　梅花開放香又香
門前來了胖大媽　和妳做媒配人家
一座紅紅大花轎　抬著大姐到婆家
你也擠來他也嚷　爭看新娘鬧洋洋
看她如今真不差　身旁繞著小娃娃
一二三四五六七八　八個娃娃叫媽媽
我問大姐幾歲了　她說剛好一十八
問她可曾配親家　她說還沒有做媽媽
十三那年正月裏　梅花開放香又香
門前來了胖大媽　和妳做媒配人家
一座紅紅大花轎　抬著大姐到婆家
你也擠來他也嚷　爭看新娘鬧洋洋
看她如今真不差　身旁繞著小娃娃
一二三四五六七八　八個娃娃叫媽媽

百代唱片，唱片於一九五三年面世。

尤明

母女倆

詞：尤明
曲：壽齡（即黃壽齡）
唱：周璇

月兒圓圓照九州　幾家歡笑幾家愁
我家呀沒錢哪過中秋　哎呀　母女倆流浪
在街頭
走遍大街又小巷　娘拉琴來女歌唱
十指呀連心哪分不開　哎呀　死死啊活活
相跟上
一對山羊躥躥動　母女二人難分手
鐮刀呀彎彎哪割紅豆　哎呀　娘是啊女兒
的心頭肉
一把眼淚一聲唱　何時回到本地方
瓦片哪終有哇翻身日　哎呀　母女倆哪一
天回家鄉

《花街》電影歌曲，影片於一九五〇年五月十九日首映。

陶　秦（沈華）

催眠曲

詞：陶秦
曲：司徒容（即李厚襄）
唱：李麗華

搖一搖　小寶寶　寶貝要睡覺
啊　搖搖寶貝乖乖的睡一覺
說大話　放大炮　你硬說金蘭可靠
刮民脂　騙民膏　真是一個好官僚
哎呀　我的好官僚
哎呀　我的好官僚

搖一搖　好官僚　官僚做得好
啊　你把百姓統統的都忘掉
滿了腸　滿了腦　包隻飛機外國逃
冷的諷　熱的嘲　你成了一隻煨灶貓
哎呀　可憐煨灶貓
哎呀　可憐煨灶貓

《說謊世界》電影歌曲，影片於一九五〇年六月二十九日首映。

廚房歌

詞：陶秦
曲：侯湘（即李厚襄）
唱：周璇

咯咯咯咯咯咯咯
雌雞在刀下慘叫　把刀的人兒不哭也不笑

卟卟卟卟卟卟卟卟
魚蝦在刀下亂跳　把刀的人兒不哭也不笑
鹹加鹽辣加椒　好的喂人不好的喂貓
一遍兩遍仔細挑　要讓人們吃得好
咯咯咯咯咯咯咯咯
雌雞在刀下慘叫　把刀的人兒不哭也不笑
卟卟卟卟卟卟卟卟
魚蝦在刀下亂跳　把刀的人兒不哭也不笑
吱吱吱吱吱吱吱吱
油在鍋子裏聲張　鍋邊的人兒不聲也不響
叮叮叮叮叮叮叮叮
鏟子在鍋邊叮當　鍋邊的人兒不聲也不響
酸加醋甜加糖　精的做菜肥胖的做湯
大塊牛肉大塊羊　燒菜的不知菜味香
吱吱吱吱吱吱吱吱
油在鍋子裏聲張　鍋邊的人兒不聲也不響
叮叮叮叮叮叮叮叮
鏟子在鍋邊叮當　鍋邊的人兒不聲也不響

《彩虹曲》電影歌曲，影片於一九五三年十一月十八日首映。

媽媽要我早出嫁

詞：沈華（即陶秦）
曲：綦湘棠
唱：尤敏

媽媽要我早出嫁
她說像我這般大呀
她都已經做了媽
她說愛情像朵花
又說愛情像幅畫
嘿　說甚麼　魚兒到底是離不了水
說甚麼　綠葉終得要配紅花

媽媽要我依著她
她說妝禮全都辦好啦
我卻心裏亂如麻
看那前山少年大
好像閃電教人怕
嘿　要知道　鮮花不插在牛糞上
要知道　鳳凰絕不願配烏鴉

媽媽呀媽媽
幾時你去問媽媽
看我幾時找到一個他
假使找到合意的話
嘿　媽媽呀　如果你命是不讓我嫁
媽媽呀　女兒寧願死了也罷

《同林鳥》電影歌曲，影片於一九五五年五月八日首映。

不了情

詞：陶秦
曲：王福齡
唱：顧媚

忘不了　忘不了
忘不了你的錯　忘不了你的好
忘不了雨中的散步　也忘不了那風裏的

擁抱
忘不了　忘不了
忘不了你的淚　忘不了你的笑
忘不了葉落的惆悵　也忘不了那花開的煩惱
寂寞的長巷　而今斜月清照
冷落的鞦韆　而今迎風輕搖
它重複你的叮嚀　一聲聲　忘了　忘了
它低訴我的衷曲　一聲聲　難了　難了
忘不了　忘不了
忘不了春已盡　忘不了花已老
忘不了離別的滋味　也忘不了那相思的苦惱

《不了情》電影歌曲，影片於一九六一年十月十二日首映。

藍與黑

詞：陶秦
曲：王福齡
唱：方逸華

藍呀藍　藍是光明的色彩　代表了自由仁愛
當太陽照到大地　你看見那藍藍的青天碧海
黑呀黑　黑是陰暗的妖氛　代表了墮落沉淪
當夜幕罩了宇宙　你小心那黑黑的深淵陷阱
這是個甚麼時代　這是個甚麼社會
為甚麼給了我們藍　還要給我們黑
認清楚藍的珍貴　不要被黑暗迷醉
流出更多血跟汗　要把那黑的粉碎

認清楚藍的珍貴　不要被黑暗迷醉
流出更多血和汗　要把那黑的粉碎

《藍與黑》電影歌曲，影片於一九六六年七月一日首映。

昨天

詞：沈華（即陶秦）
曲：顧嘉煇
唱：靜婷

昨天　昨天　昨天是一陣輕煙
輕煙　啊……　升入了雲間
昨天　昨天　昨天是一段幻夢
幻夢　啊……　遺留在枕邊

昨天　昨天　昨天有多少歡笑
歡笑　啊……　消失在鏡裏
昨天　昨天　昨天有多少悲哀
悲哀　啊……　沉落在心底
它臨走拋下了夕陽　紅著臉像一個做錯事的姑娘
羞答答隱沒到海邊　讓你在岸上獨自思量

昨天　昨天　昨天是一片黃葉
黃葉　啊……　捲入了塵泥
昨天　昨天　昨天是一朵落花
落花　啊……　飄零誰可惜

《明日之歌》電影歌曲，影片於一九六七年十月十二日首映。

黎錦光（牛牛）

嘆四季

詞：牛牛（即黎錦光）
曲：姚敏
唱：白光

春風呀尚寒思家鄉　人家是哀樂好商量
正是窮富都有趣呀　我卻是淚眼對垂楊
依呀依呀呀得喂　我卻是淚眼對垂楊

荷花呀開時醉人香　女兒家最慘沒有收場
人家雙雙在乘涼呀　我只有對花哭一場
依呀依呀呀得喂　我只有對花哭一場

中旬呀秋月分外亮　抬起頭望月越斷腸
明月高掛家家歡呀　我卻是身世不堪想
依呀依呀呀得喂　我卻是身世不堪想

寒冬呀舞雪更淒涼　茅屋中夫妻情也長
破被寒抖共患難呀　我只有披雪空惆悵
依呀依呀呀得喂　我只有披雪空惆悵

《雨夜歌聲》電影歌曲，影片於一九五〇年八月十二日首映。

談不完的愛

詞：黎錦光
曲：黎錦光
唱：張露、黃源尹

（男）人間有多少的情　（女）人間有了不

盡的情
（男）人間有多少的愛　（女）談不完的愛
（合）談不完的愛

（男）甚麼叫戀愛　（女）情人的愛
（男）甚麼叫恩愛　（女）夫妻的愛
（男）甚麼叫憐愛說來　（女）父母的愛
（男）甚麼叫博愛　（女）這叫做大眾的愛
（男）大眾的愛　（合）大眾的愛

（男）甚麼叫溺愛　（女）教養不嚴
（男）甚麼叫貪愛　（女）昏庸腐敗
（男）甚麼叫死愛說來　（女）殉情自殺
（男）甚麼叫你愛他不愛　（女）這叫做癡情
（男）青年的悲哀　（女）又叫做單戀
（男）人生的阻礙　（女）快快割愛
（合）快快割愛

（男）人間有多少的情　（女）人間有了不
盡的情
（男）人間有多少的愛　（女）談不完的愛
（合）談不完的愛

（男）人間有多少的情　（女）人間有了不
盡的情
（男）人間有多少的愛　（女）談不完的愛
（合）談不完的愛

百代唱片，唱片於一九五二年面世。

張金

月下定情

詞：張金
曲：江適（即李厚襄）
唱：姚莉（唱片）

我們在月下定情　相對說明
我不愛鑽石　我不愛黃金
官不做貪官　商不昧良心
不怕艱辛靜待天明　精神愉快美滿婚姻
真是家庭快樂快樂家庭
可恨那虛榮黑影　動搖堅信
洋房汽車　想個不停
吃要外國貨　穿要舶來品
為了享受大傷腦筋　神思恍惚旦夕心驚
真是自尋煩惱　煩惱自尋

《禁婚記》電影歌曲，影片於一九五一年八月二十一日首映。

想親娘

詞：張金
曲：侯湘（即李厚襄）
唱：陳娟娟、龔秋霞

小妹妹呀　好心傷呀
三歲二歲　沒有娘呀
跟著爹爹　還好過呀

就怕爹爹　娶後娘呀
娶了後娘　三年整呀
生下個弟弟　比我強呀
弟弟做人　我做馬呀
弟弟吃麵　我喝湯呀
拿起碗來　淚汪汪呀
放下碗來　想親娘呀

啊……啊……啊……啊……啊

《一家春》電影歌曲，影片於一九五二年一月一日首映。

故鄉

詞：張金
曲：侯湘（即李厚襄）
唱：張伊雯、柔雲（唱片）

朵朵白雲飛向我的故鄉　青山重重　樵歌嘹亮
看那東方鮮紅的朝霞　歌唱我的故鄉
朵朵白雲飛向我的故鄉　江上風光　漁舟蕩漾
看那東方鮮紅的朝霞　歌唱我的故鄉
楊柳青青　風和日長　燕子飛過短牆
百花齊放　鳥語花香　蝴蝶翩翩四方
朵朵白雲飛向我的故鄉　田野蒼翠　一片麥浪

看那東方鮮紅的朝霞　歌唱我的故鄉

《一家春》電影歌曲，影片於一九五二年一月一日首映。

楊　髦

蜜月行（又名〈蜜月曲〉）

詞：楊髦
曲：江適（即李厚襄）
唱：石慧、傅奇

（女）風拂面水連天　君如湘水我如船
（女）船靠水又水幫船　（合）船靠水又水幫船
（男）風拂面浪輕濺　只羨鴛鴦不羨仙
（男）今生只把鴛鴦戀　（合）今生只把鴛鴦戀
（女）風拂面手牢牽　不怕崎嶇亂石巔
（女）同心同力上危巇　（合）同心同力上危巇
（男）風拂面肩傍肩　依依偎偎永纏綿
（男）纏綿也讓神仙羨　（合）纏綿也讓神仙羨
（女）枝拂面樹牽聯　交柯新綠並頭蓮
（女）者番鰈鰈又鶼鶼　（合）者番鰈鰈又鶼鶼
（男）晚風前夕陽邊　水作誓盟沙作餞
（男）沙沙水水神仙眷　（合）沙沙水水神仙眷
啦啦啦啦啦啦啦啦啦啦啦啦

《蜜月》電影歌曲，影片於一九五二年十二月二十三日首映。

沈潔

家庭樂

詞：沈潔
曲：司徒容（即李厚襄）
唱：顧媚、黃飛然（唱片）

（女）陽光普天照　空氣多麼好
一二三四　四三二一
伸一伸腿　彎一彎腰
（合）練得身體好　那怕太辛勞
練得身體好　那怕太辛勞
（男）舊衫最合意　布衣最整齊
一二三四　四三二一
你真漂亮　你真美麗
（合）穿得暖洋洋　渾身是力氣
穿得暖洋洋　渾身是力氣
（女）青菜好滋味　蘿蔔好開胃
一二三四　四三二一
洗得乾淨　切得粉碎
（合）吃得營養足　病魔不敢累
吃得營養足　病魔不敢累
（男）塵土是禍患　攪擾是黑暗
一二三四　四三二一
快些走開　不必再來
（合）住得要乾淨　光明會長在
住得要乾淨　光明會長在

《彩鳳還巢》電影歌曲，影片於一九五二年十二月二十四日首映。

幽會忙

詞：沈潔
曲：司徒容（即李厚襄）
唱：李麗華

姐在家中懶洋洋　無心來梳粧
電話鈴兒猛然響　魂兒已飛蕩

約到海邊賞月光　此景多神往
一面笑來一面應　心裡實在慌

穿的是哪件衫　頭髮梳什麼樣
海邊月光黯淡　什麼臉粉適當

左不好來右不好　總嫌不漂亮
汽車喇叭噠噠響　急急跑出房

大長城唱片，唱片於一九五二年面世。

話不投機　碰碰是氣　只悔當初欠仔細
怒在心頭　怨在心底　勞燕分飛各東西

百代唱片，唱片於一九五二年面世。

艾笛

愛的四部曲

詞：艾笛
曲：張露（原曲："Oh My Darling Clementine"）
唱：張露

眉梢微動　眼波飄揚　一聲哈囉笑嘻嘻
手牽手兒　臂挽臂兒　相見恨晚不分離
朝夕相見　難得分離　還加郵電做聯繫
池裏鴛鴦　天上比翼　看著我倆也妒嫉
鐘聲響亮　琴韻兒起　情意相投結夫妻
恭喜聲裏　無限欣喜　洞房歡樂樂無比

周　華

新探親相罵

詞：周華
曲：司徒容（即李厚襄）
唱：李麗華、嚴俊

（女*白）喲親家公公好
（男**白）喲我說親家太太好（吻聲）
（女白）喲您這是幹甚麼呀
（男白）咱們行個外國禮時髦時髦
（女白）瞧你這老色鬼抽煙嗎
（男白）拿來呀
（女白）哎呀忘了買呀　我說娘姨呀
（男白）得啦別忙了　咱們這兒有
（女白）您知道今兒個為甚麼請您來的
（男白）您肚子裡有數　您心眼裡頭明白
（女白）哦就是為了您的女兒呀
（男白）啊不是為您兒子呀
（女唱）親家呀公公呀　細聽我來說
你的女兒實在錯　不會來交際
只會家中坐　吹牛呀拍馬呀甚麼一
件不會做
這種太太叫我兒子跟她日子怎麼過
這種太太叫我兒子跟她日子怎麼過
（男唱）聽罷呀言來呀　肚子要氣破
你的兒子他太錯　鑽石沒錢買
汽車沒錢坐　抛頭呀露面呀誰肯幫
忙他來做
這種丈夫叫我女兒跟他日子怎麼過

*（編者案）女為準奶奶
**（編者案）男為準岳父

這種丈夫叫我女兒跟他日子怎麼過

大長城唱片，唱片於一九五二年面世。

胡亦穀

迎春花兒遍地紅

詞：胡亦穀
曲：孫牧之
唱：韓菁清

嚴寒的殘冬已無蹤　南風吹醒萬物夢
黑黑林間　白白雪融　迎春花兒遍地紅
大地的黑暗已消散　一片晨光多燦爛
忘去舊夢　忘去苦痛　張開胸懷迎春風
柳條兒隨風搖　小鳥兒在歡笑
春天裡沒有悲傷　春天裡充滿希望
大地的黑暗已消散　一片晨光多燦爛
忘去舊夢　忘去苦痛　張開胸懷迎春風
柳條兒隨風搖　小鳥兒在歡笑
春天裡沒有悲傷　春天裡充滿希望
大地的黑暗已消散　一片晨光多燦爛
忘去舊夢　忘去苦痛　張開胸懷迎春風

大長城唱片，唱片於一九五二年面世。

林光

張姑娘上街坊

詞：林光
曲：姚敏
唱：屈雲雲

張家姑娘肥又胖　搖搖擺擺上街坊
看那車水馬龍　來來往往　心裏多恐慌
要想前進怕車擋　要想後退怕車撞
看她前前後後　左左右右　獨自在彷徨

不要怕　張開眼睛仔細望
不要怕　認清去路才妥當
張家姑娘有主張　仔細認清好方向
看她不怕車撞　不怕車擋　平安到街坊

張家姑娘肥又胖　搖搖擺擺上街坊
看那車水馬龍　來來往往　心裏多恐慌
要想前進怕車擋　要想後退怕車撞
看她前前後後　左左右右　獨自在彷徨

不要怕　張開眼睛仔細望
不要怕　認清去路才妥當
張家姑娘有主張　仔細認清好方向
看她不怕車撞　不怕車擋　平安到街坊

百代唱片，唱片於一九五三年面世。

胡金銓（金銓）

讀書樂

詞：金銓（即胡金銓）
曲：白郎（即葉純之）
唱：林黛、嚴俊

（男白）鍾小姐　鍾小姐
　　春天不是讀書天　夏日炎炎正好眠
　　秋天一過冬來到　收拾書包好過年
（女白）你是誰　討厭
（男白）小生名叫黃以哲　外號人稱黃包車
　　交了學費不上課　樣樣功課不及格
　　天文學　地理學　政治學　經濟學
　　文科　法科和理科　三院九系都
　　唸過
　　談情說愛我擅長　男女問題有心得
　　假如小姐你有意
（男唱）我就陪你去拍拖
（女唱）既然樣樣不及格　趕緊回家做功課
（男唱）聽見功課就討厭　看見書本不想做
（女唱）功課樣樣不及格　今年怎麼能畢業
（男唱）有錢能把文憑買　照樣可以算合格
　　鍾小姐　你想得太多　鍾小姐　你
　　想得太多
　　年青人呀要行樂　趕快一起去玩樂
（女白）黃包車　你別胡說　寶貴的光陰
　　別錯過
　　書到用時方恨少　青春一去可惜了
（男白）可惜了來可惜了　追求不上　才是
　　可惜了
（女白）一天到晚說追求　說話全是沒理由

好言相勸都為你　沒想你是個大
蠢牛
（男唱）鍾小姐　你太無情　鍾小姐　你太
無情
鍾小姐　你太無情　鍾小姐　你太
無情
（女白）好　從此來把好人做　從此努力做
功課
（男白）鍾小姐　鍾小姐　我答應了　我全
答應了

《春天不是讀書天》電影歌曲，影片於一九五四年十二月三十日首映。

袁仰安（志霄、志小）

唱歌樂

詞：志霄（即袁仰安）
曲：草田
唱：費明儀（唱片）

（女）唱歌樂　唱歌樂　唱歌怎樣樂
　　兄弟姊妹笑呵呵　齊聲合唱真快活
（合）歌唱團結熱情高　歌唱科學多創造
　　歌唱和平人人笑　歌唱生活更美好
（女）唱歌樂　唱歌樂　唱歌真正樂
　　兄弟姊妹笑呵呵　齊聲合唱真快活
（女）唱歌好　唱歌好　唱歌怎樣好
　　唱起歌來不寂寞　唱起歌來驅煩惱
（合）歌唱團結熱情高　歌唱科學多創造
　　歌唱和平人人笑　歌唱生活更美好
（合）唱歌好　唱歌好　唱歌真正好
　　唱起歌來不寂寞　唱起歌來驅煩惱

《大兒女經》電影歌曲，影片於一九五五年一月二十八日首映。

小舞孃

詞：志小（即袁仰安）
曲：草田
唱：費明儀（唱片）

小呀小舞孃　想起身世真淒涼
三歲沒親娘　兵荒馬亂爹又喪
祖老弟幼日難熬　披上羅衫淚成行
祖老弟幼日難熬　披上羅衫淚成行

小呀小舞孃　想起身世好心傷
任人摟細腰　柔舞婆娑心徬徨
金迷紙醉燈明滅　強展笑容伴愁腸
金迷紙醉燈明滅　強展笑容伴愁腸

《小舞孃》電影歌曲，影片於一九五六年十一月九日首映。

盧一方（一方）

烏鴉配鳳凰

詞：一方（即盧一方）
曲：姚敏
唱：李香蘭

琵琶彈起太悠揚
歌兒唱得太心傷
世間的事兒真難　真難講

好花兒缺少人來賞
烏鴉怎能配鳳凰
歎身世太淒涼
恨天公太無良
回回頭　望一望　教人怎不淚汪汪

回回頭　望一望　教人怎不淚汪汪

《金瓶梅》電影歌曲，影片於一九五五年六月二十二日首映。

林　歡（即金庸）

門邊一樹碧桃花

詞：林歡（即金庸）
曲：于粦
唱：陳露（即張露）

門邊一樹碧桃花　桃花一枝頭上插
村前村後少年郎　有事兒沒事兒他來到
我家
東家的郎君長得俊　西家的哥哥力氣大
還有後山的那個人兒　嘿　他天不怕來地
不怕
瞧著這個好來那個也不差
這可真正急壞了　我的媽媽
她細細來問咱　細細問咱
好教人說來羞答答

我早思夜想放心不下　早思夜想放心不下
老實說吧　心兒裏可另有一個他

門邊一樹碧桃花　桃花一枝頭上插
村前村後少年郎　有事兒沒事兒他來到
我家
東家的郎君長得俊　西家的哥哥力氣大
還有後山的那個人兒　嘿　他天不怕來地
不怕
瞧著這個好來那個也不差
這可真正急壞了　我的媽媽
她細細來問咱　細細問咱
好教人說來羞答答

我早思夜想放心不下　早思夜想放心不下
老實説吧　心兒裏可另有一個他

《不要離開我》電影歌曲，影片於一九五五年七月十四日首映。

女兒心

詞：林歡（即金庸）
曲：于粦
唱：李嬙

花兒你開在我窗前　要開得更加紅更加鮮
貓兒你害人真不淺　為甚麼弄亂我的毛綫
我們今天要去旅行　看看山看看水看看天
這是表哥撿來的貝殼　這是我積來的壓歲錢
去年我生日那一天　媽媽她送給我金項鍊
媽媽她實在太可憐　因為爸爸地下長眠
爸爸死了十幾年　永遠不能再見面
我要綁一根紅絲帶　把頭髮弄整齊一點
花兒你開在我窗前　要開得更加紅更加鮮

《少女的煩惱》電影歌曲，影片於一九五五年八月十二日首映。

孩子的委屈

詞：林歡（即金庸）
曲：草田
唱：費明儀（唱片）

小鳥兒到處玩耍　沒有人說他不乖
小花兒開在野外　從來就不會挨罵
我玩得不想回家　卻說我好不聽話
偏偏不許我光腳　貓兒幾時穿過鞋
天冷不許我游水　鴨子幹嘛就不怕
大人最愛騙孩子　但我就不知道嗎*

《三戀》電影歌曲，影片於一九五六年九月十八日首映。

猜謎歌

詞：林歡（即金庸）
曲：于粦

唱：不詳

（男）你看喲天上那朵雲（那個咴子咴子喲）
又想喲下雨又想晴（那個咴子咴子喲）
你看喲地下那個妹（那個咴子咴子喲都兒）
（滴溜溜的滴溜溜的）
又想呀做鴿又想做人喲
（女白）好　你說我眼多　我給個謎兒你猜猜
（男）你說吧
（女）身子喲彎彎像玉梭（那個咴子咴子喲）
有人喲說我心眼兒多（那個咴子咴子喲）
心眼兒喲雖多通呀到底（那個咴子咴子喲都兒）
（滴溜溜的滴溜溜的）

* （編者案）唱片全部歌詞重唱一次。

情絲呀萬縷向著哥喲
（大白）那是藕　荷花下面的藕
我也有一個謎兒
（男）拆不喲開來分不開（那個咿子咿子喲）
兩人喲生死在一塊（那個咿子咿子喲）
寶劍喲砍它它呀不去（那個咿子咿子喲都兒）
（滴溜溜的滴溜溜的）
跟你呀過山又過海喲
（小白）那是影子　我也有一個謎兒
（女）我把喲心房緊緊關（那個咿子咿子喲）
別人喲花樣我不愛（那個咿子咿子喲）
知心喲合意的人兒來（那個咿子咿子喲都兒）
（滴溜溜的滴溜溜的）
心房呀就為你打開喲
（大白）那是鎖　我也有一個謎兒
（男）情哥喲情妹好和氣（那個咿子咿子喲）
同時喲風光同沾泥（那個咿子咿子喲）
同行喲同立並排坐（那個咿子咿子喲都兒）
（滴溜溜的滴溜溜的）
左右呀相隨不分離喲
（小白）那是鞋子

《小鴿子姑娘》電影歌曲，影片於一九五七年四月十八日首映。

清潔整齊歌

詞：林歡（即金庸）
曲：草田
唱：石慧

四面八方是灰塵　亂七八糟嚇壞人
抹了桌子掃了地　整整齊齊好開心

籃裡麻雀一大群哪　米缸裡面一根棍
洗了鍋子再洗碗哪　衣服雖破要乾淨

可憐的人兒是大平　沒有姊妹沒母親
耕田種地忙壞了　有誰給他打補釘

《小鴿子姑娘》電影歌曲，影片於一九五七年四月十八日首映。

懶惰的老爺來做夢

詞：林歡（即金庸）
曲：于成中
唱：石慧

勤勞的人兒去做工　懶惰的老爺來做夢
睡呀睡呀好呀麼舒服　腳不動呀手不動

寒天臘月大雪飄　熱被窩裏暖呀暖烘烘
六月太陽好似火燒　窗下那個竹床乘風涼

腰酸腳軟無氣力　昏昏沉沉眼呀矇矓
伸個懶腰打呀麼呵欠　人兒變成了瞌睡蟲

早晨睡到半夜裏　半夜裏再睡到太陽紅
睡了又吃吃了又睡　小孩睡成了老公公

《小鴿子姑娘》電影歌曲，影片於一九五七年四月十八日首映。

上轎歌

詞：林歡（即金庸）
曲：于粦
唱：眾童星

（合）上轎啦　上轎啦　大姑娘今天要出嫁
（男童）你看看她在
（女）哭哭鬧鬧　（男）拖拖拉拉
（女）埋怨爸爸　（男）埋怨媽媽
（女）女兒還沒長大　為啥把女兒嫁
口口聲聲把媒人來罵罵
羞不羞呀　哈哈哈哈哈哈哈哈哈哈

（合）新郎哥　插金花　來接新娘到婆家
（男童）你看看她在
（女）哭哭鬧鬧　（男）半真半假
（女）偷偷把那　（男）眼兒睞睞
（合）你猜猜看甚麼　瞧瞧那新郎
他鼻子可歪　那眼睛可瞎
羞不羞呀　哈哈哈哈哈哈哈哈哈哈

（合）哭甚麼　鬧甚麼　過了一年回娘家
（男童）你看看她在
（女）嘻嘻哈哈　（男）嘰嘰喳喳
（女）句句把那　（男）女婿誇
（女）他真正體貼咱　媽媽你瞧瞧呀
（合）咱倆這個胖娃娃
羞不羞呀　哈哈哈哈哈哈哈哈哈哈

《嗚鳳》電影歌曲，影片於一九五七年七月十八日首映。

雅士

跟誰去商量

詞：雅士
曲：草田
唱：陳露（即張露）

有的是爛城牆　有的是破民房
衙門可算最堂皇　真是個怪地方　真是個怪地方
男的不漂亮　女的不大方
古老的頭腦古老裝　一點也不改良　一點也不改良
又沒有咖啡館　又沒有跳舞場
男女交際無橋樑　戀愛鬧饑荒　鬧饑荒
爸爸老腐敗　媽媽是晚娘
白白的浪費好春光　跟誰去商量　跟誰去商量

《視察專員》電影歌曲，影片於一九五五年八月四日首映。

學校裏邊真快樂

詞：雅士
曲：草田
唱：不詳

學校裏邊真快樂　歌唱遊戲做功課
兄弟姊妹在一起　相親相愛笑呵呵

同學們　志氣高　早睡早起勤體操
努力讀書學習好　為國為家爭光耀
老師們　真可敬　不分晝夜在指導
來日要把事做好　不負老師苦心勞
學校裏邊真快樂　歌唱遊戲做功課
師生團聚在一起　互敬互助笑呵呵

《春歸何處》電影歌曲，影片於一九五七年十月三十一日首映。

朱克（小羊、丁可、蕭揚）

天鵝與白鵝

詞：小羊（即朱克）
曲：草田
唱：紅線女、兒童合唱

（女）天上一群小天鵝　池中一群小白鵝
天鵝飛呀飛得高　白鵝游水游得活
天鵝笑呵呵　白鵝叫哥哥
（合）我幫你　你幫我
同跳舞　共唱歌
大家都說好好好
（女）雲裏飛　天鵝幫白鵝
水中戲　白鵝助天鵝
天鵝飛啊飛成行
白鵝飛啊左右過
（合）好像白雲一朵朵
（女）白鵝游呀游成團
天鵝穿啊前後過
（合）好像蓮花一朵朵
（女）天鵝笑呵呵　白鵝叫哥哥
（合）我幫你　你幫我
同跳舞　共唱歌
大家快活多快活

《我是一個女人》電影歌曲，影片於一九五五年十二月九日首映。

大家笑哈哈

詞：丁可（即朱克）
曲：于粦
唱：韋秀嫻、王小妹

（母）從前有個小娃娃　他會打鼓吹喇叭
打起鼓來咚咚咚　吹起喇叭　打底打
底打
（子）從前有個好媽媽　她會敲鑼彈吉他
敲起鑼來嗒嗒嗒　彈起吉他　啦啦啦
啦啦
（母）我敲鑼　噹噹噹　你打鼓　咚咚咚
（子）你彈琴　啦啦啦　我吹喇叭　打底打
（子）從前有個好媽媽　她會敲鑼彈吉他
敲起鑼來嗒嗒嗒　彈起吉他　啦啦啦
啦啦
（母）我敲鑼　噹噹噹　你打鼓　咚咚咚
（子）你彈琴　啦啦啦　我吹喇叭　打底打
（合）吹起喇叭　打起鼓　彈起琴來敲起鑼
彈彈敲敲　彈彈敲敲　吹吹打打　吹
吹打打
我們大家笑哈哈　嘻嘻　我們大家笑
哈哈
哈……

《望夫山下》電影歌曲，影片於一九五七年五月四日首映。

假如是一顆珍珠

詞：蕭揚（即朱克）
曲：草田
唱：張露（唱片）

假如是一顆珍珠　落在草堆裏仍舊放光
假如是草尖的露水　太陽一出就立刻消亡
假如是一棵椰樹　直直的心腸伸向藍蒼
假如是海上的棕櫚　狂風一起就到處徬徨
假如愛情是草尖的露水　太陽一出就立刻消亡
假如愛情是海上的棕櫚　狂風一起就到處徬徨
假如愛情是一棵椰樹　直直的心腸伸向藍蒼
假如愛情是一顆珍珠　落在草堆裏仍舊放光

《望夫山下》電影歌曲，影片於一九五七年五月四日首映。

陳蝶衣

（陳式、狄薏、方達、葉綠）

給我一個吻

詞：陳蝶衣

曲：Marshall Brown、Earl Shuman、Alden Shuman（原曲："Seven Lonely Days"）

唱：張露

給我一個吻　可以不可以
吻在我的臉上　留個愛標記
給我一個吻　可以不可以
吻在我的心上　讓我想念你
縱然瞪著你眼睛　你不答應
我也要向你請求　絕不灰心
縱然閉著你嘴唇　你沒回音
我也要向你懇求　絕不傷心

給我一個吻　可以不可以
飛吻也沒關係　我一樣心感激
給我一個吻　敷衍也可以
飛吻表示甜蜜　我一樣感謝你

縱然瞪著你眼睛　你不答應
我也要向你請求　絕不灰心
縱然閉著你嘴唇　你沒回音
我也要向你懇求　絕不傷心

給我一個吻　可以不可以
飛吻也沒關係　我一樣心感激
給我一個吻　敷衍也可以
飛吻表示甜蜜　我一樣感謝你　一樣感謝你

百代唱片，唱片於一九五四年面世。

心曲

詞：陳式（即陳蝶衣）
曲：Charlie Chaplin（原自歐西歌曲 "Eternally"）
唱：李香蘭

我要偎在你懷抱裏
因為只有你合我心意
何況冬去春來又是花開滿長隄
你可看見蝴蝶也在比翼雙飛

我要告訴你說我愛你
因為你已佔據我心扉
何況江南三月滿眼春色正綺麗
你可聽到黃鶯也在歌頌雙棲

何況江南三月滿眼春色正綺麗
你可聽到黃鶯也在歌頌雙棲

百代唱片，唱片於一九五五年面世。

月下對口

詞：陳式（即陳蝶衣）
曲：姚敏
唱：姚莉、潘正義

（男）天上的明月光呀　照在那窗兒外
為甚麼　窗不開　我在窗外獨徘徊
我對著窗兒問呀　莫不是人已睡
要不是為了她已睡　為甚麼窗不開
為甚麼　窗不開　我在窗外費疑猜
除非是忘了有她已睡　所以窗不開

（女）天上的明月光呀　照在那窗兒外

你不要　費疑猜　窗裏人也沒有睡
我不是睡不穩呀　只因為你要來
守在那窗外靜等待　所以窗不開
你不要　費疑猜　窗裏人也沒有睡
守在那窗外靜等待　明白不明白

（男）你生來好風采呀　像仙女下凡來
人嬌美　歌清脆　彷彿鶯聲囀花外
我聽了你歌唱呀　心花兒朵朵開
只希望和你長相偎　永遠不分開
你唱歌　我跟隨　一天聽個千百回
只希望和你長相偎　永遠不分開

（女）我是個農家女呀　缺少那好風采
你讚美　我慚愧　烏鴉難與鳳凰配
我只好鄉村躭呀　永遠不離開
自己種花兒自己愛　等着花兒開
等花開　把花採　自己採花自己戴
只能夠常在鄉村躭　永遠不離開

（合）永遠不離開

《桃花江》電影歌曲，影片於一九五六年二月二十一日首映。

龍燈與風箏

詞：陳式（即陳蝶衣）
曲：姚敏
唱：方靜音

正月正呀挑龍燈　龍燈挑到姐家門
只要姐兒看我一眼呀　挑起龍燈有精神
三月三呀放風箏　風箏乘風上青雲
只要風箏它不斷線呀　風箏總要轉回程

挑呀挑呀挑龍燈　龍燈挑到姐家門
要是姐兒對我有情意　見了我一定笑盈盈

只怕姐兒沒有心　只怕姐兒沒有情
好像風箏忽然斷線呀　風箏一去無蹤影

正月正呀挑龍燈　龍燈挑到姐家門
只要姐兒看我一眼呀　挑起龍燈有精神

三月三呀放風箏　風箏乘風上青雲
只要風箏它不斷線呀　風箏總要轉回程

挑呀挑呀挑龍燈　龍燈挑到姐家門
要是姐兒對我有情意　見了我一定笑盈盈
只怕姐兒沒有心　只怕姐兒沒有情
好像風箏忽然斷線呀　風箏一去無蹤影

《桃花江》電影歌曲，影片於一九五六年二月二十一日首映。

一個蓮蓬

詞：狄薏（即陳蝶衣）
曲：姚敏
唱：姚莉

一個那蓮蓬呀十七八個孔　蓮蓬噴水呀叮
叮又咚咚
叮咚　叮咚　叮叮又咚咚　響在耳邊好像
八音鐘
一個那蓮蓬呀十七八個孔　蓮蓬噴水呀叮
叮又咚咚

叮咚　叮咚　叮叮又咚咚　淋在身上好像
穿紗籠
叮鈴咚呀　叮鈴咚　好像是八音鐘
叮鈴咚呀　叮鈴咚　好像是穿紗籠

一個那蓮蓬呀十七八個孔　蓮蓬噴水呀我
在雲霧中
關上蓮蓬　雲霧一掃空　走出雲霧週身都
輕鬆

一個那蓮蓬呀十七八個孔　蓮蓬噴水呀我
在雲霧中
關上蓮蓬　雲霧一掃空　走出雲霧週身都
輕鬆

《那個不多情》電影歌曲，影片於一九五六年八月二十六日首映。

一家八口一張床

詞：狄薏（即陳蝶衣）
曲：姚敏
唱：姚莉

一個房間一扇窗　一家八口一張床　男女
老少睡一床
讓人家看來總算是三代同堂
哎哎喲　哎哎喲　讓人家看來總算是三代
同堂

洗臉盤就是沖涼缸　房門背後做廚房
哎哎喲　寸金地　那裏有曬臺　玻璃窗外
曬衣裳　哎哎喲

一到那半夜入夢香　打呼的聲音像歌唱
這一邊低來那一邊響
嘻哩呼魯　嘻哩呼魯　唱天亮

哎哎喲　哎哎喲　嘻哩呼魯　嘻哩呼魯
唱天亮
一個房間一扇窗　一家八口一張床　男女
老少睡一床
讓人家看來總算是三代同堂
哎哎喲　哎哎喲　讓人家看來總算是三代
同堂

《葡萄仙子》電影歌曲，影片於一九五六年十月二十五日首映。

採西瓜的姑娘（又名〈採西瓜〉）

詞：狄薏（即陳蝶衣）
曲：姚敏
唱：姚莉（百代唱片男女歌星逸敏、靜婷、鄧白英、楊光、李義之和聲伴唱）

（獨）熱烘烘的太陽照呀照瓜田唷
（眾合）照呀照瓜田唷
（男合）嗨唷吪嗨唷
（獨）種瓜的人兒開呀開笑臉唷
（女合）開呀開笑臉唷
（男合）嗨唷吪嗨唷
（獨）田裏的西瓜圓又大呀　今年的收成
是豐年唷　嗨唷
（男合）嗨唷吪嗨唷
（眾合）種瓜的人兒　起早又熬夜唷　只盼
望瓜瓞綿綿滿瓜田唷
（男合）嗨唷吪嗨唷
（眾合）日曬呀雨淋　不是白辛苦唷　只要
那吃瓜的人兒嘴裏甜唷

（男合）嗨唷吪嗨唷
（獨）一籮籮的西瓜搬呀搬上車唷
（眾合）搬呀搬上車唷
（男合）嗨唷吪嗨唷
（獨）送到那市場好呀好賣錢唷
（女合）好呀好賣錢唷
（男合）嗨唷吪嗨唷
（獨）並不是賣瓜説瓜甜呀　今年的西瓜勝往年唷　嗨唷
（眾合）今年的西瓜勝往年　今年的西瓜勝往年

《採西瓜的姑娘》電影歌曲，影片於一九五六年十二月二十五日首映。

我要告訴你

詞：狄薏（即陳蝶衣）
曲：姚敏
唱：姚莉

我要告訴你　婚姻不是兒戲
門要當　戶要對呀　掃帚只能配畚箕
我要告訴你　戀愛不是演戲
鑼對鼓　鼓對鑼呀　蟑螂只能陪灶雞
不管你愛他呀　不管她愛你　必須要兩下同意
她是青山高呀　你是綠水低　怎能夠合在一起
我要告訴你　勸你不要著迷
門不當　戶不對呀　怎能配成好夫妻

快把門兒開

《百花公主》電影歌曲，影片於一九五九年二月八日首映。

詞：狄薏（即陳蝶衣）
曲：姚敏
唱：葉楓、江宏

（男）砰砰碰碰　砰砰碰碰
唏　有人敲門
（男白）誰呀
（女白）是我
（男）你是誰
（女白）快開快開
（男）我正在澡盆裏呀　怎麼能夠把門開
門一開你要嚇壞　門一開你要嚇壞
嘻嘻哈哈嘻嘻哈哈　等一會兒你再來
（女白）快點兒開門呀
（男白）偏不開
（女）趕快把門兒開呀　請你乖乖出門來
門不開我就要催　門不開我就要推
快開快開快開快開　你真是個搗蛋鬼
（男）啊……啊　啊……啊
（女）只為我有約會呀　要出外呀　怎麼能再等一會
要是我等一會呀再出外呀　只怕人家不等待
（男）你實在太不該呀　罵我是個搗蛋鬼
你要催我偏不開　你要推我偏不睬
不開不開不開不開　誰叫你不早些來
不能把我怪呀　不該把我催呀

你纔是個搗蛋鬼

《歌迷小姐》電影歌曲，影片首映於一九五九年十月八日。

碧水紅蓮

詞：狄薏（即陳蝶衣）
曲：姚敏
唱：韋秀嫻

碧水漲　紅蓮開　紅蓮開滿在水周圍
碧水紅蓮多麼美　採蓮的人兒下了水
紅蓮開　多麼美　出水紅蓮你別採
蓮花不能沒有水　人們也不能沒有愛
人魚在水中游　蓮花在水裏栽
傍著蓮花游一回　陪著那魚戲水
魚兒是一雙雙　人兒是一對對
魚兒彷彿知道愛　游向那蓮花來
碧水漲　紅蓮開　蓮花紅的像美人腮
人與蓮花一樣美　不知你願意挑選誰
不知你願意挑選誰

《碧水紅蓮》電影歌曲，影片於一九六〇年七月二十一日首映。

南屏晚鐘

詞：方達（即陳蝶衣）
曲：王福齡

唱：崔萍

我匆匆地走入森林中　森林它一叢叢
我找不到他的行蹤　只看到那樹搖風
我匆匆地走入森林中　森林它一叢叢
我看不到他的行蹤　只聽到那南屏鐘

南屏晚鐘　隨風飄送
它好像是敲呀敲在我心坎中
南屏晚鐘　隨風飄送
它好像是催呀催醒我相思夢

它催醒了我的相思夢　相思有什麼用
我走出了叢叢森林　又看到了夕陽紅

南屏晚鐘　隨風飄送
它好像是敲呀敲在我心坎中
南屏晚鐘　隨風飄送
它好像是催呀催醒我相思夢

它催醒了我的相思夢　相思有什麼用
我走出了叢叢森林　又看到了夕陽紅

天使唱片，唱片於一九六〇年面世。

我是一隻畫眉鳥

詞：狄薏（即陳蝶衣）
曲：姚敏
唱：潘秀瓊

我是一隻畫眉鳥呀畫眉鳥　彷彿是身上沒

有長羽毛
沒有那羽毛的畫眉鳥　想要飛也飛不了
沒有那羽毛的畫眉鳥　想要飛也飛不了

我是一隻畫眉鳥呀畫眉鳥　彷彿是身上缺
少兩隻腳
缺少那兩腳的畫眉鳥　想要跑也跑不掉
缺少那兩腳的畫眉鳥　想要跑也跑不掉

不是我身上沒有長羽毛　不是我身上缺少
兩隻腳
只因為我是關在鳥籠裏　除非是打開鳥籠
才能跑

我是一隻畫眉鳥呀畫眉鳥　關在那鳥籠多
呀多苦惱
眼看着天空呀飛不了　只好一聲一聲叫
眼看着天空呀飛不了　只好一聲一聲叫
一聲一聲叫

《那個不多情（續集）》電影歌曲，影片於一九六二年六月三十日首映。

歡樂今宵

詞：葉綠（即陳蝶衣）
曲：葛士培
唱：姚莉、靜婷、蓓蕾

喂喂嘿　你說甚麼我不知道
嘿嘿嘿　不要提起明朝
你給甚麼喂喂　你給甚麼我都不要
嘿嘿嘿　只要歡樂今宵

我們要　忘卻煩惱
我們要　盡情歡笑

來來來　你我在一起快樂逍遙
你不要　囉嗦又嘮叨
你不要　哭哭又笑笑
有甚麼話　留着到明朝

喂喂嘿　你說甚麼我不知道
嘿嘿嘿　不要提起明朝

我們要　忘卻煩惱
我們要　盡情歡笑
來來來　你我在一起快樂逍遙
你不要　囉嗦又嘮叨
你不要　哭哭又笑笑
有甚麼話　留着到明朝
喂喂嘿　你說甚麼我不知道
嘿嘿嘿　不要提起明朝

《歡樂青春》電影歌曲，影片於一九六六年十二月二十二日首映。

姚　敏（秦冠）

航行向家鄉

詞：秦冠（即姚敏）
曲：舒音
唱：姚莉、張露、逸敏、陳娟娟、龔秋霞、
鄧白英合唱

撒下手中的漁網　在那明鏡的湖上
只有靜靜地幻想著遠方　等待著朝霞吐
光芒
夢見我們的家鄉　聽見孩子的足響
只有在兩地遠遠地相望　幾時能重逢在
一堂
風雨雷電的交響　激起無限的驚慌
太陽忽然又輝煌　心裏才感到舒暢
因為船兒的方向　自然會回到家鄉
但願看著我孩子們團圓　融融地重逢在
一堂
因為船兒的方向　自然會回到家鄉
但願看著我孩子們團圓　融融地重逢在
一堂
把那船兒的方向　向著家鄉呀家鄉
向著家鄉　向著家鄉　向著家鄉～家鄉

百代唱片，唱片於一九五五年面世。

司徒明

採花歌

詞：司徒明
曲：姚敏
唱：姚莉

春季裏百花齊開放　花朵兒陣陣吐芬芳
粉蝶愛花香　蜜蜂為花忙　樹上的鳥兒也為花歌唱
春季裏百花齊開放　花朵兒陣陣吐芬芳
玫瑰最嬌媚　茉莉也漂亮　美麗的花朵人人愛欣賞
貧窮的女兒沒有新裝　花朵兒顏色俏無雙
採一朵玫瑰插在襟上　把玫瑰當作我的新裝
春季裏百花齊開放　花朵兒陣陣吐芬芳
玫瑰最嬌媚　茉莉也漂亮　美麗的花朵人人愛欣賞

《桃花江》電影歌曲，影片於一九五六年二月二十一日首映。

擦鞋歌

詞：司徒明
曲：姚敏
唱：姚莉

路上行人走匆忙　我們等候在道旁
等候過往君子來照顧　皮鞋踏上擦鞋箱

皮鞋踏上擦鞋箱　擦鞋童子喜洋洋
感謝過往君子來照顧　擦鞋工作就開場
不管是老　也不管是少　工作都一樣
不管鞋破　也不管鞋髒　擦得一樣亮
不停劈啪劈啪響　不停劈啪劈啪響
只要兩毛錢呀擦一雙　皮鞋霎時換容光
路上行人走匆忙　我們等候在道旁
等候過往君子來照顧　皮鞋踏上擦鞋箱
皮鞋踏上擦鞋箱　擦鞋童子喜洋洋
感謝過往君子來照顧　擦鞋工作就開場
不管是老　也不管是少　工作都一樣
不管鞋破　也不管鞋髒　擦得一樣亮
不停劈啪劈啪響　不停劈啪劈啪響
只要兩毛錢呀擦一雙　皮鞋霎時換容光

《桃花江》電影歌曲，影片於一九五六年二月二十一日首映。

陌上花開

詞：司徒明
曲：姚敏
唱：林黛

桃花紅呀李花白　陌上開滿花
看花的少年　不要裝弄又作樣
你採花呀襟上插　為甚麼見我怕
歇一歇呀談一談呀　這裏是我的家

我們的家呀我們的家　年年開滿花
看花的少年　不敢看我只看花
想一想呀想一想　你別怕人家罵
歇一歇呀談一談呀　誰跟你打哈哈

打哈哈呀打哈哈　你別說壞話
看花的少年　不要心裏亂如麻
我看你呀你看花　為甚麼兩分叉
歇一歇呀談一談呀　說幾句良心話

打哈哈呀打哈哈　你別說壞話
看花的少年　不要心裏亂如麻
我看你呀你看花　為甚麼兩分叉
歇一歇呀談一談呀　說幾句良心話

《杏花溪之戀》電影歌曲，影片於一九五六年七月十二日首映。

春風游龍

詞：司徒明
曲：姚敏
唱：林翠

嗨　Mambo　Mambo　我瘋瘋狂狂來去像
條游龍
嗨　Mambo　Mambo　我搖搖擺擺輕盈像
陣春風
嗨　Mambo　Mambo　我要學男兒姿態多
麼威風
嗨　Mambo　Mambo　妳快快也來跳跳
Mambo 擺動
妳來擺　我倆左左右右左左右右擺動
妳來搖　我倆進進退退進進退退樂無窮

嗨　Mambo　Mambo　我瘋瘋狂狂來去像
條游龍
嗨　Mambo　Mambo　我搖搖擺擺輕盈像
陣春風

我瘋瘋狂狂來去像條游龍
我搖搖擺擺輕盈像陣春風

要學男兒姿態多麼威風
妳快快也來跳跳 Mambo 擺動
妳來擺　我倆左左右右左左右右擺動
妳來搖　我倆進進退退進進退退樂無窮

嗨　Mambo　Mambo　我瘋瘋狂狂來去像
條游龍
嗨　Mambo　Mambo　我搖搖擺擺輕盈像
陣春風

我和妳像一陣春風　我和妳像一雙游龍

《化身姑娘》電影歌曲，影片於一九五六年九月二十八日首映。

總算你有福氣

詞：司徒明
曲：姚敏
唱：姚莉

我眼前若有你　我那敢解羅衣
窈窕的身材　歌聲又甜美　豈不要誘惑你
我眼前沒有你　我才敢解羅衣
假如你偷看　我也不遺憾　總算你有福氣

這良夜溫馨甜蜜　風送花香太旖旎
別讓那時光輕輕溜過太可惜　那明月團圓
星光閃耀為情侶
我心上人兒在哪裏

我眼前沒有你　我才敢解羅衣
假如你偷看　我也不遺憾　總算你有福氣

這良夜溫馨甜蜜　風送花香太旖旎
別讓那時光輕輕溜過太可惜　那明月團圓
星光閃耀為情侶
我心上人兒在哪裏

我眼前沒有你　我才敢解羅衣
假如你偷看　我也不遺憾　總算你有福氣
總算你有福氣

《特別快車》電影歌曲，影片於一九五七年三月一日首映。

李雋青

雪裏紅

詞：李雋青
曲：姚敏
唱：李麗華（電影）

雪裏紅呀心太酸　打着花鼓想當年
隨身只有破包袱　孤伶伶躺在雪中間
咚格隆咚飄一飄　咚格隆咚飄一飄
得隆咚飄呀一得隆咚飄呀一飄

雪裏紅呀運不通　賣歌賣唱走西東
三餐白飯都難飽　皮鞭兒抽得滿身紅
咚格隆咚飄一飄　咚格隆咚飄一飄
得隆咚飄呀一得隆咚飄呀一飄

雪裏紅呀最傷神　好容易遇到有情人
一心只説能長久　天誰知半路（　）難分
咚格隆咚飄一飄　咚格隆咚飄一飄
得隆咚飄呀一得隆咚飄呀一飄

雪裏紅呀命太差　到頭來跟了死冤家
如今又見情人面　不由我心裏亂如麻
咚格隆咚飄一飄　咚格隆咚飄一飄
得隆咚飄呀一得隆咚飄呀一飄

雪裏紅呀夠悽涼　小紅又拜我做乾娘
要是她走上了娘的路　一輩子不見太陽光
咚格隆咚飄一飄　咚格隆咚飄一飄
得隆咚飄呀一得隆咚飄呀一飄

雪裏紅呀淚不乾　眼看她跟我命一般
千方百計逼她走　誰想她一命赴黃泉
咚格隆咚飄一飄　咚格隆咚飄一飄
得隆咚飄呀一得隆咚飄呀一飄

《雪裏紅》電影歌曲，影片於一九五六年三月十五日首映。

雪裏紅

詞：李雋青
曲：姚敏
唱：李麗華（唱片）

（女）雪裏紅呀運不通　賣歌賣唱走西東
三餐白飯都難飽　皮鞭兒抽得滿身紅
咚格隆咚飄一飄
（合）咚格隆咚飄一飄
得隆咚飄呀一得隆咚飄呀一飄
（女）雪裏紅呀命太差　到頭來嫁給死冤家
如今又見情人面　不由我心裏亂如麻
咚格隆咚飄一飄
（合）咚格隆咚飄一飄
得隆咚飄呀一得隆咚飄呀一飄
（合）大戶人家賣田地　小戶人家賣兒郎
奴家沒有兒郎賣　身背著花鼓走四方
（女）雪裏紅呀夠悽涼　小紅又拜我做乾娘
要是她走上了娘的路　一輩子不見太陽光
咚格隆咚飄一飄
（合）咚格隆咚飄一飄
得隆咚飄呀一得隆咚飄呀一飄

狗標唱片，唱片發行年份不詳（大概跟電影上映年份相約）。

田家樂

詞：李雋青
曲：姚敏
唱：楊光主唱

（男）大家來唱喲
（女眾）大家來唱喲大家來唱喲
（男）大家來做喲
（女眾）大家來做喲大家來做喲
（男）唱得多也做得多喲
（女眾）唱得多也做得多喲
（男）一天不做田喲　一天不快活喲
一天不唱歌喲　一天不好過喲

（眾）一邊唱一邊做　唱到它太陽滾下坡
打半斤呀高粱酒　煮一碗大田螺
一邊喝一邊説　喝到它太陽滾下坡
洗乾淨兩條腿　鑽進了暖被窩

（男）明天再唱喲
（女眾）明天再唱喲明天再唱喲
（男）明天再做喲
（女眾）明天再做喲明天再做喲
（男）唱得多也做得多喲
（女眾）唱得多也做得多喲
（男）一天不做田喲　一天不快活喲
（眾）一天不唱歌喲　一天不好過喲　一
天不好過

《薔薇處處開》電影歌曲，影片於一九五六年十二月六日首映。

回了心

詞：李雋青
曲：姚敏
唱：靜婷、楊光

（女）姐有意來郎無情　錯把真心換假心
世間誰說山歌好　唱起那個山歌淚零
零唷
（女）姐薄命來郎變心　有了新人忘舊人
世間誰說山歌好　唱破了那喉嚨郎不
聽唷
（男）你不要淚零零　你不要太傷心
大家還是在一起　我不能丟下唱歌人
唷嗨唷
（女）居然他有回音　居然他回了心
大家還是在一起　我不能沒有唱歌人
唷嗨唷
（合）郎一句來　姐一聲
句句聲聲情意真　世間還是山歌好
一輩子的山歌唱不停唷　唱不停唷

《薔薇處處開》電影歌曲，影片於一九五六年十二月六日首映。

相思苦

詞：李雋青
曲：綦湘棠
唱：王若詩

一更裏啊哈月亮照香閨　姐在那房中皺啊
皺雙眉
只聽見説過相思苦啊　輪到我相思啊
還是頭一回呀　還是頭一回

二更裏啊哈月亮照紗窗　推開那紗窗不呀
不見郎
那天你站在樓窗下啊　害得我心裏啊
又喜又驚慌哪　又喜又驚慌

三更裏啊哈月亮照高樓　想起那情郎淚啊
淚雙流
兩年多見面難開口啊　第一次開口啊
句句教人愁呀　句句教人愁

四更裏啊哈月亮照花台　知道那情郎娶啊
娶裙釵
既然你跟我同生死啊　為甚麼一走啊
你就不回來呀　你就不回來

五更裏啊哈月亮照欄杆　靠着那欄杆淚啊
淚不乾
如今我嚐到了相思味啊　才知道相思啊
苦裏還帶酸呀　苦裏還帶酸

《金蓮花》電影歌曲，影片於一九五七年二月十四日首映。

叉燒包

詞：李雋青
曲：江風（即李厚襄）（原曲：Bob Merrill的“Mambo Italiano”）
唱：張仲文

叉燒包　誰愛吃剛出籠的叉燒包　誰愛吃

剛出籠的叉燒包　還有那蓮蓉包呀　豬油
包呀　魚翅包呀　豆沙包呀　應有盡有

廣東包　假使說你不愛吃廣東包　還有那
各式各樣上海包　讓我來告訴你有生煎饅
頭　大肉包呀　小籠饅頭　菜肉包呀

好朋友　你到底愛吃那一樣　你到底愛吃
那一樣　那一樣
廣東包呀　上海包呀　廣東包呀　上海
包呀

廣東包　有的人他們愛吃廣東包　有的人
他們愛吃上海包
朋友呀　到底愛吃廣東包呀　上海包呀
廣東包呀　上海包呀　我最愛吃是叉燒包

廣東包　假使說你不愛吃廣東包　還有那
各式各樣上海包　讓我來告訴你有生煎饅
頭　大肉包呀　小籠饅頭　菜肉包呀

好朋友　你到底愛吃那一樣　你到底愛吃
那一樣　那一樣
廣東包呀　上海包呀　廣東包呀　上海
包呀

廣東包　有的人他們愛吃廣東包　有的人
他們愛吃上海包
朋友呀　到底愛吃廣東包呀　上海包呀
廣東包呀　上海包呀　我最愛吃是叉燒包

《三姊妹》電影歌曲，影片於一九五七年四月十八日首映。

賣橄欖

詞：李雋青
曲：綦湘棠
唱：方靜音

（獨）橄欖香　橄欖大　一個毫子買一孖
六個毫子買一打　人人吃過笑哈哈
（眾唱）哈哈笑　笑哈哈　一個毫子買一孖
（白欖）小朋友吃了它　放心去玩耍
小考不用愁　大考不必怕
考不到第一
（眾唱）你就來問它
（白欖）老闆們吃了它　生意準發達
鈔票堆成山　分店幾十家
發不了大財
（眾唱）你就來問它

（獨）橄欖香　橄欖大　我們的橄欖有
秘方
不信你來試一下　人人吃過笑哈哈
（眾唱）哈哈笑　笑哈哈　吃了包你起變化
（白欖）啞巴能唱歌　禿子要理髮
瞎子看電影　聾子聽電話
瘸子要是吃了他呀　一萬米賽跑
冠軍
（眾唱）準是他
（獨）橄欖香　橄欖大　一個毫子買一孖
六個毫子買一打　人人吃過笑哈哈
（眾唱）哈哈笑　笑哈哈　一個毫子買一孖
（獨）橄欖香　橄欖大　我們的橄欖有
秘方
不信你來試一下　人人吃過笑哈哈

（眾唱）哈哈笑　笑哈哈　吃了包你起變化
哈哈笑　笑哈哈　一個毫子買一孖

《馬路小天使》電影歌曲，影片於一九五七年四月三十日首映。

打石子

詞：李雋青
曲：綦湘棠
唱：方靜音

（合）叮叮噹　叮叮噹　打著石子大家忙
拿了工錢換米糧　免得肚子鬧饑荒
叮噹叮噹叮叮噹　叮噹叮噹叮叮噹

（女）叮叮噹　叮叮噹　打呀石子大家忙
拿了工錢添衣裳　免得冷天光脊樑
（合）叮噹叮噹叮叮噹　叮噹叮噹叮叮噹
（女）叮叮噹　叮叮噹　打著石子大家忙
拿了工錢好租床　免得晚上睡路旁
（合）叮噹叮噹叮叮噹　叮噹叮噹叮叮噹
（女）趁著大太陽　（合）多打石子少荒唐
叮噹叮噹叮叮噹
（女）趁著大太陽　（合）多打石子少吃糖
叮噹叮噹叮叮噹
（女）叮叮噹　叮叮噹　打呀石子大家忙
天晴拚命打一場　免得下雨起恐慌
（合）叮噹叮噹叮叮噹　免得下雨起恐慌
（女）叮叮噹　叮叮噹　打呀石子大家忙
拿了工錢好租床　免得晚上睡路旁

（合）叮噹叮噹叮叮噹　叮噹叮噹叮叮噹
（合）叮叮噹　叮叮噹　打呀石子大家忙
天晴拚命打一場　免得下雨起恐慌
叮噹叮噹叮叮噹　免得下雨起恐慌

《馬路小天使》電影歌曲，影片於一九五七年四月三十日首映。

蜜蜂箱

詞：李雋青
曲：姚敏
唱：姚莉（電影）／林翠（唱片）

香港都說是天堂　天堂人滿鬧屋荒
房租鼎沸望風漲　包租婆得意喜洋洋
頭房租給差利黃　尾房是舞女梁姑娘
大廳改作前後房　分租兩對野鴛鴦
又把騎樓一分兩　欄杆裝上玻璃窗
左邊是三姑做工廠　右邊的肥佬管貨倉
還有那賣稿的四眼王　住在閣樓寫文章
後來的幾家住冷巷　分層住滿了碌架床
包租婆自己沒處放　夜哭早倦睡廚房
一層樓擠得不成樣　嗡嗡的好像蜜蜂箱

《夜來香》電影歌曲，影片於一九五七年六月十九日首映。

你跟我來
（又名"Cha Cha Cha"）

詞：李雋青
曲：綦湘棠
唱：葉楓（電影）／靜婷（唱片）

答答答的（Cha Cha Cha） 的的的答（Cha Cha Cha）
答答答的（Cha Cha Cha） 答的答的
你不要怕 膽要放大（Cha Cha Cha）
一心一意（Cha Cha Cha） 來跳恰恰（Cha Cha Cha）
聽呀音樂多麼妙（Cha Cha Cha Cha Cha Cha）
不會享受太可笑（Cha Cha Cha Cha Cha Cha）
除非沒個好朋友（Cha Cha Cha） 不然怎能不跳一跳

左一搖（Cha Cha Cha） 右一擺（Cha Cha Cha）
一步一步（Cha Cha Cha） 你跟我來（Cha Cha Cha）
左一歪（Cha Cha Cha） 右一拐（Cha Cha Cha）
一前一後（Cha Cha Cha） 別太離開（Cha Cha Cha）
聽呀音樂多麼妙（Cha Cha Cha Cha Cha Cha）
不會享受太可笑（Cha Cha Cha Cha Cha Cha）
除非沒個好朋友（Cha Cha Cha） 不然怎能不跳一跳

左一搖（Cha Cha Cha） 右一擺（Cha Cha Cha）
一步一步（Cha Cha Cha） 你跟我來（Cha

Cha Cha）

左一歪（Cha Cha Cha）　右一拐（Cha Cha Cha）

一前一後（Cha Cha Cha）　別太離開（Cha Cha Cha）

聽呀音樂多麼妙（Cha Cha Cha　Cha Cha Cha）

不會享受太可笑（Cha Cha Cha　Cha Cha Cha）

除非沒個好朋友（Cha Cha Cha）　不然怎能不跳一跳

《四千金》電影歌曲，影片於一九五七年十一月十四日首映。

梅花

詞：李雋青

曲：梁樂音

唱：李香蘭

梅花品格高　比不得桃花嬌艷　整天迎着那春風兒笑

梅花品格高　比不得楊花水性　一生隨著那春風兒飄

梅花的心事無人知沒人曉　經過了風雪冰霜

你才明瞭可憐的梅花　她等待你的同情

讓她消一消心頭煩惱

梅花的心事無人知沒人曉　經過了風雪冰霜

你才明瞭可憐的梅花　她等待你的同情

讓她消一消心頭煩惱

《神秘美人》電影歌曲，影片於一九五七年十二月二十二日首映。

十七八的姑娘

詞：李雋青
曲：白郎（即葉純之）
唱：嚴俊

十五六的月亮像西瓜　十七八的姑娘像
桃花
桃花見了人人愛呀　姑娘見了人人誇
想死了多少癩蛤蟆　嗯嗨呀呼嗨　這樣的
姑娘
落在哪一家哪～咿呀嗨
十五六的月亮像面缸　十七八的姑娘像
蜜糖
蜜糖糊住你的嘴呀　姑娘粘住你的腸
粘住了多少少年郎　嗯嗨呀呼嗨　這樣的
姑娘
騙得你要發狂哪～咿呀嗨
十五六的月亮像車輪　十七八的姑娘像
春風
春風吹得你心亂呀　姑娘搞得你頭昏
搞昏了多少少年人　嗯嗨呀呼嗨　這樣的
姑娘
帶走你的魂兒哪～咿呀嗨
十五六的月亮像彩球　十七八的姑娘像
青蛇
青蛇纏住你身上呀　姑娘纏住你心頭

她叫你一輩子不能溜　嗯嗨呼呼嗨　這樣的姑娘
哪一個不發愁哪～咿呀嗨

《紅娃》電影歌曲，影片於一九五八年三月二十日首映。

三年

詞：李雋青
曲：姚敏
唱：李香蘭

想得我腸兒寸斷　望得我眼兒欲穿
好容易望到了你回來　算算已三年
想不到才相見　別離又在明天
這一回你去了幾時來　難道又三年
左三年　右三年　這一生見面有幾天
橫三年　豎三年　還不如不見面
明明不能留戀　偏要苦苦纏綿
為甚麼放不下這條心　情願受熬煎

《一夜風流》電影歌曲，影片於一九五八年八月十五日首映。

家家有本難念的經

詞：李雋青
曲：姚敏
唱：潘秀瓊

人人想過好光陰　家家有本難念的經
有幾對好夫妻呀　有幾個好家庭
人人想過好光陰　家家有本難念的經
有的是沒金錢呀　有的是沒感情

無錢有感情　窮有窮開心
有錢沒感情　富有富傷心
難得有錢又有情　有的是飽暖又思淫
把好好的家庭　攪得不太平

你若想過好光陰　做人不能不正經
別靠著有金錢呀　就傷了好感情

《桃花運》電影歌曲，影片於一九五九年四月九日首映。

偷偷摸摸

詞：李雋青
曲：姚敏
唱：張萊萊、劉韻

（姐）你為甚麼偷偷又摸摸呀　偷偷摸摸跟人去拍拖
你瞞着我呀　你躲着我呀　偏偏你又遇到我
難道你還不認錯

（妹）甚麼叫做偷偷又摸摸呀　偷偷摸摸難道就算錯
你自己想呀　你自己說呀　你要不是去拍拖
怎麼你會遇到我

（姐）你拍拖呀　不許我拍拖　你還要罵我錯

（妹）我沒錯呀　你也沒有錯　拍拖呀算
甚麼
（合）香港地方那個不拍拖呀　那個不是偷
偷又摸摸
我也不說你　你也不說我　姐妹兩個
都不錯
明天一塊去拍拖
（姐）你拍拖呀　不許我拍拖　你還要罵
我錯
（妹）我沒錯呀　你也沒有錯　拍拖呀算
甚麼
（合）香港地方那個不拍拖呀　那個不是偷
偷又摸摸
我也不說你　你也不說我　姐妹兩個
都不錯
明天一塊去拍拖

《歌迷小姐》電影歌曲，影片於一九五九年十月八日首映。

媽媽好（又名〈世上只有媽媽好〉）

詞：李雋青
曲：劉宏遠
唱：蕭芳芳

世上只有媽媽好　有媽的孩子像個寶
投進媽媽的懷抱　幸福享不了
沒有媽媽最苦惱　沒媽的孩子像根草
離開媽媽的懷抱　幸福哪裏找
世上只有媽媽好　有媽的孩子不知道
要是他知道　夢裏也會笑
世上只有媽媽好　有媽的孩子不知道
要是他知道　夢裏也會笑

《苦兒流浪記》電影歌曲，影片於一九六〇年二月十八日首映。

說不出的快活

詞：李雋青
曲：姚敏、服部良一
唱：葛蘭

Ja Ja Jam Bo

你看我　我看你
你看我幾時我有這麼高興過
你看我　我看你
你看我幾時我有這麼得意過

你可不必問我　這麼高興
這麼得意　這麼快活　到底為甚麼
就是你來問我　我也不想
我也不能　我也不會　老實對你說

Ja Ja Jam Bo　Ja Ja Jam Bo
Ja Ja Jam Bo　Ja Ja Jam Bo
Ja Jam Bo

一定要我說　也不過模模糊糊
迷迷惑惑　Ja Jam Bo
還是別管我　也可以免得討厭
免得囉唆　Ja Jam Bo

Ja Ja Jam Bo　Ja Ja Jam Bo
Ja Ja Jam Bo　Ja Ja Jam Bo

Ja Jam Bo
還是別管我　也可以免得討厭
免得囉唆　Ja Jam Bo

Ja Ja Jam Bo　Ja Ja Jam Bo
Ja Ja Jam Bo　Ja Ja Jam Bo
Ja Jam Bo

Ja Ja Jam Bo　Ja Ja Jam Bo
Ja Ja Jam Bo　Ja Ja Jam Bo
Ja Jam Bo

還是別管我　也可以免得討厭
免得囉唆　Ja Jam Bo

Ja Ja Jam Bo　Ja Ja Jam Bo
Ja Ja Jam Bo　Ja Ja Jam Bo
Ja Jam Bo

Ja Jam Bo

《野玫瑰之戀》電影歌曲，影片於一九六〇年十月四日首映。

卡門

詞：李雋青
曲：姚敏、服部良一（原曲：Georges Bizet的"Carmen"）
唱：葛蘭

愛情　不過是一種普通的玩意兒　一點也
不稀奇
男人　不過是一件消遣的東西　有甚麼了

不起
愛情　不過是一種普通的玩意兒　一點也
不稀奇
男人　不過是一件消遣的東西　有甚麼了
不起

La-mor, La-mor,
La-mor, La-mor.

甚麼叫情　甚麼叫意
還不是大家自己騙自己
甚麼叫癡　甚麼叫迷
簡直是男的女的在做戲

是男人我都喜歡　不管窮富和高低
是男人我都拋棄　不怕你再有魔力

愛情　不過是一種普通的玩意兒　一點也
不稀奇
男人　不過是一件消遣的東西　有甚麼了
不起

愛情　不過是一種普通的玩意兒　一點也
不稀奇
男人　不過是一件消遣的東西　有甚麼了
不起

甚麼叫情　甚麼叫意
還不是大家自己騙自己
甚麼叫癡　甚麼叫迷
簡直是男的女的在做戲

你要是愛上了我　你就自己找晦氣
我要是愛上了你　你就死在我手裏

甚麼叫情　甚麼叫意
還不是大家自己騙自己

甚麼叫癡　甚麼叫迷
簡直是男的女的在做戲
你要是愛上了我　你就自己找晦氣
我要是愛上了你　你就死在我手裏

《野玫瑰之戀》電影歌曲，影片於一九六〇年十月四日首映。

李翰祥（祥子）

光棍苦

詞：祥子（即李翰祥）
曲：白郎（即葉純之）
唱：林黛、嚴俊

（女）光棍苦　光棍光　誰給光棍燒熱炕
　　誰給光棍補衣裳呀　補衣裳
（男）光棍好　光棍強　光棍自己燒熱炕
　　光棍自己補衣裳呀　補衣裳
（女）光棍苦　光棍光　光棍沒人燒茶飯
　　光棍沒人養兒郎　活著沒人來陪伴
　　死了沒人上墳　哭一場呀
（男）光棍好　光棍強　光棍自己燒茶飯
　　光棍不愁沒兒郎　今生若有養兒命
　　麒麟送子必成雙

（女）牛子苦　偏嘴強　沒有肥田大瓦房
　　沒有騾馬沒有羊　一輩子光棍打到底
　　一輩子沒有　美嬌娘啊美嬌娘
（男）金鳳苦　剋死娘　八字生來就不好
　　模樣不比人家強　今生休想坐花轎
　　今生休想配夫郎啊　配夫郎

《金鳳》電影歌曲，影片於一九五六年三月二十九日首映。

陶知

醉舞曲

詞：陶知
曲：余步遠
唱：張露

誰都不許睡　誰都不許醉
今天要喝他一千杯　今天要喝他一千杯
鼓要用力打　笛要拼命吹
今天要舞他一千回　今天要舞他一千回

喝他一千杯　舞他一千回
燈光讓他去黑　時光隨他去飛
喝他一千杯　舞他一千回
天要喝得他翻　地要舞得他毀

誰都不許睡　誰都不許醉
今天要喝他一千杯　今天要喝他一千杯
這樣才能盡歡　這樣才能夠味
來來再喝他一杯　來來再舞他一回

《日出》電影歌曲，影片於一九五六年九月十二日首映。

王植波

琵琶怨

詞：王植波
曲：姚敏
唱：李麗華

手撫北地弦　來在南鄉彈
自古紅顏多薄命　全憑弦聲寄心酸
孟姜女呀淚九泉　哭崩長城夫骨眠
趙五娘呀琵琶邊　歌聲淒切恨綿綿
秦香蓮呀實可憐　郎心似鐵難團圓
焦桂英呀為情牽　萬里奔波受熬煎
奴家不是古孟姜　離愁卻比長城長
奴家不是趙五娘　懷抱琵琶走他鄉
奴家雖非秦香蓮　衾冷幃空年復年
奴家雖非焦氏女　尋夫心腸比他堅
我夫新婚離鄉田　麗貞在閨中望穿眼
攜女漂泊來尋找　苦心勞形又一天
苦心勞形又一天　又一天

《風雨牛車水》電影歌曲，影片於一九五六年九月十八日首映。

易　文

我愛恰恰

詞：易文
曲：姚敏
唱：葛蘭

我們歡歡喜喜一起上學校　我們高高興興一起做體操
鼓聲砰砰蓬蓬響　就搖搖擺擺跳　有誰不會我就來教
怪模樣不要笑不要笑　伊呀恰恰　恰恰恰
大家跳別害臊別害臊　伊呀恰恰　恰恰恰
你跳倫巴　不時髦　你學森巴　沒情調
只要你試一遭　就知道恰恰妙　跳恰恰多輕巧
你有清清楚楚伶俐的頭腦　你有結結實實靈活的身腰
請把拍子聽得準　把步子記得牢　你別害怕誰都能跳
快狐步太單調太單調　伊呀恰恰　恰恰恰
圓步舞太古老太古老　伊呀恰恰　恰恰恰
你學倫巴不時髦　你學森巴　沒情調
還不如曼波好　還不如恰恰妙　跳恰恰多輕巧
恰恰恰　恰恰恰　恰恰恰　伊呀恰恰　恰恰恰
恰恰恰　恰恰恰　恰恰恰　伊呀恰恰　恰恰恰

不怕你身體搖　只怕你不肯跳　跳恰恰
多輕巧

《曼波女郎》電影歌曲，影片於一九五七年三月六日首映。

老古董

詞：易文
曲：白郎（即葉純之）
唱：方靜音

你家有一個老古董　雞皮鶴髮　老態龍鍾
　走起路來　冬冬冬　冬冬冬　嘿
脾氣大　說話兇　糊塗又冬烘　糊塗又
冬烘

你家有一個老古董　甚麼事兒　一竅不通
教訓女兒不放鬆　不放鬆　嘿
管到西　管到東　關你在籠中　關你在
籠中

她要你乖乖做個傻丫頭　不許你交際廣闊
顯威風　為甚麼你甘心要聽從　為甚麼你
對她要敬重　為甚麼你這樣不中用　嘿

你家有一個老古董　抓住鑰匙　不肯寬容
夜夜要把大門封　大門封　嘿
不能玩　不能動　你真可憐蟲　你真可
憐蟲

她要你乖乖做個傻丫頭　不許你交際廣闊
顯威風　為甚麼你甘心要聽從　為甚麼你
對她要敬重　為甚麼你這樣不中用　嘿

你家有一個老古董　抓住鑰匙　不肯寬容

夜夜要把大門封　大門封　嘿
不能玩　不能動　你真可憐蟲　你真可
憐蟲

《滿庭芳》電影歌曲，影片於
一九五七年四月十一日首映。

我要飛上青天

詞：易文
曲：姚敏
唱：葛蘭

我要飛上青天　上青天
我要飛上青天　上青天
我上七重天　來往浮在白雲間
白雲片片如棉　自由自在飄飄欲仙

我要飛上青天　上青天
我要飛上青天　上青天
俯望人世間　千年萬年一霎眼
萬里紅塵如煙　高山大海斑斑點點

太陽是我小檯燈　月亮是我化妝鏡
彩虹拿來做項鍊　摘下一顆星星掛在胸前

我要飛上青天　上青天
我要飛上青天　上青天
俯望人世間　千年萬年一霎眼
萬里紅塵如煙　高山大海斑斑點點

我要飛上青天　上青天
我要飛上青天　上青天
我上七重天　逍遙自在像神仙
不是夢話連篇是信念
我要飛上青天　飛上青天

賣餛飩

詞：易文
曲：姚敏
唱：劉韻（電影）

《空中小姐》電影歌曲，影片於一九五九年六月四日首映。

賣餛飩呀　賣呀賣餛飩　賣餛飩
要是你吃了我的熱餛飩
肚子吃飽渾身熱啊熱騰騰
要是你不吃我的熱餛飩呀
怎麼知道餛飩味道香呀香噴噴
賣餛飩呀　賣餛飩
要是你不吃我的熱餛飩呀
怎麼知道餛飩味道香呀香噴噴

賣餛飩呀　賣呀賣餛飩　賣餛飩
要是你吃了我的熱餛飩
就會愛它小巧白呀白又嫩

要是你不吃我的熱餛飩呀
怎麼知道吃了餛飩暖呀暖春
賣餛飩　賣餛飩
要是你不吃我的熱餛飩呀
怎麼知道吃了餛飩暖呀暖春

賣餛飩　賣呀賣餛飩　賣餛飩
要是你吃了我的熱餛飩
快快活活不會昏呀昏沉沉
要是你不吃我的熱餛飩呀
半飽半醉搖搖晃晃心呀心裏悶
賣餛飩呀　賣餛飩
要是你不吃我的熱餛飩呀
半飽半醉搖搖晃晃心呀心裏悶

賣餛飩呀　賣呀賣餛飩　賣餛飩
要是你沒吃我的熱餛飩
翻來覆去一夜睡呀睡不穩
要是你遲到一步吃不着呀
還是請你明天晚上趁呀趁早等
賣餛飩呀　賣餛飩
要是你遲到一步吃不着呀
還是請你明天晚上趁呀趁早等

賣餛飩呀　賣呀賣餛飩　賣餛飩

賣餛飩呀　賣呀賣餛飩　賣餛飩
賣餛飩呀　賣呀賣餛飩　賣餛飩

《桃李爭春》電影歌曲，影片於一九六二年二月二十二日首映。

賣餛飩

詞：易文
曲：姚敏
唱：李湄（唱片）

賣餛飩呀　賣呀賣餛飩　賣餛飩
要是你吃了我的熱餛飩
肚子吃飽渾身熱啊熱騰騰
要是你不吃我的熱餛飩呀
怎麼知道餛飩味道香呀香噴噴
賣餛飩呀　賣餛飩
要是你不吃我的熱餛飩呀
怎麼知道餛飩味道香呀香噴噴

エイワンタン　熱いワンタン　このワンタン
食べりゃホカホカあったかい
食べなきゃワンタン冷めちまう

外は木枯らし寒い風
食べなきゃ身体も冷えちまう
エイワンタン　このワンタン
とってもおいしいこのワンタン
食べたら身体もホカホカよ

賣餛飩呀　賣呀賣餛飩　賣餛飩
要是你沒吃我的熱餛飩
翻來覆去一夜睡呀睡不穩
要是你遲到一步吃不着呀
還是請你明天晚上趁呀趁早等
賣餛飩呀　賣餛飩
要是你遲到一步吃不着呀
還是請你明天晚上趁呀趁早等

賣餛飩呀　賣呀賣餛飩　賣餛飩

百代唱片，唱片於一九六二年面世。

春風吹開我的心

詞：易文
曲：服部良一
唱：葛蘭（唱片）

一年三百六十五個早晨　分出一片陽光留給新春
只要能把春天裝的豐盛　寧願每個冬天陰沉沉
只要能把春天換來興奮　寧願每個秋天愁更深
一分好春光　夢中幾重溫　留戀難忘到終身

眼前綠草如茵　花似錦　枝頭小鳥報到春來臨
蝴蝶飛不停　蜜蜂更殷勤　春風也吹開我

的心
吹開了　我的心　就像春風輕輕吹開一
朵雲
吹開了　我的心　又像枝頭千紅萬紫綠
成蔭
吹開了　我的心　吹來一個人影　帶來一
片情
吹開了　我的心　吹來這片深情　教我難
自禁
吹開了　我的心　就像春風輕輕吹開一
朵雲
吹開了　我的心　又像枝頭千紅萬紫綠
成蔭
吹開了　我的心　吹來一個人影　帶來一
片情
吹開了　我的心　吹來這片深情　教我難
自禁
吹開了　我的心

天使唱片，唱片於一九六三年面世。

春風吹開我的心

詞：易文
曲：服部良一
唱：葛蘭主唱（電影）

（眾）一年三百六十五個早晨　分出一片陽
光留給新春
只要能把春天裝的豐盛　寧願每個冬
天陰沉沉

只要能把春天換來興奮　寧願每個秋天愁更深
一分好春光　夢中幾重溫　留戀難忘到終身
眼前綠草如茵　花似錦　枝頭小鳥報到春來臨
（女）蝴蝶飛不停　蜜蜂更殷勤
春風也吹開我的心
（女）吹開了　我的心　就像春風輕輕吹開一朵雲
（女）吹開了　（男）吹開了
（女）我的心　（男）我的心
（合）就像千紅萬紫綠成蔭
（女）吹開了　（男）吹開了

《教我如何不想她》電影歌曲，影片於一九六三年七月三十一日首映。

九個郎

詞：易文
曲：姚敏
唱：霜華

姐在房中巧梳粧　她巧梳粧呀哎喲
忽聽情郎要衣裳　你要衣裳呀哎喲
你要衣裳她來做　衣裳上面繡九郎
甚麼叫做九個郎　聽我來說端詳呀說端詳
秦叔寶是個太平郎　周郎定計用刀槍
勇往打救十一郎　哎……喲……

算來一共三個郎呀那末嗨
咬臍郎是個混世王　獨佔花魁賣油郎
織女年年會牛郎　哎……喲……
算來一共六個郎呀那末嗨

楊二郎他呀趕太陽　惜嬌活捉張三郎
看破紅塵楊五郎　哎……喲……
算來一共九個郎呀那末嗨……

姐兒縫成九個郎呀　九個郎呀哎喲
誰也不在她心上呀　她心上呀哎喲
若問心上有個誰　九個以外第十郎
夜夜在她懷中抱　才是她的有情郎　她的有情郎

《空谷蘭》電影歌曲，影片於一九六六年四月二十一日首映。

沈鑒治

公主的愛情

詞：沈鑒治
曲：沈鑒治
唱：袁經楣

（女）美麗聰明的公主　住在遙遠的地方
　　　追求王子數不完　公主一個也不喜歡
（男）追求王子數不完　公主為什麼不喜歡
（女）原來公主的心裏面　偷偷愛上了一個人
　　　有位善良的好青年　公主愛他到十分
（男）這位善良的好青年　公主愛他可知情
（女）公主愛他到十分　青年好似不知情
　　　若即若離假正經　倒叫公主難為情
（男）青年既然假正經　公主就該說分明
（女）公主回頭笑一笑　輕輕對他訴衷情
　　　我看你也心相印　何必再裝假正經
　　　只要你肯說一聲　我倆的愛情放光明

《迷人的假期》電影歌曲，影片於一九五九年一月十五日首映。

姚　炎

往事如煙

詞：姚炎
曲：江風（即李厚襄）
唱：白光

過去的事兒　何必再去提它
過去的事兒　好比明日黃花
無限的滄桑　想起心亂如麻
悲痛的回憶　只怨當初做差

往事如煙　好似雲霧之間
回頭是岸　也有無限辛酸
過去的事兒　何必再去提它
過去的事兒　只怨當初做差

（白）無限的滄桑　想起心亂如麻
　　悲痛的回憶　只怨當初做差

往事如煙　好似雲霧之間
回頭是岸　也有一片辛酸
過去的事兒　何必再去提它
過去的事兒　好比明日黃花

《多情恨》電影歌曲，影片於一九五九年二月二十四日首映。

顧媚（賈瀰）

醉在你的懷中

詞：賈瀰（即顧媚）
曲：江風（即李厚襄）
唱：白光

眼波帶醉　慢慢流動
櫻桃小嘴　火般殷紅
細語耳邊　輕輕相送
美酒情意　一般濃

今晚讓我放鬆　醉在你的懷中
醉在你的懷中　只怕那醒來時　更寂寞
虛空

那管明朝　分散西東
只要今晚　我倆相逢
今晚讓我放鬆　醉在你的懷中
醉在你的懷中　只怕那醒來時　更寂寞虛空

那管明朝　分散西東
只要今晚　我倆相逢

《接財神》電影歌曲，影片於
一九六〇年五月十三日首映。

張徹

我愛你

詞：張徹
曲：姚敏
唱：李湄（韋秀嫻幕後代唱）

我愛你　我愛你
我愛的你　我愛的就是你
我愛你　我愛你
我愛的你　我永遠愛着你

我愛你青春年少時光
當你年老時我也愛你
不管你在東我在西　我愛你愛你
愛人　我是永遠愛着你
不管你歡樂你憂愁　我愛你愛你
愛人　我是永遠愛着你

我愛你青春年少時光
當你年老時我也愛你
不管你歡樂你憂愁　我愛你愛你
愛人　我是永遠愛着你

《桃李爭春》電影歌曲，影片於一九六二年二月二十二日首映。

我愛你恰恰*

詞：張徹

* （編者案）《我愛你》、《我愛你恰恰》兩首歌在影片中是兩位演員以兩種演繹方法唱出相同的歌，故兩首歌詞十分相似。

曲：姚敏
唱：葉楓

我愛你　我愛你
我愛的你　我愛的就是你
我愛你　我愛你
我愛的你　我永遠愛着你

我愛你青春年少時光
當你年老時我也愛你
不管你在東我在西　我愛你愛你
愛人　我是永遠愛着你

不管你歡樂你憂愁　我愛你愛你
愛人　我是永遠愛着你

我愛你　我愛你　我愛的你　我愛的就
是你

我愛你　我愛你　我愛的你　我永遠愛
着你

我愛你青春年少時光
當你年老時我也愛你
不管你在東我在西　我愛你愛你
愛人　我是永遠愛着你
不管你歡樂你憂愁　我愛你愛你
愛人　我是永遠愛着你

愛你愛你　我愛你
愛你愛你　我愛你
愛你愛你　我愛你　我愛你

《桃李爭春》電影歌曲，影片於一九六二年二月二十二日首映。

鑽石

詞：張徹
曲：王福齡
唱：羅文（電影）／林沖（唱片）

鑽石　鑽石　亮晶晶　好像天上摘下的星
天上的星兒摘不著　不如鑽石值黃金
鑽石　鑽石　亮光光　好似彩虹一模樣
彩虹只在剎那間　不如鑽石長光芒
我愛鑽石　亮晶晶　我愛鑽石　亮光光
我愛鑽石冷如冰　我愛鑽石硬如鋼
鑽石　鑽石　硬如鋼　好比男子鐵心腸
性感美女送上門　給他兩記大巴掌
我愛鑽石　亮晶晶　我愛鑽石　亮光光
我愛鑽石冷如冰　我愛鑽石硬如鋼
鑽石　鑽石　冷如冰　好似蛇蠍美人心
男人爬在她腳下　踢他一腳叫他滾
鑽石　鑽石　我愛你　我愛鑽石光芒長

《大盜歌王》電影歌曲，影片於一九六九年二月十四日首映。

李樂韻

大清早

詞：李樂韻
曲：王福齡
唱：靜婷、江宏

（女）哎　大清早嗳　羊兒成群向前跑嗳
竹竿在我手中搖　趕羊趕到山崗上嗳
山崗上嗳　羊兒低頭吃青草嗳
我把山歌高聲唱嗳　歌聲圍著山水
繞嗳
山歌向著天空唱　天空雲開見陽光
山歌向著青山唱　青山翠谷迴聲長
山歌向著綠水唱　綠水揚起千層浪
哎　低頭瞧嗳　我家住在棗兒莊嗳
小小村莊人不少　後山前水好風光嗳
回頭望嗳　風平浪靜海茫茫嗳
一隻船兒向岸搖　搖船的是不是那個
少年郎嗳

（男）哎　聽見山歌抬頭望嗳　妳的歌聲常
聽到嗳
只見山頭人影晃嗳　不知姑娘可俊
俏嗳

（女）俊俏你也看不到嗳　俊俏你也管不
著嗳
搖船的眼睛看前方　海底礁石要提
防嗳

（男）這條水路常來往嗳　海裏礁石我知
道嗳
妳家住在那一莊嗳　知姓知名好尋
訪嗳

（女）東莊西莊南北莊嘜　莊莊都有女嬌嬌嘜
什麼姓來什麼名　百家姓上尋得到嘜
（男）妳的嘴巴真靈巧嘜　聲音好比百靈鳥嘜
把妳模樣記得牢嘜　走遍村莊把妳找嘜
（女）躲在家裏不出房嘜　東南西北你亂闖嘜
小心木棍頭上敲　小心惡狗腿上咬嘜

《山歌戀》電影歌曲，影片於一九六四年七月十五日首映。

蕭銅

慶豐年

詞：蕭銅
曲：周藍萍
唱：靜婷、江宏領唱

（女）那依路伊那嘿　（男）那依路伊那嘿
（眾）那依路伊那嘿
（眾）金黃穀子堆滿倉　滿山遍野跑牛羊
和風甘雨又一年　糧食豐收人丁旺
跳舞唱歌慶豐年
（女）大家來看　（眾）大家看　大家看
（女）鹿肉獐肉味道好呀　鳳梨香蕉又甜又香　風吹十里陣陣香
（眾）風吹十里陣陣香呀　歌聲朗朗響四方
笑聲起　歌聲揚　大家歡舞大家唱
小伙子放下弓和箭哪　姑娘們冠上野花香　野花香
老伯伯呀　喝碗酒呀　老太太呀　抽袋煙哪
今年山地收成好呀　草房蓋上了幾十間
金黃穀子堆滿倉　滿山遍野跑牛羊
人人歡樂心寬暢
謝天謝地謝太陽　大家來唱大家唱
大家唱

《黑森林》電影歌曲，影片於一九六四年九月十九日首映。

林　琴

小雲雀

詞：林琴
曲：顧嘉煇
唱：顧媚

小雲雀啊　小雲雀啊
飛過重重的高山　飛過茫茫的大海
從天邊外飛到人間（天邊外飛到人間）
渡過漫漫的黑暗　渡過風雪的苦寒
從長夜裏飛到人間（長夜裏飛到人間）
你的歌聲響遍了四方（響遍了四方）
你的飛翔傳播了希望（傳播了希望）
小雲雀啊　小雲雀啊
百花向你開放　鳥兒齊聲歌唱
你帶來了燦爛春光　溫暖了每個人的心房

《小雲雀》電影歌曲，影片於一九六五年七月二十九日首映。

紀雲程

相思河畔

詞：紀雲程
曲：顧嘉煇（原曲：暹羅民謠）
唱：顧媚（電影）／崔萍（唱片）

自從相思河畔見了你　就像那春風吹進心窩裏
我要輕輕的告訴你　不要把我忘記
自從相思河畔別了你　無限的痛苦埋在心窩裏
我要輕輕的告訴你　不要把我忘記
秋風無情　為甚麼吹落了丹楓
青春尚在　為甚麼毀褪了殘紅
啊　人生本是夢
自從相思河畔別了你　無限的痛苦埋在心窩裏
我要輕輕的告訴你　不要把我忘記

《小雲雀》電影歌曲，影片於一九六五年七月二十九日首映。

宋淇（林以亮）

花濺淚

詞：林以亮（即宋淇）
曲：顧嘉煇
唱：靜婷

庭院花又開　本是當年君手栽
雖然風吹雨打太陽曬　到如今又盛開
花香濃如酒　種花人兒卻不在
悠悠歲月催人老　何日君再來
分離已三載　花兒依然人憔悴
夜露濺上花瓣化成淚　也難償相思債
憑欄遠眺　難解愁懷　春樹暮雲空等待
花開花落燕子歸　何日君再來

《何日君再來》電影歌曲，影片於一九六六年三月十六日首映。

金可

海灘

詞：金可
曲：王福齡
唱：蓓蕾、靜婷、姚莉合唱

青春青春青春　歡樂青春　歡樂青春

青春像飛濺的浪花　閃耀着晶晶的光芒
數不清點點的一剎那　撒下了透明的珠網

青春像歡騰的浪濤　沖上了沙灘奔放
一會兒回到海的懷抱　一會兒又湧上來了

青春像齊飛的小鳥　飛翔在藍天的雲霄
讓歌聲傳播四方　替人帶來了歡笑

青春像少女的眼睛　眼睛裏流露着愛情
投下了害羞的光影　陶醉了少年的心靈

青春青春青春　歡樂青春

《歡樂青春》電影歌曲，影片於一九六六年十二月二十二日首映。

蕭篁

太陽・月亮・星星

詞：蕭篁
曲：服部良一
唱：靜婷、李芷苓、麥韻（電影）

（靜）香港　美麗的晚上
霓虹燈的光芒　給霧夜添上濃妝

（合）香港　戀人們的天堂
愛也像霧一樣　一片白茫茫
夜風輕輕不斷地吹動著海浪
情侶雙雙常在姻緣道上來往
小星星　閃著眼在望
祝福著你們幸福無疆

（合）夜風輕輕不斷地吹動著海浪　情侶雙雙常在姻緣道上來往
小星星　閃著眼在望　祝福著你們幸福無疆

（麥）我是春天的太陽　放出熱情的光芒
（靜）我是溫柔的月亮　夜夜躲在雲裏想情郎

（李）小星星閃動著醉眼　也想照亮夜香港

（靜）月亮悄悄地爬在天幕上
（李）星星也在張望
（麥）太陽不想下山崗　晚霞依然照四方
（靜）月亮（李）星星（麥）和太陽
（合）同聲歌唱

（合）香港　美麗的晚上
霓虹燈的光芒　給霧夜添上濃妝
香港　戀人們的天堂

愛也像霧一樣　一片白茫茫
夜風輕輕不斷地吹動著海浪
情侶雙雙常在姻緣道上來往
小星星　閃著眼在望
祝福著你們幸福無疆*

《香江花月夜》電影歌曲，影片於一九六七年二月九日首映。

太陽・月亮・星星

詞：蕭篁
曲：服部良一
唱：靜婷、李芷苓、麥韻（唱片）

*（編者案）影片結尾表演只唱最後一段。

（靜）香港　美麗的晚上
霓虹燈的光芒　給霧夜添上濃妝
（合）香港　戀人們的天堂
愛也像霧一樣　一片白茫茫
夜風輕輕不斷地吹動著海浪
情侶雙雙常在姻緣道上來往
小星星　閃著眼在望
祝福著你們幸福無疆
（合）夜風輕輕不斷地吹動著海浪　情侶雙雙常在姻緣道上來往
小星星　閃著眼在望　祝福著你們幸福無疆
（麥）我是春天的太陽　放出熱情的光芒
（靜）我是溫柔的月亮　夜夜躲在雲裏想情郎

（李）小星星閃動著醉眼　也想照亮夜香港
（靜）月亮悄悄地爬在天幕上　（李）星星
也在張望
（麥）太陽不想下山崗　晚霞依然照四方
（靜）月亮　（李）星星　（麥）和太陽
（合）同聲歌唱
（靜）眼看黃昏的太陽　緩緩溜下了山崗
只有彎彎的月亮　依舊留在天上等
情郎
小星星合上了睡眼　忘了人間夜未央
讓我寂寞地映照四方　教我獨自幻想
太陽不肯陪我笑　流星不願對我望
迷惘徬徨又恐慌　無限淒涼
（合）香港　美麗的晚上
霓虹燈的光芒　給霧夜添上濃妝
香港　戀人們的天堂
愛也像霧一樣　一片白茫茫
夜風輕輕不斷地吹動著海浪
情侶雙雙常在姻緣道上來往
小星星　閃著眼在望
祝福著你們幸福無疆

麗歌唱片，唱片於一九六八年面世。

娛樂至上

詞：蕭篁
曲：服部良一
唱：李芷苓、靜婷、麥韻

（眾男）跳　（眾女）唱　（眾男）跳
（眾女）唱

（眾男）跳　（眾女）唱　　（眾男）跳
（眾女）唱
（眾）以前是只有外國月亮最明朗　野花總
　比家花格外香
　現在情形不一樣　我們自己也會舞蹈
　也會歌唱
（李）舞步要美妙　歌聲要嘹亮
　永遠要記得　娛樂至上
（麥）你若是閒來無事拿著歌來哼
　就會身心愉快精神爽　忘了一切憂傷
（靜）不管你心中多辛酸　含著眼淚也要聲
　聲唱
　只因為大家都盼望　一定要滿足他們
　的理想
（眾）我們要挺起胸膛邁步往前闖　縱然荊
　棘遍地不能擋
　培養歌舞新力量　要讓那歌舞花朵開
　得更輝煌

《香江花月夜》電影歌曲，影片於一九六七年二月九日首映。

夢裏的愛

詞：蕭篁
曲：顧嘉煇
唱：顧媚

不要把愛情困在網裏　愛情像一縷清煙
牽不住抓不緊　眼看它隨風飄去

不要把愛情藏在夢裏　夢裏是纏綿痴迷
醒來是煙消夢逝　留下了一片空虛
愛情太迷離　像夢也像煙
你想強求在手裏　苦惱的還是你
不是清煙不是夢裏　眼看他們心心相印
何苦對他留戀　還不如追尋新伴侶

《星月爭輝》電影歌曲，影片於一九六七年六月二十六日首映。

我是個爵士鼓手

詞：蕭篁
曲：服部良一
唱：凌雲（電影）

我是個爵士鼓手　一個發了瘋的鼓手
暴雨似的聲音　能使我忘卻了憂愁
我是個爵士鼓手　一個發了瘋的鼓手
閃電般的旋律　發出了雷霆的怒吼
打吧打吧　打吧打吧
把所有煩惱趕出了心頭
唱吧唱吧　唱吧唱吧
把一切苦悶付與歌喉
我是個爵士鼓手　一個瘋又狂的鼓手
忘卻了一切怨仇　爭取我生存與自由
打吧打吧　打吧打吧

把所有煩惱趕出了心頭
唱吧唱吧　唱吧唱吧
把一切苦悶付與歌喉
我是個爵士鼓手　一個發了瘋的鼓手
忘卻了一切怨仇　爭取我生存與自由

《青春鼓王》電影歌曲，影片於一九六七年十一月十六日首映。

贈送幸福的女孩

詞：蕭　篁
曲：服部良一
唱：靜婷、江宏

我是個小女孩　專贈送幸福　把它散佈在稠密的木屋
只要你肯努力　勤勉去工作　你自會找到真的快樂
別羨慕他人富可敵國　其實內心卻充滿孤獨
生活像一條流動的小河　河底有幸福的貝殼
你仔細地去找　耐心地去摸　若是找到了永遠不寂寞
我是個小女孩　為人造幸福　縱然表面痛苦　心底安樂
我是個小女孩　專贈送幸福　不管是巷尾還是在街頭
我到處都散佈　幸福的花朵　只要你撿到

自然會快樂

無需去尋找　不用亂摸索　只要能合作
就是真快樂
我是個小女孩　為人造幸福　心無半點罪
惡　光明磊落
我是個小女孩　專贈送幸福　把它散佈在
稠密的木屋
只要你肯努力　勤勉去工作　你自會找到
真的快樂
你仔細地去找　耐心地去摸　若是找到了
　永遠不寂寞
我是個小女孩　為人造幸福　縱然表面痛
苦　心底安樂

《花月良宵》電影歌曲，影片於一九六八年一月二十九日首映。

色不迷人人自迷

詞：蕭　篁
曲：王福齡
唱：靜　婷

誰不知道羅馬有個凱撒大帝　見到妖后就
魂不附體
再加上倒楣的安東尼　都為著色不迷人人
自迷
誰都聽過封神榜裏商紂皇帝　橫行一時就
遇到妲己
到後來燒死在摘星樓裏　還不是色不迷人
人自迷
別看有人外表莊嚴　見到女人就笑嘻嘻
安步當車慢條斯理　卻會掉進了陰溝裏
口口聲聲還說是逢場作戲

花團錦簇五花八門難統計　精挑細選揀你歡喜
只怕你老是三心二意　就變成色不迷人人自迷
花團錦簇五花八門難統計　精挑細選揀你歡喜
只怕你老是三心二意　就變成色不迷人人自迷

《色不迷人人自迷》電影歌曲，影片於一九六八年十二月二十八日。

高峰

情人你在哪裏

詞：高峰
曲：周藍萍
唱：靜婷、江宏

（男）聽溪水聲聲嗚咽　彷彿在為我低泣
那林間夜鶯輕唱　彷彿在召喚你
啊情人　你在哪裏
（男）曾記得五月清晨　我和你漫步長堤
（女）一聲聲耳畔低語　誓相愛永不分離
啊情人　你在那裏
（女）挨過了寒冬的風雪　又幾度春臨大地
（男）看燕子飛來又飛去　總沒有你的消息
（合）啊情人　你在哪裏
（女）走遍了萬水千山　要尋找你的蹤跡
（男）願花去畢生時間　換取你片刻情意
（男）啊情人　（女）啊情人
（合）你在哪裏

《青春的旋律》電影歌曲，影片於一九六八年七月十八日首映。

作詞人簡介

黃壽齡（壽齡）

生平不詳

尤明

生平不詳

陶秦（沈華）（一九一五——一九六九）

原名秦復基，筆名沈華，浙江人，上海聖約翰大學文學系畢業。曾任電影對白和説明書翻譯。四十年代，他在上海已為《萬紫千紅》（一九四三）的〈晨光好〉和《戀之火》（一九四五）同名主題曲等電影歌曲填詞。一九四二年開始從事電影編劇工作，第一部作品是《人海慈航》，其他編劇作品包括《花街》（一九五〇）、《禁婚記》（一九五二）等。首次執導作品為長城電影製片有限公司電影《一家春》（一九五二），此後執導近五十齣電影，不少為文藝片和歌舞片，許多都受到業界讚譽。於電懋期間執導的《四千金》（一九五七）獲得亞洲影展最佳影片獎，後於邵氏執導的《千嬌百媚》（一九六一）更獲得第一屆金馬獎最佳導演獎。他亦經常為自己執導的電影歌曲填詞，著名的有《龍翔鳳舞》（一九五九）、《不了情》（一九六一）以及《藍與黑》（一九六六），後兩者更分別獲得第九屆亞洲影展包括最佳主題曲的五項榮譽和第十三屆亞洲影展最佳影片獎。他於執導首齣武俠片《陰陽刀》（一九六九）時病逝。

黎錦光（牛牛）（一九〇七——一九九三）

原名錦顥，字履劬，常用筆名有李七牛、金玉谷、金鋼、金流、巾光、田珠、銀珠、農樵等。他出生於湖南湘潭，「黎氏八駿」排行第七。一九二六年，黎錦光考入廣州黃埔軍校參加北伐，一年後到上海加入二兄黎錦暉創辦的中華歌舞團。一九三九年，任百代唱片公司音樂編輯，為上海各電影公司作曲。他寫曲速度快、質量高，善於把西方音樂和中國民間音樂結合起來，風格鮮明。其中李香蘭原唱的〈夜來香〉一曲深受日本作曲家服部良一激賞，歌詞翻譯後，流行於日本。一九四九年後，黎錦光在上海唱片公司工作，編輯戲曲、歌曲的唱片和音帶二千多首。著名作品傳遍亞洲的有〈採檳榔〉、〈送我一支玫瑰花〉等，曾任中國中央芭蕾舞交響樂團首任首席指揮，是中國流行樂壇成熟時期最傑出的代表，有「歌王」之譽，作品超過二千首。

張　金

生平不詳

楊　髦

生平不詳

沈　潔

生平不詳

艾　笛

生平不詳

周　華

生平不詳

胡亦穀

生平不詳

林　光

生平不詳

胡金銓（金銓）（一九三二——一九九七）

祖籍河北，生於北京，父為煤礦技師並經營麵粉廠。胡自幼習古文，愛繪畫和看京戲。一九五〇年來港，任校對、畫師維生，後轉入電影公司任美工、佈景師、演員、副導等工作。

一九五三年與同住的馮毅、蔣光超、李翰祥、馬力、宋存壽、沈重結拜為兄弟。一九五八年加入邵氏，初當演員，後兼任編劇和助導，寫了《花田錯》（一九六二）等劇本，他正式執導的首部電影《大地兒女》（一九六五）即獲金馬獎最佳編劇。其後的《大醉俠》（一九六六）叫好叫座，此後他轉往台灣發展，開始他富中國美學特色的武俠電影，名作包括《龍門客棧》（一九六八）、在康城影展獲最高技術委員會大獎的《俠女》（一九七一）、《忠烈圖》（一九七五）、《空山靈雨》、《山中傳奇》（一九七九）等。他撰寫的《春天不是讀書天》（一九五四）歌曲〈讀書樂〉，曲詞文白相間，生動有趣，他亦為該片的副導。

袁仰安（志霄、志小）（一九〇四—一九九四）

浙江人，東吳大學法律系畢業，是上海著名的律師，曾任中學校長、上海良友圖書出版公司董事長，三十年代曾投資拍攝改編自漫畫人物的《王先生》（一九三四）。一九四七年來港，與張善琨創立長城影業公司，後於改組後的長城電影製片有限公司仍任總經理，負責製片及行政工作，出版《長城畫報》。離開長城後，創辦新新電影企業有限公司，創業作為其女兒毛妹主演的《迷人的假期》（一九五九）。一九六二年棄影從商。袁於電影行業曾涉獵不同範疇，首次執導的作品為《孽海花》（一九五三），亦為電影歌曲填詞，包括他自己執導的電影《小舞孃》（一九五六）同名歌曲，歌詞藉主角童年遭逢戰亂和紙醉金迷、強顏歡笑的舞女生涯的對照，來描寫戰爭的遺禍。

盧一方（一方）（生卒年不詳）

江蘇人，報界文人。詞作主要是五十年代初的電影歌曲，包括《歌女紅菱艷》（一九五三）的〈未識綺羅香〉、《金瓶梅》（一九五五）的〈烏鴉配鳳凰〉、〈蘭閨寂寂〉。盧的歌詞賦詩意，其中

〈未識綺羅香〉的首兩句曲詞取材自秦韜玉的唐詩〈貧女〉首兩句詩，而《金瓶梅》內的歌詞，則互相採用其他的歌名作詞，甚具特色。

林歡（一九二四—二〇一八）

原名查良鏞，生於浙江。一九四六年，被任職的《大公報》調任香港。一九五二年於《大公報》旗下的《新晚報》任副刊編輯，一九五五年，以筆名金庸於該副刊的專欄開始連載武俠小說《書劍恩仇錄》，此後留下不少家喻戶曉的作品，並因其優秀的文筆及學識淵博而被世人稱為「香港四大才子」之一。同期，他亦以林歡的筆名替中資背景的長城電影製片有限公司編寫劇本，首作為《絕代佳人》（一九五三），並經常替他編劇的電影如《不要離開我》（一九五五）、《三戀》（一九五六）、《小鴿子姑娘》（一九五七）等擔任填詞的工作。一九五九年，他和沈寶新創立香港中文報紙——《明報》，並於其報的副刊續寫武俠小說連載。除了創作方面的發展外，他在政界方面的貢獻亦不少，包括擔任香港特別行政區基本法起草委員會委員。

雅士

生平不詳

朱克（小羊、丁可、蕭揚）（一九一九—二〇一二）

廣東人，抗戰期間到處演出戲劇和寫劇本。一九四七年移居香港，因電影製片人崔巍看過他演戲，便邀他演出而入行。朱首齣編劇作品是以筆名方洋寫的粵語片《仙童玉女》（一九四八）。一九五二年加盟長城電影製片有限公司任編劇，其間曾用丁可、蕭揚等筆名，首齣作品是《深閨夢裏人》（一九五四），在長城期間寫了《寸草心》（一九五三）、《小舞孃》（一九五六）、《望夫山下》（一九五七；筆名丁可）等十多個劇本，並常在這些作品兼任填詞工作。他的詞作中有不少兒歌，如《我是一個女人》（一九五五）的〈天鵝與白鵝〉和《望夫山下》的〈大家笑哈哈〉，而著名兒歌〈我是一個大蘋果〉也是他的手筆。他的詞簡單有趣和易上口，很適合兒童傳唱。一九五八年，朱離開長城，轉往左派報章寫專欄和小説，亦兼職拍粵語片。七十年代，朱改編和導演舞台劇《七十二家房客》，創出一百三十場的驕人紀錄。後在電視台任編、導、演工作。

陳蝶衣（陳式、狄薏、方達、葉綠）（一九〇九—二〇〇七）

又稱「蝶老」。江蘇人，出身書香世家，十四歲時隨父遷往上海，十五歲進入新聞界，由低做起，二十五歲時已創辦《明星日報》，於該報主辦電影皇后選舉而與電影圈結緣。一九四三年踏上電影歌曲填詞之路，首作為周璇名作《鳳凰于飛》（一九四五）的同名主題曲，作品逾三千，著名的有〈香格里拉〉、〈春風吻上我的臉〉、〈情人的眼淚〉、〈南屏晚鐘〉等，為了不讓人感到他獨佔詞壇，他創作陳式、狄薏、方達、辛夷等不同的化名來填詞。一九五二年來港定居，擔任電影編劇，作品包括《小鳳仙》、《秋瑾》（一九五三）、《桃花江》（一九五六）等，才華備受讚譽，曾獲中華民國行政院頒發劇本創作獎，並獲香港電台頒發第十屆十大中文金曲金針獎，一九九六年獲香港創作人協會終身成就獎。二〇〇七年以九十九歲高齡離世。

姚　敏（秦冠）（一九一七—一九六七）

原名姚振民，筆名有梅翁、秦冠、周萍等，上海人，祖籍寧波。姚敏從小喜愛音樂，自學胡琴、唱京戲。與胞妹姚莉等人常到電台合唱，一九三八年加盟上海百代唱片公司開始作曲生涯，一九三九年，他在《解語花》（一九四一）開始為電影作曲。一個偶然機會，結識日本作曲家服部良一，隨之學習作曲。一九五〇年移居香港繼續音樂工作。一九五二年，百代遷港，姚即獲聘主持作曲部，成為香港炙手可熱的首席流行曲作曲家，並獲得亞洲影展最佳音樂獎及金馬獎最佳音樂獎等。姚敏的歌，唱紅了幾代歌星：從周璇到李香蘭、葛蘭、靜婷、潘秀瓊，再到鄧麗君、奚秀蘭、費玉清等。他既能譜曲、填詞又能演唱，作品千變萬化，風格多樣，不拘一格，所創作的歌曲有典雅的中國情調、也有融入西洋爵士曲調特色的作品，反映那時代中西糅合的時尚，被公認是「歌壇不倒翁」。代表作有〈迎春花〉、〈月下佳人〉、〈如此上海〉、〈鸞鳳和鳴〉等。

司徒明（一九一八—二〇〇六）

原名馮元祥，又名馮鳳三，祖籍寧波，上海出生，一九五〇年來港定居。曾用筆名馮蘅撰寫《刮刮叫姑娘》、《大學皇后》、《鍍金小姐》等報刊連載小說，後以筆名司明於《新生晚報》寫專欄，又以筆名司徒明替《杏花溪之戀》（一九五六；合編）、《阿里山之鶯》（一九五七）、《模特兒之戀》（一九五九）等電影撰寫劇本，以及為唱片和電影歌曲寫詞，他寫過不少中詞西曲、中詞日曲，如以“River of No Return”旋律填上中詞的〈大江東去〉、日曲旋律改寫成同名的〈紅睡蓮〉等。他的詞通俗易上口，如《化身姑娘》（一九五六）中，輕快的舞曲〈春風游龍〉大量運用疊字和重複歌詞，使聽眾很輕易記住歌詞。

李雋青（一八九七—一九六六）

祖籍浙江，上海著名商業金融家族之後，於上海大同大學畢業，三十年代已成為上海著名作詞家，曾為周璇名片《漁家女》（一九四三）撰詞，歌曲紅極一時。一九四九年移居香港後，先在香港永華電影公司擔任秘書和編劇，後來被邵氏招攬旗下。在邵氏期間創作了大量歌詞作品，經典作品有《野玫瑰之戀》（一九六〇）中葛蘭演唱的〈卡門〉及〈說不出的快活〉，一句「Ja Ja Jam Bo」令影迷印象深刻，而《苦兒流浪記》（一九六〇）中的〈媽媽好〉更是膾炙人口，李亦曾為邵氏古裝電影《江山美人》（一九五九）填詞，歌曲包括〈扮皇帝〉、〈戲鳳〉，詞才橫溢。李雋青善於觀察社會現象，擅用白話入詞與中詞西曲，他的歌詞寫實細膩，又不失通俗生動，達到了雅俗共賞的境界。

李翰祥（祥子）（一九二六——一九九六）

遼寧人，外號「李黑」。年輕時曾在北平藝術專科學校學油畫，後轉往上海市立戲劇學校習戲劇電影。一九四七年底移居香港，曾任電影美工、演員、配音、編劇和副導等工作。首次個人執導的作品是《雪裏紅》（一九五六），後進入邵氏，並拍攝多部如《江山美人》（一九五九）、《倩女幽魂》（一九六〇）等賣座電影，與胡金銓、張徹、楚原稱為「邵氏四大導演」。後在台灣、大陸執導。他的作品類型龐雜，既有千嬌百媚的宮闈片、嚴謹考究的歷史劇，又有文藝言情片、風月奇情片等，有「片廠變色龍」的美譽，且他注重電影美學，成就多部如《傾國傾城》（一九七五）、《垂簾聽政》（一九八三）等宏偉巨作，並多次獲得亞洲影展、台灣金馬獎等肯定。此外，他早年曾替電影歌曲填詞，《金鳳》（一九五六）中風趣的男女對唱歌〈光棍苦〉，便見他日後編導喜劇的倪端。

陶　知

生平不詳